MAGE DE SANG

UNE AVENTURE DE FANTASY URBAINE

TRILOGIE MAGIE DE SANG
TOME UN

MARIE-HELENE LEBEAULT

Traduction : Marie-Hélène Lebeault
Correction et révision : Sarah Fons
Couverture : GetCovers

TABLE DES MATIÈRES

CHAPITRE UN

Jusqu'à ce moment, ça avait été une fête d'anniversaire épique.

Au départ, Tom ne voulait même pas de fête. Il lui semblait que c'était trop tôt pour être heureux. Mais quand Aidan McCarthy, le frère de sa mère, avait emménagé après le décès de son père en avril dernier, leur maison était redevenue un endroit vivant et joyeux. Aidan ne faisait jamais les choses à moitié et avait décidé que la famille avait vécu trop longtemps sous l'ombre du cancer et de la tristesse. Aidan avait mis Tom au défi de recommencer à vivre, en commençant par une célébration de son seizième anniversaire que personne n'oublierait de sitôt.

Tom avait répliqué en disant à Aidan que s'il tenait tant à organiser une fête, alors c'était à lui de la préparer.

Ça avait peut-être été une erreur.

Bien sûr, Aidan faisait les choses en grand. L'oncle de Tom était un véritable producteur de cinéma de renom. Il avait remporté trois fois l'Irish Film & Television Academy Award et avait été deux fois nominé aux Oscars américains. Il avait atteint ce succès en partie par ses propres mérites et en partie grâce à des partenariats stratégiques magiques.

Pas que tout cela importait à Tom. Bien qu'il savait déjà qu'il avait le meilleur oncle qu'un garçon puisse avoir, il ne lui était jamais venu à l'esprit que le métier d'Aidan aurait un rapport avec la création d'une fête d'anniversaire grandiose, comme ses amis n'en avaient jamais vue.

Il s'est avéré que l'un des partenaires clés d'Aidan était le célèbre illusionniste Ivan Lazarus. Bien qu'Ivan fût connu dans le monde entier par la communauté non-magique comme le prochain Houdini, il avait une liste de clients impressionnante dans la communauté magique. Ivan pouvait faire voir n'importe quoi à n'importe qui. Même à de grands groupes. Cela allait sans dire que lorsqu'Aidan avait annoncé à Tom qu'il avait engagé Ivan pour sa fête de seize ans, Tom l'avait remercié profusément, pensant seulement à l'effet que ça aurait sur ses amis et comment il pourrait utiliser ce spectacle pour peut-être frimer un peu devant sa petite amie, Lola. Non pas qu'il ait besoin de l'impressionner. C'était juste agréable de pouvoir le faire.

Il n'est jamais venu à l'esprit de Tom de poser des questions. Plus tard, bien plus tard, il réaliserait à quel point ça avait été stupide. Pour l'instant, cependant, il ne pensait pas du tout à la fête, sauf en passant, s'étonnant que le personnel de restauration ait pu effacer toutes les traces de leur bar clandestin des années 1920, qui avait été le thème du jeu de meurtre et de mystère.

Il s'arrêta pour sourire, pensant à l'énorme tente dressée. Dès qu'on y entrait, on aurait juré avoir été transporté dans le temps, dans un club clandestin des années 1920. Ce qui l'avait surpris, c'était à quel point les invités s'étaient investis dans les thèmes. Ils auraient pu simplement porter des costumes, mais Aidan avait dû pousser les choses plus loin. Il avait écrit des rôles et des scripts pour les vingt invités : Josephine Baker, Charlie Chaplin, F. Scott Fitzgerald, Coco Chanel et d'autres grands noms de l'époque. Tous les invités, en costume, avaient d'abord assisté à un somptueux dîner où ils devaient interagir en restant dans leur personnage. Il y avait des cocktails signatures comme des Sidecars et des Gin Rickeys. Tout cela avec un superbe groupe de jazz en direct pour compléter la soirée.

Quand les invités avaient résolu le meurtre, le club avait disparu, et le personnel et les animateurs étaient rentrés chez eux. Tous sauf le DJ qui était resté aussi longtemps que les invités voulaient danser et faire la fête. La soirée avait été mémorable, ne se terminant que lorsque les gens étaient devenus trop fatigués pour danser. Finalement, la foule s'était clairsemée. Avec la plupart des invités séjournant dans les dortoirs réservés aux invités, ils avaient finalement décidé d'aller se coucher à une heure plutôt tardive. Il y avait eu beaucoup de rires et l'objectif était de se lever aussi tard qu'ils le souhaitaient, bien qu'un brunch eut été prévu le lendemain.

Enfin, tous sauf Tabitha.

Bien que la sœur de Tom ait été enthousiaste à propos de la fête et ait été l'une de ses plus ferventes supportrices, elle avait tracé sa limite quand il s'agissait de dormir avec les autres dans les dortoirs. Elle n'était pas contre la socialisation, mais elle préférait avoir ses affaires autour d'elle et le confort de son propre lit, affirmant que les matelas des dortoirs feraient des ravages sur son sommeil réparateur. À cette fin, Tabitha s'était couchée tôt, se séparant de la foule. D'une certaine manière, Tom se demandait si elle n'était pas une fille intelligente, d'avoir trouvé un moyen de préserver sa liberté alors que la maison était si bondée.

Quelque chose qu'il commençait à regretter de ne pas avoir fait lui-même.

Déterminé à s'immerger pleinement dans la célébration, Tom avait dormi avec ses amis. Il avait également réglé son réveil à cinq heures trente, espérant rejoindre Lola, sa petite amie, pour sa méditation matinale. Lola et Sara s'étaient couchées à minuit.

Quelle heure indécente, pensa Tom, éteignant rapidement sa montre pour ne pas réveiller les autres, non pas qu'il en ait eu besoin. Il n'avait pas fermé l'œil, trop occupé à penser à tout ce qui s'était passé cette nuit-là et comment il espérait poursuivre la célébration de son anniversaire un peu plus en privé ce matin.

Les choses qu'on fait par amour ! Un sourire se dessina sur son visage. Sa tête lui faisait mal. Lui et les garçons s'étaient glissés dans les lits superposés vers trois heures du matin et s'étaient rapidement endormis, ce qui était une bonne chose. Ils étaient tous encore dans les bras de Morphée, sans le moindre battement de cil indiquant que l'un d'entre eux était conscient qu'il était réveillé et se déplaçait dans son lit, essayant de se rappeler où il avait mis ses chaussettes ou s'il aurait peut-être dû essayer de dormir un peu après tout.

Dormir. Ouais. Comme si j'aurais entendu l'alarme si je m'étais endormi. Tom bâilla et se dit qu'il ne regrettait pas d'être resté éveillé toute la nuit. Il ne se serait jamais endormi avec tous ces ronflements de toute façon.

Délicatement, il descendit l'échelle aussi silencieusement que possible. Mais en atteignant le sol, il réalisa que Devlin, le frère de Lola, n'était pas dans son lit. Il songea que se lever tôt devait être une affaire de famille et se demanda comment il avait pu manquer son départ. Plus inquiétant encore était l'idée que Devlin et Lola pourraient méditer ensemble. C'était tout le but de l'escapade, passer du temps seul avec Lola. La surprendre avec une tasse de café et une vue sur la rivière. Il n'avait pas vraiment voulu de compagnie pour tout ça.

Il attrapa son t-shirt, son jean et ses chaussures dans la pile sur le sol et sortit discrètement de la chambre. En se dirigeant vers la cuisine, il essaya de se rappeler s'il s'était déjà levé aussi tôt. C'était certainement calme, même avec tant d'invités dans la maison. Il prépara un pot de café et, à contrecœur, remplit trois gobelets à emporter au cas où il devrait en offrir un à Devlin.

Plaçant les tasses sur un petit plateau, il sortit par les portes-fenêtres et sur la terrasse. Ils n'étaient ni près de la piscine, ni sur la pelouse au-delà. Il haussa les épaules et prit le chemin menant à la rivière. C'était une belle matinée, le soleil se levait tout juste de l'eau pour le saluer, baignant le monde entier dans une douce lueur dorée. Mais à part un pêcheur solitaire, il n'y avait personne d'autre pour l'accueillir.

Fronçant les sourcils, il retourna d'un pas décidé vers la maison. Il abandonna son plateau sur une table dans le hall d'entrée et se dirigea sur la pointe des pieds vers le dortoir des filles. Ouvrant doucement la porte, il passa la tête dans la pièce. Seuls trois lits étaient occupés. Pas de Lola. Il ferma doucement la porte et retourna vers la chambre des garçons en se demandant s'il avait raté quelque chose. Devlin n'était pas revenu.

Où sont-ils ? Étaient-ils partis sans le lui dire ?

Confus et commençant à s'énerver que rien ne se passe comme il l'espérait, Tom s'arrêta et réfléchit à ce qu'il devait faire. Il était beaucoup trop tôt pour alerter sa mère et son oncle, et il était fatigué. S'ils étaient partis, c'était leur affaire. Ils n'étaient pas exactement des petits enfants et n'avaient certainement pas besoin de la permission de quiconque pour rentrer chez eux s'ils le voulaient.

C'était impoli, cependant. Et plus qu'un peu blessant. Lola, en particulier, aurait dû dire quelque chose.

Rendu grognon par manque de sommeil et plus qu'un peu contrarié, Tom se déshabilla jusqu'à ses sous-vêtements, grimpa jusqu'au lit du haut et s'allongea pour réfléchir à tout ça.

Au lieu de cela, il s'endormit promptement, chassant complètement Lola de son esprit, chose qu'il n'aurait probablement pas dû faire non plus.

CHAPITRE DEUX

Tout le monde était rassemblé sous le chapiteau, remplissant leurs assiettes, sirotant des mimosas et discutant des festivités de la veille. La fête avait été un succès, et Tom était certain que les gens en parleraient encore pendant des années. Il aurait dû être aux anges. Après tout, sa réputation sociale était en or.

Le problème était que l'absence de Lola et Devlin tempérait son euphorie. Au fond, il était plutôt inquiet de ne toujours pas avoir eu de leurs nouvelles. Leur disparition si soudaine n'était pas normale. Il s'était réveillé avec les autres et était sorti en titubant pour prendre un café et saluer ses invités, s'attendant pleinement à ce que quelqu'un sache quelque chose. Mais jusqu'à présent, il n'avait trouvé personne qui leur avait parlé la nuit précédente ou qui les avait vus partir.

Il fronça les sourcils devant les œufs qu'il avait choisis, qui lui semblaient maintenant une erreur, et réfléchit à ce qu'il devait faire. Exagérait-il la situation ? Il jeta un coup d'œil vers les adultes qui bavardaient en déambulant sans but dans les jardins. Il n'avait pas eu le temps d'informer sa mère et son oncle de son excursion matinale. Il avait espéré de tout cœur que Lola et Devlin seraient déjà dehors quelque part, peut-être en train de se promener. Mais ils n'y étaient pas. Durant la dernière demi-heure, il était devenu certain qu'ils étaient introuvables.

Et maintenant, il semblait que sa mère et son oncle avaient remarqué que quelque chose n'allait pas, car ils se dirigeaient vers lui et ni l'un ni l'autre n'avait l'air content.

— Un mot, Tom ? dit son oncle, en le saisissant fermement par le bras tandis qu'il l'entraînait vers la maison, loin de ses amis qui continuaient de prendre leur petit-déjeuner sous la tente sans même remarquer qu'il partait.

Ou du moins, ils avaient la politesse de faire semblant de ne pas s'en apercevoir.

Tom trébucha dans son sillage, manquant de tomber quand son oncle le lâcha brusquement à peine entré dans la bibliothèque.

— Où sont Lola et Devlin ? demanda sa mère.

— Je ne sais pas, répondit-il honnêtement, essayant de détacher les doigts de son oncle de son bras.

— Comment ça, tu ne sais pas ? répliqua son oncle, secouant vigoureusement son bras avant de le lâcher.

Tom se frotta l'avant-bras. S'il paraissait sur la défensive, c'était peut-être parce qu'il n'était pas habitué à être traité aussi rudement par un homme qu'il avait admiré jusqu'à présent.

— Je me suis levé tôt ce matin pour pouvoir être seul avec Lola. Elle se lève avec le soleil et aime méditer, expliqua-t-il quand les sourcils de sa mère se haussèrent. Mais je n'ai pu la trouver nulle part, ni Devlin non plus.

— Pourquoi n'es-tu pas venu nous voir immédiatement ? demanda sa mère, la voix stridente d'inquiétude. Et s'ils étaient blessés ou malades ?

— Il était cinq heures du matin, et j'étais fatigué. Je me suis dit qu'ils étaient partis se promener et qu'ils se montreraient au brunch comme tout le monde.

Il leva les mains.

— Je veux dire, les gens s'ennuient. Ils rentrent chez eux. Pourquoi traitez-vous ça comme une affaire d'État ?

— Appelle Lola sur son portable. Demande-lui si elle va bien, ordonna Aidan.

— J'allais justement le faire, dit Tom, en saisissant son téléphone et se traitant mentalement d'idiot pour ne pas avoir pensé à les appeler plus tôt.

Peut-être que s'il n'avait pas été si fatigué...

— Qu'est-ce qui est si important à propos de Lola et Devlin ? Ils appartiennent à la famille royale ou quoi ? demanda-t-il en faisant défiler l'écran jusqu'à trouver le numéro de Lola dans ses favoris.

Aidan et sa mère se regardèrent mais ne répondirent pas.

Tom interrompit ce qu'il faisait. Rien de tout cela ne semblait normal. Il n'avait jamais vu son oncle perdre son sang-froid comme ça. Privé de sommeil ou non, Tom en savait assez pour reconnaître quand quelqu'un lui mentait. Ou, dans ce cas, éludait ses questions. Rien de tout cela n'avait de sens.

Mais après tout, quand est-ce que quoi que ce soit avait eu du sens ?

Quand son oncle lui avait suggéré de se rapprocher de Lola à l'école, il avait trouvé la demande étrange, mais comme Lola était magnifique et adorable, il avait trouvé cette tâche assez facile. Il s'était dit que son oncle voulait qu'il se lie d'amitié avec Lola parce qu'elle était héritière. Sa mère lui répétait toujours qu'il devait choisir une épouse fortunée pour assurer la prospérité continue de la famille, ce qui semblait tout droit sorti du siècle dernier. Il avait cessé de s'opposer à cette notion dépassée quand son père était mort, et sa mère ne faisait que pleurer quand il lui disait qu'il se marierait par amour.

De plus, quelle importance d'être d'accord avec quelque chose qui était encore loin dans le futur ?

À sa surprise, il était tombé amoureux de Lola. Sa mère n'en avait certainement pas été ravie et, de temps en temps, elle faisait allusion à l'importance de faire les bons choix, comme s'il envisageait de rendre l'arrangement permanent. Tom aimait souligner qu'ils n'avaient que seize ans, et qu'il était sûrement trop tôt pour parler d'union avec n'importe quelle famille, a fortiori celle de Lola, par les liens du mariage.

Jusqu'à présent, elle avait ignoré ces remarques et il n'y avait pas prêté attention. Les parents étaient parfois bizarres.

Mais cela, c'était bien au-delà du bizarre.

— De quoi s'agit-il vraiment ? leur demanda-t-il, son doigt suspendu au-dessus du bouton qui le mettrait en communication avec le téléphone de Lola.

Autant il voulait s'assurer que Lola allait bien, autant il voulait savoir ce qui se passait exactement.

— Les parents de Lola et Devlin sont morts. Nous devons veiller sur eux, répondit sa mère, avec un rapide coup d'œil à Aidan.

— Ils ont une tante. Phyllis. Vous l'avez rencontrée, répliqua Tom, en baissant son téléphone.

Il ne croyait pas à la prétendue inquiétude que sa mère affichait. D'abord, sa mère se rappelait à peine le nom de Lola, même après qu'il la lui avait présentée au pique-nique de l'école. Ensuite, Arabella était snob. Elle n'encouragerait jamais Tom à sortir avec une Américaine, peu importe sa richesse, même si Aidan semblait apprécier la jeune fille.

— Je ne l'appellerai pas tant que l'un de vous ne me dira pas la vérité, dit Tom, sa voix s'élevant et attirant l'attention de ses invités qui mangeaient encore sur la véranda.

Il les vit jeter un coup d'œil vers les portes-fenêtres ouvertes de la bibliothèque près de laquelle ils se tenaient, comme s'ils essayaient de déterminer qui, à l'intérieur de la maison, criait.

Sa mère le fit taire et le conduisit plus loin dans la pièce, loin des portes.

— Dis-lui, Aidan. Il a le droit de savoir, dit-elle à voix basse.

— Très bien, répliqua Aidan, toujours renfrogné. Mais ce n'est pas le moment pour une longue explication. Tes invités attendent.

— D'accord, je vais l'appeler pour voir si elle va bien, dit-il, peu enthousiaste.

Tom sortit son téléphone et composa le numéro de Lola. Elle décrocha à la troisième sonnerie.

— Lola, c'est Tom. Où es-tu ? Tu vas bien ?

— Tom ? Je vais bien.

La voix de Lola était étouffée, comme si elle était avec quelqu'un d'autre.

— Devlin s'est senti mal au milieu de la nuit, et nous avons décidé de rentrer.

Tom fronça les sourcils.

— Sans prévenir personne ?

— Je suis désolée. Tu as raison, nous aurions probablement dû le faire. C'est juste que... tout le monde dormait...

Elle aurait pu laisser un mot. Ou envoyer un texto. Tout cela ressemblait à un mensonge, comme si elle évitait quelque chose. Ou pire, qu'elle l'évitait *lui* pour une raison quelconque.

— C'est bon, ne t'inquiète pas. Devlin se sent mieux ? dit-il dans le téléphone, conscient que sa mère et son oncle buvaient chacun de ses mots.

Ce n'était définitivement ni le moment ni l'endroit pour une discussion, et encore moins pour une dispute.

— Il... oui, il va mieux.

La jalousie s'estompa. Non, ce n'était pas à propos de leur relation, c'était tout à fait autre chose. Le ton évasif, la façon dont ses mots glissaient et sautaient n'était pas normale pour elle. Quelque chose clochait définitivement.

— Lola...

— Je te rappellerai plus tard. Je sais que tu es occupé.

Occupé.

Non. Quelque chose se tramait, et il ne savait pas ce que c'était. Il se surprit à vouloir la prévenir que quelque chose se préparait. Mais comment ? Puis il sut.

— Je sais combien tu aimes faire partie du groupe, et je suis désolé que tu manques le reste des festivités, dit-il rapidement, avant qu'elle ne puisse raccrocher. Je t'aime, à plus tard, ajouta-t-il d'une voix plus douce, conscient de son auditoire, et il mit fin à l'appel.

Il savait pertinemment que Lola détestait les événements de groupe et qu'elle aurait probablement demandé à partir et à rentrer chez elle de toute façon. Ils en avaient même parlé. Mais pour l'instant, il devait comprendre exactement pourquoi tout le monde faisait tant d'histoires. Il fit semblant d'être soulagé et relata la conversation, bien que sa mère et son oncle aient entendu sa partie.

— Mystère résolu. Lola et Devlin sont avec leur tante Phyllis. Maintenant, me direz-vous pourquoi tant d'agitation ?

Arabella et Aidan échangèrent des regards furtifs.

— Tu devrais t'occuper de tes invités, chéri, dit Arabella, se redressant et époussetant des peluches imaginaires de son pantalon. Je suis heureuse d'apprendre que les Evers sont sains et saufs. C'est tout ce qui compte.

— Tout à fait ! Continue comme ça, mon petit Tom, dit Aidan avec le sourire et la tape dans le dos les plus surjoués que Tom ait jamais vus.

Ouais, comme si c'était normal. D'abord, on le traîne comme un gamin qui essaie d'échapper à ses parents au centre commercial, et maintenant soudainement on le bouscule avec une démonstration cordiale d'esprit de camaraderie ?

Tom sentait dans ses tripes que quelque chose n'allait pas. Il les observa avec méfiance en partant, s'attardant dans les larges portes-fenêtres qui menaient à la terrasse. Ils étaient contrariés par quelque chose, discutant avec une grande animation alors qu'ils quittaient la bibliothèque et passaient par la porte qui reliait cette pièce au salon.

Pendant ce temps, ses invités se demandaient sûrement où il était. Puisqu'il n'y avait rien que Tom puisse faire à ce sujet pour le moment, il plaqua un sourire sur son visage et retourna vers le chapiteau, rejoignant ses amis pour le brunch. Il parvint même à en profiter dans une certaine mesure.

Néanmoins, il fut soulagé quand tous les invités furent enfin partis. Tom se dirigea vers sa chambre dès qu'il eut fait ses adieux. Tout en montant l'escalier, il réfléchissait à ce qu'il devait faire. Il avait besoin d'aide pour cela. Il ne pouvait pas demander à Tabitha. Elle lui accordait à peine son attention. Il pourrait appeler Keith, mais son meilleur ami était un pitre et non quelqu'un vers qui il pourrait se tourner pour des conseils sérieux. Non, il n'y avait qu'une seule personne en qui il pouvait avoir confiance dans un moment comme celui-ci.

Il devait parler au directeur.

Lorsque Tom arriva dans sa chambre, la première chose qu'il remarqua fut une grande boîte en bois sur son lit. Il s'en approcha avec prudence. Il reconnut la boîte. C'était le Dépositoire de leur famille et cela indiquait clairement qu'il était maintenant le Gardien. Était-il prêt pour cela ?

Non. Pas maintenant. Il y penserait plus tard. Il prit un morceau de papier et griffonna une note urgente à Lianon, le directeur. Il plia le papier en triangle, le tapota pour qu'il flotte en l'air avant de disparaître.

Tom avait fait les cent pas dans sa chambre, attendant impatiemment une réponse. Quelques instants plus tard, on frappa à la porte de sa chambre.

— Revenez plus tard, s'il vous plaît, appela-t-il. J'ai une migraine terrible et je veux qu'on me laisse tranquille.

— Tom, c'est Lianon. Puis-je entrer ? répondit le directeur de son débit habituel sans précipitation.

Soulagé qu'il soit arrivé si rapidement, Tom se précipita vers la porte et l'ouvrit brusquement pour le laisser entrer, vérifiant le couloir pour voir si quelqu'un avait remarqué l'arrivée du directeur avant de refermer la porte. Il avait de la chance ; personne n'était aux alentours.

— Merci d'être venu si vite, Monsieur, dit Tom avec un soupir de soulagement.

Lianon restait debout car il n'y avait nulle part où s'asseoir à part le lit, et la chaise de bureau de Tom s'effondrerait probablement sous son poids. Avec près de deux mètres dix de hauteur, le Haut Elfe dominait Tom, une présence formidable qui emplissait la pièce.

— Je comprends d'après votre note que c'est une affaire urgente, dit-il, désignant le Dépositoire sur le lit de Tom avec une question dans les yeux.

Tom secoua la tête.

— Oui, c'est une urgence, mais ça ne concerne pas ça, répondit-il, avec un geste dédaigneux vers la boîte. Je crois que Maman et Oncle Aidan préparent quelque chose, et je pense qu'ils pourraient avoir des intentions peu honorables envers Lola et Devlin, continua Tom.

Lianon acquiesça tandis qu'il considérait cela.

— Je vois. Et où sont-ils maintenant ? demanda-t-il.

Tom fronça les sourcils.

— Maman et Oncle Aidan, ou Lola et Devlin ?

— Tous les quatre, répondit le directeur, ses longs bras s'étendant et faisant scintiller les manches de sa robe argentée malgré la faible lumière de la chambre de Tom.

— La dernière fois que je les ai vus, Maman et Aidan étaient dans le salon. Quant à Lola et Devlin, ils étaient ici hier soir. Du moins ils étaient censés l'être. Je me suis réveillé à cinq heures, pensant rejoindre Lola dans sa méditation matinale, mais Devlin n'était pas dans son lit, et je n'ai pu trouver Lola nulle part. Maman a insisté pour que je l'appelle sur son portable pour m'assurer qu'elle allait bien. Maman et Aidan étaient catégoriques à ce sujet et ne voulaient pas me laisser tranquille tant que je ne l'aurais pas fait.

Le directeur ne réagit pas.

— Quand j'ai réussi à la joindre, Lola a dit que Devlin ne se sentait pas bien, continua Tom, et qu'ils étaient rentrés chez eux. Mais je pouvais dire qu'elle mentait. J'ai essayé de lui faire comprendre que les choses n'allaient pas de mon côté sans attirer l'attention de Maman et d'Aidan et j'ai raccroché. Après avoir relayé son mensonge à Maman et Aidan, ils ont commencé à chuchoter frénétiquement. Ils ont refusé de répondre à mes questions. Dès que j'ai pu, je vous ai écrit, conclut Tom.

Lianon avait écouté attentivement, son visage impénétrable. Quand Tom eut fini son récit, il dessina un grand cercle dans l'air devant lui. Un portail s'ouvrit, et Tom put voir le bureau du directeur.

— Je crois que nous devrions poursuivre cette conversation dans un endroit plus... privé, dit le Haut Elfe. Apportez votre Dépositoire.

Il attendit pendant que Tom saisissait la boîte, lui faisant signe de traverser en premier. Lianon suivit, le portail se fermant immédiatement derrière lui.

Ils eurent une longue conversation dans le bureau du directeur. Avant que Lianon ne passe en revue les devoirs essentiels du Gardien, il demanda à Tom comment il était devenu Gardien à un si jeune âge. Tom expliqua que lorsque son père était mort en avril dernier, les responsabilités étaient revenues à Tabitha, l'aînée. Mais comme elle n'était pas intéressée par de telles responsabilités, elle avait persuadé Tom de prendre le relais dès qu'il aurait seize ans.

Lianon lui fit ouvrir le Dépositoire pour examiner les clés et expliqua que les clés étaient magiquement gravées avec les noms de leurs propriétaires. Des dix clés, trois étaient manquantes : la sienne, celle de sa mère et celle de Tabitha. La clé de son père avait été retournée à la boîte à sa mort et ne portait plus son nom.

— Monsieur, la clé de Maman ne devrait-elle pas venir du Dépositoire des McCarthy ? demanda Tom, perplexe.

— Non, Tom. Quand une voyageuse se marie, la clé de sa famille est retournée. On lui fournit une nouvelle clé provenant du Dépositoire de son mari. Cela facilite la gestion du transfert générationnel des clés, expliqua patiemment le Haut Elfe.

Le visage de Tom s'assombrit.

— Cela signifie que si Maman est coupable d'avoir mal utilisé sa clé, je devrai la lui retirer, dit-il, sa voix à peine plus qu'un murmure.

C'était une confrontation qu'il préférerait de loin éviter.

Lianon posa une grande main sur l'épaule de Tom et dit :

— Si elle avait enfreint les règles du manuel, sa clé serait déjà de retour dans la boîte. Laissez-moi enquêter sur cette affaire, et quand ce sera plus clair, nous pourrons discuter d'une ligne de conduite. Cela vous convient-il ?

Tom s'affaissa de soulagement.

— Cela me semble parfait, Monsieur. Je suis content de vous avoir contacté rapidement, répondit-il.

— Moi aussi, Tom. Maintenant, souhaitez-vous rester à L'académie jusqu'à ce que je règle cette affaire ? Je crois que la plupart des professeurs sont rentrés chez eux pour les vacances d'été, mais le personnel est là, et Lady Samsara reviendra bientôt. À moins que vous ne préfériez attendre chez vous... ou même chez un ami ? demanda-t-il.

Tom réfléchit à cela. Il ne se sentait pas en sécurité pour rentrer chez lui tant qu'il ne saurait pas ce qui se passait. Il se pourrait bien que ce soit un simple malentendu, mais son instinct lui disait le contraire. Il venait de passer les dernières vingt-quatre heures avec ses amis, et cela semblerait étrange pour lui d'appeler et de demander à sortir quand tout le monde dormait probablement pour récupérer de la fête, comme il aurait aimé pouvoir le faire maintenant. Surtout maintenant qu'il était en sécurité. Les derniers jours le rattrapaient.

— Est-ce que je peux aller dans ma chambre et faire une sieste, Monsieur ? Je n'ai pas beaucoup dormi, et je suis épuisé.

Le directeur acquiesça.

— Oui, bien sûr, Tom. Je préviendrai Samsara que vous êtes ici. Elle viendra vous voir à l'heure du dîner si je ne suis pas revenu.

Il accompagna Tom jusqu'à la porte menant à l'étage principal de L'académie.

Alors que Tom descendait les escaliers, Lianon l'appela :

— Tom, vous pouvez renvoyer le Dépositoire chez vous. Personne d'autre que vous ne peut le porter ou l'ouvrir. Il sera tout à fait en sécurité.

— Euh, comment je fais ça ? Est-ce que j'utilise ma clé et j'ouvre une porte vers ma chambre ? demanda Tom, tenant maladroitement la boîte dans l'escalier.

— Pas besoin. Il suffit de fixer une intention avec votre esprit, et il ira où vous l'envoyez, répondit le directeur.

Tom ferma les yeux et visualisa son lit à la maison. Quand il ouvrit les yeux, le Dépositoire avait disparu. *Impressionnant.* C'était le même processus qu'il utilisait pour invoquer une porte avec sa clé. Il visualisait où il voulait aller et ouvrait la porte tout en tenant sa clé. Seulement il n'avait pas eu besoin de sa clé pour cela...

Lisant dans ses pensées, comme le faisaient les Hauts Elfes, Lianon répondit à sa question non posée.

— Les voyageurs doivent tenir leur clé pour ouvrir des portes. Elle agit comme un conducteur, une sorte de baguette. En tant que Gardien, vous êtes lié au Dépositoire. Il a été enchanté dans ce but précis. Aucune clé n'est nécessaire. Vous pouvez l'appeler quand vous en avez besoin et le renvoyer de la même manière.

Tom acquiesça, encore plus impressionné.

— Merci pour votre aide, Monsieur. Je réalise que la plupart des Gardiens apprennent de leur père, mais le mien est mort avant de pouvoir former ma sœur ou moi, dit Tom.

— C'est pour cela que L'académie est là, Tom. Je suis heureux d'intervenir, répondit le directeur avec une courte révérence.

Tom acquiesça à nouveau et descendit les marches. Quand il atteignit la porte du palier, Lianon l'appela.

— Tom !

Tom leva les yeux avec espoir et demanda :

— Monsieur ?

Lianon sourit.

— Joyeux anniversaire !

Tom rit, le remercia et ouvrit la porte du palier. Il sentit immédiatement un frisson lui picorer la peau. Le couloir, désert, était étrangement silencieux. Curieux, Tom passa la tête dans la bibliothèque et vit Monara à son bureau. Il se sentit instantanément mieux. La bibliothécaire était l'une de ses personnes préférées. De plus, elle était aussi une Haute Elfe, comme le directeur et Lady Samsara. D'une certaine manière, Tom trouvait cela rassurant. Les Hauts Elfes étaient des êtres puissants et éternels.

Il passa devant la salle commune et la salle à manger, toutes deux vides bien que chacune eût un feu allumé dans la cheminée. Dépourvues d'étudiants, les pièces impeccables ressemblaient davantage aux salles de bal qu'elles avaient été conçues pour être, et moins à une école.

L'académie était une école pour les voyageurs, des humains issus d'une lignée magique distincte. À partir de treize ans, quand ils recevaient leur clé, les voyageurs passaient deux semaines à L'académie chaque été jusqu'à ce qu'ils atteignent dix-huit ans ou terminent le lycée. Selon ce qui venait en premier, en fonction du système scolaire de leur pays.

Ici, ils apprenaient à utiliser leur clé en toute sécurité et de manière responsable. Ils connaissaient les règles du manuel du voyageur, le latin pour les sorts de base, la méditation pour mieux visualiser les destinations, la géographie et une forme d'arts martiaux pour les aider à se sortir de situations difficiles pendant leur voyage.

Pendant l'année scolaire, L'académie offrait quelques programmes universitaires traditionnels en plus de cours avancés spécifiques au voyage. La présence était obligatoire pour tous les Gardiens, qu'ils aient terminé le lycée ou non. Si c'était le cas, ils choisissaient une spécialité et complétaient leur éducation. Si, comme pour Tom, ce n'était pas le cas, ils passaient le premier semestre à compléter les crédits nécessaires avant de poursuivre. Pour Tom, cela signifiait entasser une année de scolarité en un trimestre de quatre mois. Quoi qu'il en soit, Tom était heureux d'être sorti de son lycée local. Il ne s'y intégrait pas.

Tom s'arrêta sur les marches et regarda le hall principal, essayant de l'imaginer comme le verrait un nouvel arrivant. Il tenait pour acquis à quel point l'endroit était chic. Il ressemblait davantage à un pensionnat élégant qu'à n'importe quelle école de magie représentée dans les livres et les films. *Ce n'est pas exactement Poudlard*, pensa-t-il avec un petit rire.

Le hall principal était l'endroit où les étudiants et les visiteurs arrivaient. Pas par les massives doubles portes en chêne qui menaient au jardin d'entrée, mais par leur propre porte personnelle. Il n'y avait pas d'autre moyen d'entrer ou de sortir à moins d'être un Haut Elfe et de pouvoir conjurer un portail.

Il n'avait jamais demandé, mais Tom supposait que le personnel et les enseignants pouvaient voyager vers et depuis l'école ailleurs dans l'immense château.

L'académie avait été créée plus de 300 ans plus tôt. Avant cela, les humains magiques apprenaient de leurs familles ou étaient apprentis auprès d'un Ancien. Il n'y avait pas d'écoles. Mais après les diverses chasses aux sorcières et procès à travers le monde, les humains avec des capacités magiques avaient soit cessé de les utiliser, soit étaient passés dans la clandestinité. La plupart des espèces magiques non humaines s'étaient soit cachées dans des zones reculées sur Terre, soit avaient trouvé refuge dans d'autres mondes ou royaumes. Pour éviter la perte complète des connaissances, des écoles spéciales furent créées et logées dans des mondes qui leur étaient propres pour la sécurité des étudiants.

Il y avait un débat, parmi les étudiants de L'académie, quant à savoir si l'école et ses terrains étaient même réels. Au-delà des limites des terres se trouvait une forêt. Tom et ses amis s'étaient aventurés aussi loin qu'ils le pouvaient dans presque toutes les directions. Ils avaient même compté leurs pas jusqu'à ce qu'ils atteignent la barrière. Il semblait que le monde que les Hauts Elfes avaient créé pour abriter L'académie était, en fait, un hémisphère.

Je vais à l'école dans une boule à neige. Ce n'était pas la première fois qu'il avait cette pensée, et ce ne serait pas la dernière.

Malgré tout cela, ou peut-être à cause de cela, l'école était un lieu où Tom se sentait en sécurité. C'était ici qu'il était plus lui-même qu'il ne pourrait jamais l'être ailleurs dans le monde.

Quand il arriva dans sa chambre, il la trouva propre et vide. Sans ses affaires et celles de Keith éparpillées partout, elle ressemblait beaucoup à toutes les autres chambres du dortoir des garçons. Il annonça sa présence, et une pile de serviettes apparut sur son lit avec son uniforme scolaire. Il prit une serviette et se dirigea vers les douches. Il devrait se contenter du distributeur de savon dans la cabine de douche car il n'avait aucun de ses articles de toilette. Pas que cela le dérangeait à ce stade.

Une fois qu'il eut lavé la crasse et le stress des dernières vingt-quatre heures, il se sécha et retourna à sa chambre. Il jeta sa serviette, enfila son short de gym et se glissa entre les draps frais. Cela faisait tellement de bien d'être allongé.

Tandis qu'il s'endormait, son esprit était inondé par les événements de la journée. Les choses changeaient, et il ne se sentait pas préparé pour ce qui allait venir.

Un joyeux anniversaire, en effet.

CHAPITRE TROIS

Tom fut réveillé par le bruit de quelqu'un frappant à la porte. Il lui fallut une minute pour réaliser qu'il était à L'académie et non chez lui. Pensant que ce devait être le directeur et se rappelant qu'il ne portait qu'un short de sport, il resta sous les couvertures et cria :

— Entrez !

La porte s'entrouvrit. Ce n'était pas Lianon mais Lady Samsara. Elle passa sa tête par l'ouverture, l'informa qu'il était cinq heures quarante-cinq et qu'il devrait la rejoindre pour le dîner dans la salle à manger, puis referma la porte.

Tom se leva et vit que ses vêtements avaient été magiquement lavés et soigneusement pliés au bout du lit. Il était certain de ne pas les avoir mis dans le conduit. Il hésita à porter ses propres vêtements pour le dîner. Après tout, l'école n'était pas ouverte. Mais les règles étaient les règles. Il enfila son uniforme, vérifia sa coiffure et se dirigea vers la salle à manger.

À la place de la longue table des professeurs se trouvait une table plus petite dressée pour quatre personnes. Lady Samsara était assise seule. Lorsqu'il s'approcha de la table, elle lui fit signe de s'asseoir.

— Le directeur devrait nous rejoindre d'un instant à l'autre, dit-elle en sirotant son vin.

Tom remplit son verre d'eau et but une gorgée. Il se sentait très mal à l'aise assis seul avec un professeur et ne pouvait penser à rien à dire, surtout qu'elle venait de le surprendre au lit, ne portant rien d'autre que son short. Il n'était pas tout à fait sûr de pouvoir un jour la regarder dans les yeux à nouveau.

— J'ai entendu dire que vous avez eu toute une fête, jeune homme. Joyeux anniversaire ! dit-elle brusquement.

— Merci, Lady Samsara. Oui, la fête a été un succès, répondit-il poliment, gardant son regard fermement fixé sur son assiette vide.

Ils burent leurs boissons en silence, ne semblant ni l'un ni l'autre savoir quoi dire. Un valet se tenait silencieusement à l'écart, attendant probablement l'arrivée du directeur pour servir le dîner. Tom pouvait entendre le tic-tac de l'horloge au-dessus de la cheminée. Il n'avait jamais remarqué la cheminée auparavant. Habituellement, elle était cachée derrière la rangée de professeurs. Elle était vraiment imposante.

Lady Samsara semblait inconsciente de l'inconfort de Tom. Bien que tout en elle paraissait royal et délicat, en tant que Haute Elfe, elle était presque deux fois plus grande que Tom. Elle tenait le verre de vin par la tige avec le bout de son pouce et de son index, prenant des gorgées minuscules et fermant les yeux pour savourer chaque bouchée. Son autre main se déplaçait gracieusement d'avant en arrière, comme si elle suivait une mélodie qu'elle seule pouvait entendre.

À ce moment précis, il y eut un fort bourdonnement à sa gauche. Un portail apparut, et Lianon émergea. Il était exactement six heures. Il fit un signe au valet et alla rejoindre les autres à table.

— Samsara, vous avez l'air en forme, dit-il.

Elle inclina simplement la tête en guise de reconnaissance.

— Tom, avez-vous pu vous reposer ? demanda-t-il en se tournant vers Tom.

— Oui, Monsieur. J'ai dormi quatre bonnes heures. Je me sens beaucoup mieux, merci, répondit Tom, reconnaissant maintenant d'avoir la compagnie de quelqu'un à qui il pouvait parler.

Le valet revint avec un grand plateau portant une marmite couverte remplie de ragoût de chevreuil, un plateau de fromages et un panier de petits pains. Il demanda au directeur s'il voulait un verre de vin, mais Lianon refusa et le valet partit.

Une fois que chacun fut servi, Lianon leur fit son rapport pendant qu'ils mangeaient.

— Tout d'abord, laissez-moi vous assurer que tous les Evers sont sains et saufs, dit-il.

Tom se détendit visiblement. Depuis qu'il s'était réveillé, il luttait contre une sensation désagréable au creux de l'estomac. Savoir que Lola et son frère allaient bien dénoua le nœud, lui permettant de s'attaquer à sa nourriture et de l'apprécier enfin. Il était affamé, et le ragoût était délicieux.

— J'ai consulté le conseil des Anciens ainsi que le Conseil des Êtres Magiques Terrestres. Vous n'êtes peut-être pas au courant, mais il y a eu plusieurs vols et cambriolages dans la communauté des voyageurs, et une enquête était en cours. Il semble qu'Ivan Lazarus, votre oncle Aidan, Antonio et Marco Donatelli, ainsi que deux autres associés soient responsables de la plupart des récents incidents. Votre oncle a été convoqué devant le CEMT cet après-midi. Il a rapidement fourni un témoignage en échange d'une peine réduite à la Détention. Cela a conduit à l'arrestation d'Ivan, Antonio et Marco, qui le rejoindront à la Détention. Les deux derniers associés sont toujours portés disparus, expliqua le directeur.

— Et ma mère ? demanda Tom, posant brusquement sa cuillère en réfléchissant à ces choses.

— Votre oncle affirme que tout ce qu'elle a fait a été de fournir des informations sur les familles susceptibles de posséder les artefacts magiques que les voleurs recherchaient. Il a insisté sur le fait qu'on lui avait dit que les Donatelli étaient des collectionneurs cherchant à acheter, et non à voler, les artefacts, répondit-il.

— Vous croyez cela ? demanda Tom, repensant à tout ce qu'il savait de sa mère.

Était-elle si innocente ? Ou si rusée ?

— Et vous ? interrompit Lady Samsara.

Tom la regarda et secoua la tête.

— Je ne sais pas. Je sais qu'elle voulait que je me rapproche de Lola et Devlin qui, comme par hasard, possèdent une montre temporelle et une sphère. Je doute qu'elle soit aussi innocente qu'elle le prétend, commença-t-il.

C'était difficile. Il aimait sa mère et ne voulait pas qu'il lui arrive quelque chose, ni qu'elle soit emmenée. Mais il ne pouvait ignorer le fait qu'elle avait mis en danger la vie de sa petite amie et de sa famille.

Le nœud était de retour. Il fixa son ragoût, son appétit disparu.

Lianon posa une grande main sur son épaule. Tom leva les yeux vers lui.

— Je vois que vous êtes partagé entre des loyautés. Puis-je faire une suggestion ? demanda-t-il.

— Je vous en prie, Monsieur, répondit Tom.

— Comme vous l'avez vu, la clé de votre mère n'a pas été révoquée magiquement. Cependant, je crois que ses actions vous ont mis en danger, vous et vos amis, sans parler du ciblage de certaines familles. Je suggérerais de révoquer sa clé pour au moins six mois. Je sais qu'elle est votre mère, et que vous l'aimez, mais en tant que Gardien, vous êtes au final responsable des membres de votre famille, dit-il.

Tom acquiesça et soupira.

— Cela me semble raisonnable, mais je suis sûr qu'elle sera fâchée contre moi...

Il s'interrompit.

— Peut-être que si je vous accompagnais chez vous, je pourrais donner un air d'autorité à la situation ? suggéra Lianon.

Tom expira de soulagement et répondit :

— Merci, Monsieur. J'apprécierais cela.

Lady Samsara et Lianon bavardèrent pendant que Tom se resservait du ragoût, surpris de constater qu'il avait encore faim après tout. Il réalisa qu'il n'avait pas fait savoir à sa mère où il était, et qu'il était parti depuis des heures. Lui avait-il manqué ? S'inquiétait-elle ? Voulait-il qu'elle s'inquiète ?

Peut-être valait-il mieux qu'elle ne réalise jamais qu'il était parti. Heureusement, ils dînaient beaucoup plus tard à la maison qu'à L'aca-démie. Sa mère ne s'inquiéterait probablement que s'il ne se présentait pas pour le dîner du dimanche. Tel que c'était, il arriverait probablement avant même que le repas ne soit servi.

Quand tout le monde eut terminé le plat principal, Lianon fit signe au valet. Les plateaux furent retirés, et le dessert fut servi peu après. Autour du thé, Lady Samsara demanda à Tom s'il avait choisi une spécialisation pour le trimestre d'hiver.

— Je pense que je vais choisir les études mondiales. Je veux utiliser ma clé d'une manière qui profite à la planète, répondit Tom.

— Je pense que nous pouvons nous attendre à de grandes choses de votre part, Tom, dit Lady Samsara, l'air impressionnée.

Lady Samsara se leva lorsqu'ils eurent terminé leur repas, et les deux hommes se levèrent immédiatement aussi.

— J'ai hâte de vous revoir à l'automne, Tom. Lianon, tenez-moi informée de la situation. Je serai dans mes appartements. Bonne soirée, dit-elle avant de glisser hors de la salle à manger, sa longue chevelure argentée flottant dans son sillage.

Lianon demanda à Tom s'il avait besoin de récupérer quelques affaires pour sa chambre. Tom acquiesça, et ils convinrent de se retrouver dans le hall principal cinq minutes plus tard.

Tom se précipita dans sa chambre, remit ses vêtements de ville, glissa son téléphone dans sa poche et plaça ses affaires dans le conduit en descendant le couloir. Le directeur l'attendait au bas des marches.

Le hall principal était le seul endroit de L'académie où les étudiants pouvaient utiliser leur clé pour invoquer une porte. Lianon lui fit signe de passer devant. La clé de Tom était sur une chaîne accrochée à son pantalon. Il la sortit de sa poche, et sa porte apparut. Il la plaça dans la serrure, tourna la clé dans le sens inverse des aiguilles d'une montre, fit pivoter la poignée et ouvrit la porte dans l'entrée de sa maison. Normalement, il serait allé directement dans sa chambre, mais il pensa que ce serait plus approprié puisque le directeur était avec lui.

Une fois qu'ils furent entrés, il appela sa mère. Il l'entendit dire qu'ils étaient dans la salle à manger. Tom vérifia l'horloge du hall ; il était vingt heures. Il conduisit son invité à la salle à manger. Arabella et Tabitha, qui parlaient bruyamment avec une grande animation des événements de la journée, restèrent muettes à la vue du distingué Haut Elfe parmi eux.

— Bonsoir, mesdames. Je m'excuse d'interrompre votre repas du soir, dit le directeur.

— Pas du tout, Monsieur. Voulez-vous vous joindre à nous ? répondit Arabella, se levant en agitant une main vers la table, l'invitant à s'asseoir et à partager leur repas.

— J'ai peur que nous ayons déjà dîné à L'académie. Pourrions-nous avoir un mot en privé ? demanda-t-il.

Tabitha commença à se lever, mais Arabella l'arrêta.

— Non, ma chérie, reste. Il y a eu assez de secrets dans cette maison. S'il vous plaît, asseyez-vous, dit-elle, autant à Tom qu'à Lianon.

Tom garda les yeux au sol tandis qu'il contournait la table pour rejoindre sa place habituelle. Le directeur prit le siège vacant en bout de table, s'installant lentement dans la grande chaise comme s'il doutait qu'elle puisse le soutenir.

— Tom, je crois que vous avez quelque chose à dire, dit Lianon doucement.

— Euh, oui. Maman, comme tu t'en souviens peut-être, Tabitha a renoncé aux devoirs de Gardien en ma faveur. Je suis devenu le Gardien aujourd'hui, dit Tom, et il fit une pause, attendant une réponse.

Comme il n'y en avait pas, il continua.

— Le directeur Lianon m'a fourni les détails de l'enquête du conseil. Pour ta participation au plan de l'oncle Aidan, je crois que ta clé devrait être révoquée pour six mois, dit-il, la regardant en face et essayant de maintenir un contact visuel.

Sa voix tremblait un peu, mais il avait parlé clairement et sans animosité.

Arabella ouvrit la bouche, puis la referma brusquement. Le visage de Tabitha devint rouge betterave tandis qu'elle frappait la table du plat de la main.

— Espèce de fils ingrat de... commença-t-elle, mais Arabella la coupa.

— Non, Tabitha. C'est la bonne chose à faire. Je ne suis pas fière de moi, et si c'est ainsi que nous retrouvons la paix et la confiance dans la famille, alors qu'il en soit ainsi. Tom, je sais que cela doit être difficile pour toi. Ton père serait fier de toi. Il semble que les Callahan aient plus de caractère que les McCarthy. Je dois faire mieux, dit-elle, prenant les mains de ses deux enfants à travers la table. Promettons tous de faire mieux, ajouta-t-elle avec un regard à chacun.

— Merci, Maman, répondit Tom, se levant pour l'étreindre.

Tabitha le fusilla du regard, clairement encore contrariée. Arabella lui lança un regard cinglant, et elle adopta une attitude plus contrite. Elle se leva même et se joignit à l'étreinte. Qu'elle soit sincère ou non était une tout autre affaire. Tom était heureux qu'elle fasse au moins l'effort. Pour l'instant, ce serait suffisant.

C'était un moment émouvant. Lianon se leva et s'éclaircit la gorge. Ils se séparèrent.

— Vous devriez appeler le Dépositoire, réclamer la clé et la placer à l'intérieur. Tapotez la clé et dites : « Révoquée pour six mois », dit-il.

Tom fit ce qu'on lui disait. Arabella retira de son cou la chaîne en or qui tenait sa clé, détacha la clé et la plaça dans la main de Tom avec des doigts tremblants. Tom tapota la clé, prononça les mots et renvoya la boîte dans sa chambre.

Ils restèrent tous là, regardant le sol.

— Eh bien, je devrais partir. J'ai d'autres familles à visiter ce soir, dit le directeur.

— Oui, bien sûr. Laissez-moi vous raccompagner, dit Arabella en le conduisant vers l'entrée.

Lianon prit sa main et l'embrassa.

— Je vous verrai à l'automne. Profitez du reste de votre été, Arabella, dit-il avant d'ouvrir un portail et de dire bonne nuit.

Pendant ce temps, Tabitha s'en prenait à son frère.

— Je n'arrive pas à croire que tu viens de faire ça. Si j'avais été Gardienne, je n'aurais jamais révoqué la clé de Maman. Elle a besoin de sa clé. Que va-t-elle faire quand nous retournerons à l'école à l'automne ? lui lança-t-elle.

— Je suppose qu'elle prendra la voiture comme les gens normaux, répondit-il, agacé d'être celui qu'on faisait passer pour le méchant. Et si elle a besoin d'aller quelque part de magique, elle peut demander à une de ses amies.

— Et les visites du dimanche ? rétorqua-t-elle, les mains sur les hanches.

— L'un de vous pourra m'ouvrir la porte, dit Arabella en entrant dans la salle à manger. Bien sûr, c'est un inconvénient, mais nous nous en sortirons. Maintenant, assez de cette affaire. C'est fini. Tom, veux-tu t'asseoir avec nous pendant que nous mangeons ? demanda-t-elle.

Il acquiesça en réponse, mais ses yeux étaient fixés sur sa sœur qui fronçait toujours les sourcils. Arabella se rendit à la cuisine pour informer leur cuisinière qu'ils étaient prêts à manger et que seulement deux d'entre eux dîneraient.

Ils s'assirent à table et parlèrent de la fête de Tom. À la fin du repas, la cuisinière sortit un gâteau d'anniversaire surmonté de bougies, et tout le monde chanta « Joyeux Anniversaire ». Tom souffla les bougies, un sourire revenant sur son visage. Arabella alla ouvrir un meuble et en sortit un cadeau emballé.

— C'est de la part de ton père et de moi, dit-elle de manière énigmatique.

Tom prit le paquet précautionneusement, le tenant un moment avant de déchirer le ruban et le papier. À l'intérieur se trouvait un écrin à bijoux. Il souleva le couvercle pour découvrir la chevalière de son père. C'était une bague en or antique avec un gros grenat maintenu par des vignes dorées épineuses au centre. Il se souvenait l'avoir cherchée après la mort de son père. Il ne la portait pas lors de l'enterrement.

Submergé par l'émotion, Tom déglutit avec difficulté tandis qu'il sortait la bague de l'écrin et la glissait à l'auriculaire gauche. Il regarda sa mère avec curiosité.

— Lors de son dernier jour à l'hôpital, il m'a donné la bague et m'a dit de la mettre dans une boîte et de l'emballer pour ton seizième anniversaire. Il t'a aussi écrit une lettre, dit-elle, lui tendant l'enveloppe.

Tom prit l'enveloppe mais ne l'ouvrit pas. Il voulait de l'intimité pour lire les derniers mots de son père. Heureusement, personne n'insista pour qu'il fasse autrement.

Quand ils eurent fini le gâteau, Tom demanda à être excusé. Il dit bonne nuit à sa mère et à sa sœur et alla dans sa chambre. Une fois à l'intérieur, Tom s'assit dans son fauteuil de lecture et ouvrit l'enveloppe. La lettre était courte. Au lieu de l'écriture nette et précise de son père, c'étaient les traits inégaux d'un homme perdant sa bataille contre le cancer.

« *Cher Tom,*

Joyeux seizième anniversaire, mon garçon. À présent, Maman t'a remis ma chevalière. J'espère que tu la porteras et que tu te souviendras de moi. Bien qu'elle ne soit pas un artefact magique, c'est un héritage familial qui a été transmis, de père en fils, depuis notre ancêtre Larkin Callahan.

Je ne pense pas qu'il s'agisse vraiment d'une chevalière. Cependant, lorsqu'elle est pressée dans de la cire, tu verras que les vignes laissent une empreinte distincte en forme de 'C', que nous avons pris pour représenter Callahan. Par curiosité, je l'ai fait expertiser. Le bijoutier pensait que la bague datait du dix-septième siècle et était probablement une bague de femme. Larkin aurait pu obtenir cette bague de sa mère ou de sa grand-mère, nous ne le saurons jamais.

Quoi qu'il en soit, elle est à toi maintenant, tout comme l'utilisation de mon bureau. Au moment où j'écris ces lignes, Tabitha montre très peu d'intérêt pour les devoirs de Gardien et a exprimé le souhait de te les transférer quand tu auras seize ans. Je suppose que c'est ce qui s'est produit. J'aurais aimé pouvoir te préparer moi-même pour ce jour. En l'état actuel des choses, tu devras te débrouiller avec mes instructions écrites. Tu les trouveras dans le tiroir droit de mon bureau. Le classeur contient tout ce dont tu as besoin. Je suis sûr que tu t'en sortiras bien.

Je suis très fier du jeune homme que tu es devenu, et je sais que tu feras ta part pour améliorer le monde et la vie de ceux qui t'entourent.

Que l'amour et les rires illuminent tes jours,
et réchauffent ton cœur et ton foyer.
Que de bons et fidèles amis soient tiens,
où que tu puisses aller.
Que la paix et l'abondance bénissent ton monde
avec une joie qui perdure.
Que toutes les saisons de la vie

t'apportent le meilleur, à toi et aux tiens !

Avec amour,

Papa

Tom sourit à la lettre de son père, même en essuyant une larme sur sa joue. C'était bien son père d'envoyer une lettre si incongrue, partageant des informations, certaines aléatoires, d'autres utiles, aux côtés d'une bénédiction sincère. Il aurait aimé qu'elle soit plus longue. Plus que jamais, il souhaitait que son père soit là.

CHAPITRE QUATRE

Tom avait gardé profil bas jusqu'à ce que Lola demande à le voir quelques jours avant la rentrée. Il avait été tellement nerveux à l'idée de la revoir. Au final, bien que les choses aient été maladroites au début, ils avaient rapidement retrouvé cette relation facile qu'ils partageaient avant sa fête. Ensemble, ils étaient allés voir un film et avaient passé une journée fantastique à faire de la randonnée dans un parc voisin, faisant ce que tous les autres couples faisaient, jusqu'à ce que son anniversaire semble lointain, comme si la fête et la disparition de Lola et son frère étaient arrivées à quelqu'un d'autre.

Soulagé que les choses se soient bien terminées, Tom avait pu reprendre le rythme de sa vie avec le début de l'année scolaire. Avant même qu'ils ne s'en rendent compte, ils étaient de retour à l'école, laissant tout ce gâchis derrière eux.

Bien que Tabitha fréquente également L'académie, il ne la voyait qu'aux repas et lors des visites dominicales chez leur mère. Tom, Lola et Keith, son meilleur ami, termineraient leurs crédits de lycée pendant le semestre d'automne. Les nouveaux Gardiens de plus de seize ans devaient fréquenter L'académie à temps plein. À part des cours spécifiques sur les artefacts magiques comme la marche temporelle et le voyage entre les mondes, ils n'avaient aucun cours en commun avec les étudiants universitaires.

En même temps, ce n'est pas comme si Tom avait beaucoup de temps libre pour socialiser. Terminer sa dernière année de lycée en quatre mois avait été épuisant. Étudier tous les soirs et tous les week-ends n'était vraiment pas amusant, et il attendait les vacances d'hiver avec impatience, ne serait-ce que pour avoir un répit bien mérité des lectures et des examens.

Tom n'était pas à la maison depuis un jour que son temps libre avait déjà été englouti. Tabitha, toujours fâchée contre lui pour avoir révoqué la clé de leur mère, l'avait déclaré responsable de tous les voyages de leur mère pendant les fêtes. Tom découvrit bientôt que la restriction imposée à sa mère était autant une punition pour lui que pour elle. Arabella avait un cercle d'amis très étendu et acceptait tous les engagements sociaux pour éviter de rester seule à la maison.

Si toutes ses sorties avaient eu lieu à Cork, ç'aurait été simple de sauter dans la voiture et d'y aller. Hélas, Arabella devait faire du shopping à Paris, New York et Rome. Elle prenait le thé à Prague, achetait des épices à New Delhi et déjeunait avec des amis à Sidney. Il y avait des dîners, des soirées et des fêtes dans le monde entier auxquels assister. C'était épuisant et Tom se demandait si toute cette tournée internationale avait été orchestrée uniquement pour prouver quelque chose. Mais il ne pensait pas que sa mère était si mesquine, et Tabitha n'avait presque rien à voir avec le calendrier social de sa mère.

N'est-ce pas ?

Soudain plus qu'un peu dubitatif sur toute l'affaire, Tom réussissait quand même à faire des projets avec ses amis, déterminé à organiser quelques bons moments pour lui-même. Mais son téléphone portable vibrait constamment avec des horaires et des adresses. Il devait s'excuser, aller chercher sa mère et l'emmener où elle voulait aller, puis rejoindre ses amis. Au fil des jours, il devenait de plus en plus certain qu'Arabella profitait de lui, mais il ne pouvait rien y faire. Bien sûr, elle était contrariée. C'était humiliant de se voir révoquer sa clé, même si personne en dehors de la famille et du directeur n'était au courant de la situation. Tom l'avait dit à Lola, bien sûr, mais ça ne comptait pas.

Pour expliquer les SMS constants de sa mère et les interruptions, il avait dit à ses autres amis qu'Arabella s'attendait à ce qu'il l'accompagne à plusieurs événements mondains puisqu'il était maintenant le chef de famille. D'une façon ou d'une autre, il avait réussi à traverser les fêtes en un seul morceau, bien qu'il semblait étrange de retourner à l'école avec l'intention de finalement obtenir un repos bien mérité.

Et ainsi, le deuxième mardi de janvier, Tom se laissa tomber sur son lit et dit à Keith :

— C'est bon d'être chez soi.

Keith gloussa.

— Je sais ce que tu veux dire. Si j'avais dû manger encore un morceau de cake aux fruits ou écouter un autre chant de Noël, j'en serais mort, répondit-il, s'affalant au bord du lit de Tom pour attraper son sac et commencer à fouiller dedans. Tu as rapporté des snacks décents ?

Tom écarta sa main tandis qu'il récupérait son sac de sport.

— Sérieusement, si Lenora ne m'avait pas invité à rester pour le long week-end du Nouvel An, j'aurais dû partager ma chambre avec mon cousin Bernie. Tu te souviens de Bernie ? Ce crétin du côté non-magique de la famille de mon père. Beurk ! J'ai complètement évité cette épreuve cette année. Quelle chance !

Tom et Keith étaient meilleurs amis depuis l'école primaire. Ils vivaient dans le même quartier, bien que la famille de Keith ne soit pas riche comme les Callahan. Sa mère avait épousé un non-voyageur qu'elle avait rencontré à l'université. Les voyageurs avaient tendance à épouser d'autres voyageurs car cela rendait généralement les choses plus faciles. Le père de Keith était un chirurgien orthopédiste de renom qui s'occupait d'athlètes et d'autres patients haut de gamme. Ils n'étaient pas pauvres, loin de là, mais ils ne vivaient pas non plus dans un manoir au bord de l'eau qui était dans leur famille depuis des générations.

Keith dessinait sur son carnet de croquis, concentré à estomper quelque chose ou autre, ses lunettes à monture métallique à quelques centimètres du papier. Il ressemblait à un chérubin roux, ses boucles rouges rebondissant alors qu'il penchait la tête pour regarder son croquis sous un autre angle. Il leva les yeux et dirigea son regard émeraude vers Tom.

— Tu es drôlement silencieux. Tu t'es disputé avec Lola ? demanda-t-il.

— Non. En fait, les choses vont très bien avec Lola. J'aurais aimé la voir plus pendant les vacances. Mais avec Noël et le mariage de sa tante, elle était occupée. On s'est bien amusés au mariage, mais je suis parti juste après, dit Tom avec un soupir.

— Et après ? Sa tante et son nouveau mari ne sont pas partis en lune de miel ? Ça n'aurait pas laissé Lola et Devlin seuls à la maison ? demanda-t-il.

— Si. Mais Devlin voulait emmener Lola et Sara visiter Amsterdam et quelques autres endroits qui, apparemment, devaient être vus en hiver pour être vraiment appréciés, répondit Tom en haussant les épaules. J'ai participé à quelques sorties, mais nous n'avons jamais été seuls.

— Allez, souris, mon pote. Tu es de retour à l'école. Tu la verras tous les jours ! dit Keith, en tapant la jambe de Tom avec son carnet à dessins. Quelle heure est-il ? Je meurs de faim, ajouta-t-il en se levant. Surtout puisque tu ne partages rien de ce que tu as rapporté.

— Ha. Comme si je m'étais donné la peine quand je savais que tu allais tout manger.

Tom regarda l'horloge près de la porte. Il est dix-sept heures trente.

— On descend à la salle commune ?

— Ouais, laisse-moi prendre ma veste, dit Keith, la tirant du dossier de sa chaise et l'enfilant.

Il vérifia son reflet dans le miroir et sembla trouver son apparence satisfaisante. Avec un clin d'œil, il ouvrit la porte et balaya son bras d'un geste théâtral, invitant Tom à passer devant.

— Nos dames nous attendent !

La salle commune était bondée et bruyante. C'était toujours comme ça après les vacances. Tom repéra leurs amis à leur place habituelle devant la cheminée. Keith fonça droit vers Lenora, l'embrassa sur la joue et lui chuchota quelque chose à l'oreille. Elle gloussa, se leva et lui céda sa place, puis s'installa sur ses genoux, la tête sur son épaule. Bien que Tom soit habitué à les voir se faire les yeux doux, il ne savait toujours pas s'il devait être jaloux ou dégoûté. Peut-être un peu des deux.

Lola était assise à côté de Sara et Devlin sur le canapé. Sara et Devlin avaient commencé à sortir ensemble pendant l'été, après que lui et Lola se soient mis ensemble. Six mois plus tard, il était rare de les voir séparés. Même maintenant, ils se tenaient la main et s'embrassaient à chaque occasion.

Tom et Lola prenaient leur temps, et il trouvait toujours les salutations en public maladroites. Ni l'un ni l'autre n'était très porté sur les démonstrations d'affection en public, et il n'était pas tout à fait sûr si c'était parce qu'ils avaient tous les deux été élevés en accordant tant d'importance aux apparences, ou s'il y avait quelque chose entre lui et Lola qui n'était pas... eh bien, aussi à l'aise que tout le monde semblait l'être. Cela l'inquiétait parfois, d'autant plus après qu'ils aient été séparés pendant les vacances.

Il hésita un moment sur la meilleure approche et finalement salua le groupe de façon assez affable dans son ensemble et alla s'asseoir par terre près de Lola. Il cogna son épaule contre ses jambes et lui sourit. Elle lui rendit son sourire et remit derrière son oreille cette mèche rebelle qui tombait toujours dans ses yeux. À cet instant, il sut que c'était suffisant. C'était qui ils étaient, ici et maintenant, et il n'aurait échangé cela pour rien au monde.

Colin et James étaient sur le petit canapé, ayant un débat animé sur les prochaines élections irlandaises. Clara et une jolie fille que Tom ne connaissait pas se tenaient la main et parlaient à voix basse sur le tapis devant le feu. *Je suppose que ça n'a pas marché avec Gunther*, pensa Tom. Il lança un regard interrogateur à Lola, inclinant la tête vers le couple près du feu.

Lola se pencha pour lui parler à l'oreille.

— C'est Évangeline. Elle a commencé ici à l'automne, et elles se sont rencontrées en cours d'art, dit-elle.

— On dirait qu'elles sont dans leur petit monde français, chuchota-t-il.

Lola rit et l'embrassa sur la joue avant de se rasseoir juste au moment où Colin frappa dans ses mains et demanda l'attention de tout le monde.

— Maintenant que nous sommes tous là, j'aimerais savoir quelles spécialités Lola, Tom et Keith ont choisies, dit-il.

— Pourquoi ? demanda Lola, plissant le visage avec consternation.

C'était un débat qui durait depuis des lustres, et elle commençait à devenir un peu protectrice envers Tom à ce sujet, sachant qu'il détestait qu'on lui demande tout le temps, puisqu'il hésitait sans cesse depuis ce qui semblait une éternité. Heureusement, il avait maintenant réglé la question, du moins dans son esprit. Tom posa une main sur sa jambe pour lui faire savoir que tout allait bien. Il en était sûr.

— Parce que nous avons fait un pari, bien sûr ! répondit James, se frottant les mains. Il sortit un carnet et un crayon de sa poche.

— En plus, nous voulons voir si nous aurons des cours ensemble, ajouta Lenora.

Lola haussa les épaules et demanda :

— Qu'est-ce que vous pensiez que je choisirais ?

— Soit linguistique, soit arts libéraux, dit Clara.

— Qui a parié sur linguistique ? demanda James, et quelques mains se levèrent, dont celle de Tom.

— Qui a parié sur arts libéraux ? demanda Colin alors que d'autres mains se levaient.

Colin tapota ses mains sur ses jambes et dit :

— Roulement de tambour... Que dites-vous, madame ?

Tous les yeux étaient fixés sur Lola, et elle rougit.

— J'ai opté pour linguistique, dit-elle.

James nota le résultat dans son carnet. Ce fut ensuite au tour de Tom. Le groupe pensait que c'était soit les études mondiales, soit les affaires internationales, et la plupart se trompaient. Tom avait choisi les études mondiales. C'était déjà réglé quand il était revenu à l'automne, puis il avait hésité ces derniers temps, mais ses voyages pendant les vacances l'avaient aidé à solidifier beaucoup de choses, notamment l'impact qu'il pensait pouvoir avoir sur le monde. C'était peut-être un peu idéaliste, mais il voulait accomplir quelque chose de considérable dans sa vie, rien de moins que changer le monde d'une façon ou d'une autre pour le mieux.

Finalement, ce fut le tour de Keith.

— Il n'y a sûrement pas de débat. Ce doit être arts libéraux, dit Lola, ricanant tandis que les autres commençaient à crier leurs hypothèses.

— Malheureusement, tu as tort, milady, répondit Colin. Vois-tu, le jeune Keith a été nommé Gardien dans des circonstances plutôt particulières.

Il regarda Keith pour voir si le garçon voulait expliquer.

— Comme vous le savez, ma mère a épousé un moldu. Notre Gardien est mon oncle Patrick, son frère. Il a décidé d'entrer à l'Abbaye et de renoncer à ses fonctions. Je suis le suivant dans la lignée, expliqua-t-il.

— Et donc, il a été fortement suggéré que Keith s'inscrive en gestion internationale puisqu'il prendra bientôt en charge les finances de la famille, dit James. Qui a parié sur arts libéraux ? demanda-t-il, comptant les mains levées.

— Qui a parié sur gestion internationale ? demanda Colin avant de faire à nouveau le roulement de tambour.

Keith prit une profonde inspiration et dit :

— J'ai choisi gestion internationale, mais je prendrai autant de cours d'art que possible, même si je dois rester un semestre supplémentaire. Si ça avait du sens, je ferais une double spécialisation, mais il n'y a vraiment pas beaucoup de recoupement entre les deux programmes.

Les lumières clignotèrent, et le groupe se sépara. C'était l'heure du dîner.

CHAPITRE CINQ

Tom appréciait ses cours et son emploi du temps au collège. Le rythme était plus lent qu'au semestre d'automne, et il avait davantage de périodes d'étude libre. Il avait largement le temps de terminer ses devoirs. Ce qui manquait à Tom, c'était d'avoir des cours quotidiens avec Lola. Non seulement ils n'avaient aucun cours en commun, mais leurs périodes d'étude libre ne coïncidaient jamais. Il se demandait si le directeur n'avait pas fait exprès de séparer les couples pour qu'ils puissent se concentrer sur leurs études.

Quand ils réussissaient à passer du temps ensemble, c'était une lutte pour trouver un minimum d'intimité sur le campus. Le personnel fermait les yeux sur les démonstrations d'affection discrètes dans les espaces communs. Pour des séances de baisers plus intenses, les étudiants se dirigeaient vers les bois.

Jusqu'à présent, Tom et Lola s'étaient contentés de rester sur le domaine, se tenant la main et discutant. Ils n'en avaient pas vraiment parlé, mais ils n'étaient pas pressés de passer à l'étape suivante. De toute façon, même si les choses devaient s'intensifier entre eux, ils ne pouvaient pas faire grand-chose. Étant tous deux mineurs, ils n'étaient pas autorisés à quitter le campus sans le consentement écrit de leurs parents. Ceux qui l'avaient n'étaient autorisés à voyager que directement chez eux. Si Tom demandait la permission, il passerait probablement ses week-ends aux ordres de sa mère. Et il n'allait certainement pas se résoudre à une escapade dans les bois juste pour avoir un moment d'intimité avec elle. Lola valait bien plus que ça à ses yeux. Il n'imaginait même pas aller aussi loin, bien qu'il sache que certains jeunes de son âge le faisaient.

D'autre part, les étudiants de dix-huit ans et plus pouvaient aller et venir à leur guise, à condition de partir avant dix-sept heures le vendredi et de revenir avant seize heures le dimanche. C'était quelque chose dont ils pouvaient se réjouir, même s'ils n'en parlaient pas beaucoup.

Pendant le semestre d'automne, Lola, Tom et Keith avaient été trop occupés par leurs études pour être dérangés par l'absence de leurs amis. Maintenant qu'ils avaient plus de temps, les week-ends sans eux semblaient s'éterniser.

Keith avait obtenu pendant les vacances d'hiver la permission de rentrer chez lui comme bon lui semblait. Il profitait au maximum de ce temps, en voyageant chez lui à dix-sept heures précises le vendredi, pour faire aussitôt demi-tour et passer le reste du week-end chez Lenora. Lola rentrait avec son frère Devlin pour s'occuper de la maison pendant que sa tante Phyllis était encore en lune de miel. Cela aurait été une excellente occasion de se retrouver si Tom avait pu quitter l'école.

Malheureusement, ce n'était pas le cas.

Et donc Tom restait seul à L'académie pendant que tout le monde semblait pouvoir faire ce qu'il voulait. Il n'était en aucun cas complètement seul puisqu'il y avait pas mal d'autres étudiants ici pour le week-end, mais il n'y avait personne avec qui il était particulièrement proche. N'ayant rien de mieux à faire, il saisissait l'occasion pour prendre de l'avance sur ses travaux scolaires.

Cela s'avérait particulièrement intéressant. Surtout ces derniers temps. Il travaillait sur un projet de création d'ambassades de voyage pour aider les voyageurs bloqués dans un pays étranger, similaire au travail des ambassades ordinaires. Actuellement, les voyageurs pouvaient faire appel aux membres de leur famille, à d'autres voyageurs ou au conseil des Anciens en cas de problème. Il pensait que les ambassades pourraient également engager des médiateurs pour résoudre les conflits interfamiliaux lorsqu'ils surgissaient. L'ensemble du projet le fascinait, mais à ce stade, c'était définitivement un travail en cours, plus théorique que pratique.

Le dimanche après-midi, il se rendit au hall principal pour attendre sa mère et Tabitha. Treize heures passèrent sans nouvelle de l'une ou l'autre. Quand elles ne se présentèrent pas, il supposa qu'elles étaient allées faire des courses et avaient perdu la notion du temps.

Lorsque l'horloge sonna quatorze heures, il retourna dans sa chambre pour prendre un livre. Ce n'était pas du tout le genre de sa mère, mais c'était tout à fait celui de Tabitha. Il ne doutait pas qu'elle puisse distraire leur mère au point de ne pas venir du tout. Frustré et plus qu'un peu contrarié, il s'assit avec son livre sur l'un des bancs du hall. Il bouillonnait, retournant cette idée dans son esprit pendant une heure avant de réaliser quel idiot il était. Très probablement, Tabitha était sortie avec des amis et ils étaient simplement en retard. Elle pourrait même ne pas arriver à temps pour amener leur mère en visite avant seize heures. Après tout, tout n'avait pas forcément un motif caché. Même Tabitha.

Tom essaya de se concentrer sur son livre tandis que les étudiants et leurs parents allaient et venaient dans le hall principal. Un peu après quinze heures, le directeur Lianon l'aperçut sur le banc et s'approcha.

— Tom, que faites-vous ici ? demanda le Haut Elfe, le plongeant dans une longue ombre.

— J'attends ma mère et ma sœur, Monsieur, répondit Tom, posant son livre avec une expression perplexe.

Le directeur jeta un coup d'œil à l'horloge et fronça les sourcils.

— Êtes-vous certain que votre mère va venir ? demanda-t-il.

— Elle vient habituellement chaque semaine. Quand Tabitha rentre à la maison, elle ramène Maman avec elle. Sinon, elle ouvre simplement une porte à treize heures, dit-il en haussant les épaules.

— Pourquoi n'avez-vous pas ouvert une porte pour elle ? demanda l'homme plus âgé.

Eh bien, c'était ça le problème, n'est-ce pas ? Honnêtement, c'était plutôt embarrassant.

— Je n'ai pas de consentement écrit pour rentrer à la maison les week-ends, répondit Tom en jetant un rapide coup d'œil autour de lui pour s'assurer qu'aucun de ses amis ne l'entendait, bien qu'ils le sachent probablement tous.

Le directeur fronça les sourcils mais ne demanda pas pourquoi. Il sembla réfléchir à la question.

— Vous pouvez ouvrir une porte, dit-il finalement avec un hochement de tête.

Tom se leva, marcha vers le milieu du hall, et sortit sa clé. Quand sa porte apparut, le directeur le suivit à travers.

— Maman ? Tabitha ? appela-t-il sans obtenir de réponse.

Avec un regard interrogateur vers le directeur qui semblait enclin à rester avec lui, il vérifia la cuisine, le salon, la terrasse arrière. Rien.

Laissant le directeur derrière lui, il monta les escaliers deux par deux. Il se dirigea d'abord vers la chambre de sa sœur. C'était un désordre absolu ! Au premier coup d'œil, cela ressemblait au chaos habituel de Tabitha : vêtements, magazines et maquillage éparpillés ici et là. Mais en y regardant de plus près, il eut la nette impression que la chambre avait été fouillée. Tous les tiroirs de la commode étaient ouverts, certains à moitié fermés tandis que l'un d'eux avait été complètement sorti de la commode et se trouvait par terre, retourné avec des bijoux et du maquillage éparpillés en tas dessous.

Tom sentit un frisson lui parcourir l'échine. Autant il n'aimait pas toujours sa sœur, autant il n'aimait pas ce qu'il voyait. Quelque chose n'allait clairement pas.

Alors qu'il revenait en courant dans le hall au-dessus du foyer, il appela le directeur par-dessus la balustrade.

— Monsieur, je crois que quelqu'un a fouillé la chambre de Tabitha.

Il continua vers l'aile est où se trouvaient les chambres de ses parents. Sans frapper, il fit irruption dans le petit salon de sa mère mais s'arrêta net en la voyant. Elle se redressa d'un air ensommeillé tandis qu'il entrait dans la pièce, se redressant sur sa chaise longue, un livre tombant de ses genoux au sol. Ses yeux s'élargirent quand elle le vit.

— Tom, qu'est-ce que cela signifie ? demanda-t-elle, une main volant vers sa tête pour vérifier sa coiffure alors qu'elle se redressait et posait ses pieds au sol.

— Maman ! Tu vas bien ? demanda Tom, se précipitant vers sa mère et la serrant dans ses bras quand elle se leva.

Elle resta là mollement, les bras pendant à ses côtés, ne faisant aucun geste pour lui rendre son étreinte. Une expression confuse sur son visage. Comme si elle bougeait au ralenti, elle lui tapota le dos une ou deux fois, ses mouvements raides et maladroits alors qu'il la relâchait.

— Quelle heure est-il ? Où est ta sœur ? Je l'attends depuis des heures ! Pourquoi es-tu ici ? demanda-t-elle, plissant les yeux à la dernière question.

Il y eut un coup à la porte, et le bruit de quelqu'un qui s'éclaircissait la gorge. Le directeur Lianon se tenait dans le couloir, se penchant pour regarder dans la pièce.

— Lianon, que faites-vous donc ici ? Est-il arrivé quelque chose à Tabitha ? demanda-t-elle, paniquée.

Le Haut Elfe prit cela comme une invitation à entrer dans la pièce.

— J'ai trouvé très irrégulier que vous ne soyez pas à l'école à treize heures pour la visite dominicale. J'ai suivi Tom chez lui pour m'assurer que tout allait bien avec vous, dit-il.

— Je vais parfaitement bien, merci. Mais Tabitha n'est jamais venue me chercher. Vous vous souvenez que je dépends de mes enfants pour voyager, dit-elle avec un reniflement.

— As-tu vu Tabitha pendant le week-end ? demanda Tom, ramenant le sujet sur un terrain plus sûr. Elle est partie vendredi après les cours. Je viens d'aller dans sa chambre, et on dirait que quelqu'un a tout mis sens dessus dessous !

— Elle m'a dit qu'elle passait le week-end avec des amis. Je n'ai pas demandé qui. C'est généralement Lenora ou Shelby, répondit-elle, dirigeant sa réponse au directeur. Tom exagère, mais Tabitha n'est pas connue pour ses talents domestiques, et la femme de ménage refuse de nettoyer là-dedans à moins que le sol ne soit dégagé, ajouta-t-elle en haussant les épaules.

Le directeur secoua la tête.

— J'ai été dans sa chambre. Je crains de devoir être d'accord avec Tom. Peut-être aimeriez-vous voir par vous-même ?

Ils sortirent tous du petit salon, descendirent le couloir vers l'aile ouest où se trouvaient les chambres des enfants. Lorsqu'elle franchit le seuil de la chambre de sa fille, les mains d'Arabella volèrent à sa bouche.

— Tom, vérifie les autres chambres ! cria-t-elle.

— Elles sont toutes correctes, répondit-il, ayant jeté un coup d'œil dans chacune en passant.

Bien qu'il n'ait pas examiné chaque pièce en profondeur, il n'avait rien remarqué qui ressemble à la destruction à grande échelle qu'il voyait ici.

— Peut-être pourrions-nous appeler le portable de Tabitha ? suggéra le directeur.

— Oui, Monsieur. Bonne idée. Je vais chercher le mien, dit Tom en se retournant et en filant dans sa chambre pour aller chercher l'appareil.

Composant le numéro en revenant, il s'arrêta dans le couloir pour entendre la sonnerie, mais personne ne répondit. Il avait encore l'appareil collé à l'oreille quand il entra dans la pièce. Le directeur demandait à sa mère si quelque chose manquait. Elle ne savait pas. À ses yeux, c'était difficile à dire.

— Elle ne répond pas, dit Tom, appuyant sur le bouton pour terminer l'appel quand il tomba sur la messagerie vocale pour la troisième fois.

— Essaie Lenora et Shelby, suggéra sa mère.

Tom appela Lenora. Tabitha n'était pas avec elle, et elle ne l'avait pas vue depuis vendredi. Il demanda le numéro de Shelby et obtint la même réponse de sa part. Avec un rapide coup d'œil à sa mère qui s'était effondrée sur le lit de sa sœur, le visage pâle et les mains tremblantes, Tom envoya un texto à ses amis d'école, demandant si quelqu'un avait vu sa sœur depuis vendredi. Il reçut des réponses immédiates d'une poignée de personnes. Personne ne l'avait vue.

— Où peut-elle bien être ? demanda Arabella, commençant à pleurer maintenant.

Tom entoura sa mère de ses bras et lui caressa le dos.

— Nous devons retourner à l'école pour voir si elle revient avant seize heures. Peut-être voyage-t-elle avec un ami de l'école que vous ne connaissez pas, suggéra le directeur.

Tom lui lança un regard. En apparence, la suggestion avait une logique, mais il y avait quelque chose dans son ton qui était trop prudent, trop lisse. Le directeur était inquiet, et c'était un homme qui ne s'inquiétait pas facilement.

— Je devrais rester ici au cas où elle rentrerait, dit Arabella, ramassant les vêtements sur le sol autour de ses pieds et les pliant, construisant une pile instable sur le lit à côté d'elle.

Tom ne savait pas ce qui était le plus inquiétant. Qu'il y ait eu des intrus dans sa maison ou que sa mère essayait de ranger la chambre.

— Devrais-je rester ici avec Maman, Monsieur ? Jusqu'à ce que nous en sachions plus ? demanda-t-il, anxieux à l'idée de laisser sa mère seule alors qu'elle était dans un tel état.

— C'est peut-être préférable, pour l'instant. Je vous ferai savoir si elle se présente avant le dîner. Sinon, je contacterai le conseil, répondit-il.

Il s'avança dans le couloir et dessina un cercle de sa main pour ouvrir un portail vers son bureau. Il inclina la tête vers Arabella, puis vers Tom, et disparut.

Avec un peu de persuasion, Tom réussit à convaincre sa mère de descendre enfin au salon pour attendre. À dix-huit heures, ils n'avaient toujours pas de nouvelles, et Tom commençait à avoir faim.

— Est-ce que le cuisinier a préparé le dîner ? demanda-t-il.

— Non, je lui ai donné sa soirée car je suis généralement seule le dimanche soir, dit-elle un peu tristement.

Tom se sentit mal pour sa mère. Avec son père et Aidan partis, et Tom et Tabitha à l'école, sa mère était seule dans l'immense manoir.

— Viens dans la cuisine. Je vais nous préparer quelque chose à manger, dit-il, la guidant par les épaules.

— Je n'ai pas faim, répondit-elle, boudeuse et faisant la moue, mais le suivant quand même.

— Eh bien, moi si. Tu peux me tenir compagnie pendant que je prépare quelque chose, dit-il.

Dans la cuisine, Tom vérifia le réfrigérateur pour trouver des restes. Il trouva du rosbif et décida de faire un sandwich. Il prit aussi du fromage et de la moutarde. Il y avait du pain au bicarbonate de sodium dans la boîte à pain et des chips dans le garde-manger. En termes de repas, ce n'était pas exactement le dîner gastronomique auquel sa mère était habituée, mais cela ferait l'affaire pour l'instant.

Une fois qu'il eut mis le repas dans une assiette, Arabella sembla revenir à la vie. Elle fixa son sandwich pendant un long moment, avant de faire glisser l'assiette vers elle et de le prendre avec précaution. Il sourit et prépara une autre assiette pour lui-même. Ils mangèrent dans un silence complice, perchés sur des tabourets à l'îlot de la cuisine. Tom était sûr qu'ils n'avaient pas mangé ici depuis qu'il était enfant. D'instinct, il se leva et vérifia le réfrigérateur. Il prit une canette de Dr Pepper et la versa dans deux verres.

Arabella rit.

— Je n'en ai pas bu depuis une éternité, dit-elle, prenant une gorgée hésitante et faisant une grimace.

Elle tenait le verre avec un peu de dédain, mais il remarqua qu'elle le buvait quand même jusqu'au bout.

Quand ils eurent fini de manger, Tom demanda :

— Je nous prépare du thé ?

Arabella hocha la tête et se leva, faisant un geste comme pour débarrasser la table.

— Je m'en occupe, Maman. Va te reposer au salon. J'apporterai le thé dans un instant, dit-il.

Il ajouta quelques biscuits au plateau quand le thé fut prêt et l'apporta au salon. Arabella était assise sur le canapé, lisant une lettre.

— C'est de Lianon. Il dit que Tabitha n'est pas revenue à l'école, et que personne ne l'a vue. Il est allé à Londres pour parler avec le

Conseil des Êtres Magiques Terrestres et nous demande d'être patients pendant qu'il enquête, dit-elle, tendant la lettre à Tom. S'il ne répond pas bientôt, j'ai bien peur d'être tentée d'appeler les autorités. Elle a disparu depuis quarante-huit heures, dit Arabella, se tordant les mains.

Tom étudia la note, la posant finalement avec un sentiment de malaise au creux de l'estomac. Il lui tendit une tasse de thé.

— Tiens, Maman, dit-il, luttant pour garder sa voix ferme.

Tabitha. Où es-tu ?

— Je pense que nous devons faire confiance au directeur. Il ne nous a pas encore induits en erreur, dit Tom en s'asseyant avec sa propre tasse de thé.

Sa main tremblait légèrement, faisant danser la tasse sur la soucoupe jusqu'à ce qu'il la pose sur la table à côté de lui.

— Je suppose que nous devrons attendre, dit-elle, prenant une gorgée de thé.

La tasse tremblait dans sa main également.

CHAPITRE SIX

Lianon fit le point avec Lady Samsara à l'école. Ils étaient les deux seuls Hauts Elfes à travailler à L'académie, et il comptait sur elle pour prendre la relève en son absence. Techniquement, il y avait aussi le professeur Somin, alias Simon Evers, le père de Lola et Devlin. C'était une recrue récente du corps enseignant qui avait pris l'apparence d'un Haut Elfe uniquement pour prolonger sa vie de quelques années afin de pouvoir apprendre à connaître ses enfants.

Son histoire était compliquée.

— Je vous jure, Samsara, en cinquante ans comme directeur de L'académie, je n'ai jamais connu autant de drames ! dit-il à la professeure de voyage.

— Vous pensez que ce bouleversement est causé par les élèves d'ascendance sorcière, dit-elle, en penchant légèrement la tête tandis qu'elle lisait dans ses pensées.

Elle était assise calmement près du feu dans le bureau de Lianon, contrastant nettement avec son propre malaise.

— J'ai beaucoup d'affection pour Lola et Devlin Evers, mais je dois admettre que les problèmes ont commencé quand ils sont arrivés l'été dernier. Avec les coupables derrière les barreaux, j'espérais que nous pourrions nous attendre à une année scolaire plus paisible. Leurs capacités magiques ne font que commencer à se manifester, et ils ont bien réussi à maîtriser les compétences de base lors de leur visite aux îles Summer en août. Nous avons convenu qu'ils devraient se concentrer sur leurs capacités de voyage pour le moment, jusqu'à ce que nous puissions leur trouver des tuteurs appropriés, dit-il.

— Ils pourraient s'inscrire aux cours d'été à Harding. Ma sœur pourrait garder un œil sur eux, proposa-t-elle.

Lianon acquiesça, distrait.

— Oui, oui. Mais maintenant cette histoire avec Tabitha et Tom. Cela doit être lié d'une façon ou d'une autre, déclara le directeur, faisant les cent pas devant la cheminée.

— Ne sont-ils pas de la même lignée que les Evers ? demanda Lady Samsara.

— En effet. Mais aucun des Callahan n'a jamais montré de capacité magique autre que le voyage. Les capacités de Lola et Devlin se sont déclenchées quand ils sont arrivés à L'académie. Tom et Tabitha la fréquentent depuis des années, comme l'ont fait leurs parents et leur oncle avant eux, dit le Haut Elfe, caressant distraitement sa longue barbe.

Lady Samsara changea de position pour continuer à le regarder tandis qu'il errait dans la pièce.

— Ils n'ont pas encore identifié deux des complices d'Aidan McCarthy. Il y a peut-être plus dans cette histoire, répondit-elle après un moment de réflexion.

— C'est pourquoi je dois en discuter avec le Conseil des Hauts Elfes aux îles Summer. Alderan a fait des recherches approfondies sur l'arbre généalogique des Evers et pourrait être appelé à étendre ses recherches pour inclure les Callahan. Il doit y avoir quelque chose que nous avons manqué, dit-il.

— Bonne idée. Je veillerai aux affaires ici en votre absence, répondit Samsara, se levant de sa chaise et hochant la tête vers le directeur qui se tenait déjà devant son portail.

— Je ferai vite. Arabella et Tom attendent des nouvelles, et je suis sûr qu'ils sont terriblement inquiets, dit-il juste avant de franchir le portail.

LES ÎLES SUMMER étaient la patrie des Elfes Anciens et des Hauts Elfes. Situées sur la planète Nurn, elles n'étaient accessibles que par portail. Cependant, les Elfes n'étaient pas les seuls êtres capables d'ouvrir des portails. Quelques siècles plus tôt, les voyageurs Anciens avaient reçu des sphères de nuummite qui leur permettaient de voyager vers d'autres mondes, utilisées conjointement avec leurs clés. On les appelait les voyageurs des mondes. L'objectif initial de ces sphères était de permettre aux voyageurs d'observer et de documenter leurs voyages dans une sorte de grimoire appelé les Archives.

Cependant, au cours du siècle dernier, les sphères avaient été transmises aux membres de la famille sans formation adéquate. Suite aux récentes activités criminelles autour des artefacts magiques, le Conseil des Êtres Magiques Terrestres avait interdit leur utilisation à des fins récréatives. Seuls ceux qui acceptaient une formation formelle seraient autorisés à les utiliser à l'avenir, et seulement dans des paramètres restrictifs.

Lianon expliqua le dernier développement à Saruir, un Elfe Ancien. Les Elfes Anciens et les Hauts Elfes ne différaient que par leur tenue vestimentaire, bien qu'ils fussent âgés de milliers d'années. L'actuel chef du Conseil convint avec Lianon que cela devait être soumis au Conseil et convoqua une réunion d'urgence. Comme les Hauts Elfes communiquaient par télépathie, le Conseil fut assemblé en quelques minutes.

— Il semble que nous allons devoir creuser plus profondément dans les lignées des Evers et des Callahan. Nous avons un rapport complet sur Rose Analise. Elle est à l'origine de la magie des Evers. Nous aurons besoin de plus d'informations sur les descendants de Petunia Eva. Comme elles étaient jumelles, nous devons supposer qu'elles partageaient les mêmes pouvoirs, expliqua Saruir.

— Je peux m'en occuper, Saruir, proposa Alderan.

— Cela ne sera-t-il pas trop taxant en plus de vos obligations humaines ? demanda Rumena, l'une des membres du Conseil.

Alderan faisait son apprentissage sur Terre auprès de l'avocat vieillissant des Evers. Les Hauts Elfes prenaient forme humaine sur Terre, et la transition d'Alderan avait été peu agréable. Heureusement, il était maintenant habitué à la vie quotidienne en Virginie, États-Unis, bien qu'il rencontrât encore certains défis très frustrants.

— J'ai terminé ma formation et je dois attendre jusqu'en avril pour passer l'examen du barreau. En dehors des tâches administratives pour M. Radcliff, j'ai très peu de choses pour occuper mon temps. Je serais honoré d'avoir cette opportunité, répondit le jeune Haut Elfe.

— Très bien, alors. Pourriez-vous le faire dès que possible ? En attendant, comment allons-nous localiser la pauvre Tabitha ? demanda Saruir.

— Lorsque Phyllis Evers a été kidnappée, les Evers ont utilisé un sort de localisation qu'ils ont trouvé dans leur propre version des Archives. Nous devons faire appel à une sorcière pour nous aider, répondit Lianon.

— Je ne pense pas qu'il soit judicieux d'impliquer Lola et Devlin Evers dans cette affaire. Ce ne sont que des enfants et ils sont encore très nouveaux dans tout cela, dit Rumena en fronçant les sourcils.

Elle avait noué une amitié avec Phyllis pendant que la famille était en visite l'été précédent et savait que la tante des enfants ne serait pas d'accord avec un tel plan.

— Je suis d'accord, Rumena. Je pensais demander à Mathilda. L'un des professeurs de l'Académie Harding pourrait sûrement nous aider, dit Lianon.

— Oui, excellente idée, Lianon. Qui aimerait se renseigner à l'Académie Harding ? Bien que la demande devrait logiquement venir de vous, Lianon, je pense que nous ne pouvons pas encore nous passer de vous. Il y a encore des choses à discuter, dit Saruir, jetant un regard autour de la salle pour chercher des volontaires.

— Puis-je y aller, Saruir ? demanda Aeriearie, une autre jeune

Haute Elfe qui travaillait au centre des sciences et avait été chargée de travailler avec les enfants Evers lors de leur visite.

— Oui, bien sûr. Allez-y maintenant. Nous vous attendrons.

COMME LE TEMPS s'écoulait différemment aux îles Summer, Aeriearie revint quelques instants seulement après son départ.

— La professeure Montague a accepté de nous aider. Elle a fourni une liste d'objets que nous devrions récupérer de la personne disparue, dit-elle en tendant le papier à Lianon.

— Je vais apporter cela à Arabella, la mère de la jeune fille. Est-ce que la professeure Montague réalisera le sort de localisation sur le campus ? Ou pouvons-nous aller la chercher et l'amener chez les Callahan ? demanda-t-il.

— La professeure Montague a décliné mon offre de la transporter par portail jusqu'au domicile de la jeune fille. Je crois que le mot qu'elle a utilisé était « contre nature ». Vous devrez apporter les objets jusqu'à elle en Écosse, répondit Aeriearie avec un clin d'œil.

Lianon s'inclina devant les membres du Conseil et promit de les tenir informés de la situation avant de retourner à son bureau à L'académie. Il mit Lady Samsara au courant et se rendit rapidement chez Arabella et Tom à Cork.

Bien qu'ils l'attendaient, il préféra tout de même arriver à l'extérieur de leur maison et sonner à la porte pour ne pas les alarmer davantage.

Arabella le conduisit dans le salon où elle et Tom l'attendaient. En un rien de temps, il leur expliqua le plan. Après quelques discussions, ils rassemblèrent les effets personnels de Tabitha qui seraient probablement les plus utiles, et Lianon ouvrit un portail vers le bureau de Lady Mathilda.

Lady Mathilda était la jumelle de Lady Samsara et était la directrice des admissions à l'Académie des arts magiques de Harding depuis plus de quarante ans. La professeure Montague, une sorcière âgée qui enseignait la création de sorts depuis plus de quarante ans à Harding, était assise dans le bureau de Lady Mathilda, une grande carte de l'UE étalée devant elle sur la table.

Les présentations furent faites, et lorsque la professeure Montague serra la main de Tom, une expression étrange traversa son visage. Tenant toujours sa main droite, elle prit sa main gauche et la porta à ses yeux. Tom, alarmé, resta immobile tandis que la sorcière examinait sa bague.

— C'était la chevalière de mon père. Il me l'a laissée à sa mort. Elle a été transmise de génération en génération aux hommes de ma famille, dit-il nerveusement à personne en particulier.

La sorcière pressa les épines ensemble, et le grenat se souleva, révélant un petit compartiment en dessous. Il était vide à l'exception d'une tige pointue qui s'élevait du centre. Elle y posa légèrement son index. Le sang s'accumula immédiatement sur son doigt.

— Ce n'est pas une chevalière. C'est une bague à poison qui a été équipée d'un mini athame, dit-elle, en relâchant les mains de Tom et en mettant son doigt dans sa bouche.

Ils restèrent tous là, à regarder Tom en silence. La première à parler fut Lady Mathilda.

— Un athame est une lame cérémonielle utilisée dans les rituels magiques, expliqua-t-elle.

— C'est sûrement trop petit pour être utilisé comme une arme, se moqua Arabella.

— Ce n'est pas destiné à être une arme. C'est destiné à tirer discrètement et rapidement le sang du porteur, répondit la professeure Montague en prenant place.

Lady Mathilda les invita tous à s'asseoir.

Une fois qu'ils furent installés, Tom se tourna vers sa mère.

— Maman, saviez-vous que la bague avait un compartiment secret ? Papa le savait-il ? Il n'en a fait aucune mention dans sa lettre pour moi, seulement qu'il s'agissait d'une antiquité et qu'elle pouvait être retracée jusqu'aux premiers ancêtres Callahan.

— Je ne l'ai jamais vu l'ouvrir ou l'utiliser autrement que comme une chevalière, répondit-elle en fronçant les sourcils.

— C'est très intéressant, dit Lady Mathilda avec étonnement.

— En effet, ajouta Lianon. Et si nous commencions ? Nous pourrons discuter de cela plus en détail après avoir localisé la pauvre Tabitha, ajouta-t-il.

— Tout à fait, Monsieur. Avant de commencer, avez-vous essayé de localiser votre fille via son téléphone portable ? demanda la sorcière à Arabella.

Arabella cligna des yeux.

— Son portable ? demanda-t-elle, visiblement confuse.

— Oui, tous les jeunes humains n'en portent-ils pas sur eux ? s'enquit la professeure Montague.

Lianon hochait la tête.

— Bien sûr ! Pourquoi n'y ai-je pas pensé ?

— Les appareils électroniques ne sont pas autorisés à L'académie. Le téléphone de Tabitha était dans sa chambre à la maison. De plus, elle a désactivé le suivi de localisation sur son téléphone, dit Tom, ayant fait de même avec son propre téléphone.

Arabella plissa les yeux face à cette information.

— Très bien, alors, dit la sorcière.

Dans une main, elle tenait un cristal, et dans l'autre, l'un des colliers préférés de Tabitha. Tandis qu'elle récitait des mots en latin, elle tint le collier au-dessus de la carte et le laissa lentement tourner au-dessus de la carte. Il tourna plusieurs fois avant de tomber quelque part en Norvège.

— Avons-nous une carte de la Norvège ? demanda la sorcière.

— La Norvège ! s'exclama Arabella. Que ferait Tabitha en Norvège ?

Lady Mathilda fouilla dans la boîte de parchemins à côté d'elle et trouva la carte dont ils avaient besoin. Elle la déroula soigneusement sur la table basse. Tous les yeux étaient fixés sur la professeure Montague alors qu'elle reprenait son incantation. Le collier tomba à nouveau, et tout le monde se pencha pour voir l'emplacement.

— Il semble que Tabitha soit à l'église de Kinsarvirk, Hardinger, dit la sorcière.

Arabella se frottait les mains sur le visage, clairement angoissée par cette information.

— Pensez-vous qu'il soit sûr d'y aller ? demanda-t-elle.

— Je pourrais visiter l'endroit sous forme astrale, jeter un coup d'œil aux alentours. Ce serait tout à fait sûr pour moi, et je passerais inaperçue, répondit la professeure.

Tous furent d'accord. Comme elle devait entrer dans une transe méditative, elle quitta le salon de Lady Mathilda et alla s'asseoir dans le bureau. Tom la suivit aussi loin qu'il le pouvait, l'observant depuis la porte, souhaitant pouvoir voir ce qu'elle voyait.

Elle s'assit en tailleur, ferma les yeux et commença à prendre des respirations lentes et mesurées. Tom savait qu'elle visualiserait l'église du mieux qu'elle pouvait puisqu'elle n'y avait jamais été auparavant. Elle tenait toujours le collier de Tabitha, et l'objet devrait la conduire directement à sa propriétaire, quel que soit l'endroit exact où elle se trouvait.

Cela ne prit pas longtemps. Plus tard, elle expliquerait aux autres ce qui se passa ensuite.

Lorsqu'elle ouvrit les yeux, elle sut qu'elle était sous terre. Bien que son corps était en Écosse, elle pouvait sentir l'humidité glaciale de l'ancienne cave où elle se trouvait. Il faisait très sombre, et il lui fallut un moment pour que ses yeux s'adaptent à la faible lumière. Elle écouta attentivement et put distinguer le faible son de sanglots.

Elle suivit le son jusqu'à une alcôve où elle trouva Tabitha, recroquevillée en boule et pleurant doucement. Elle aurait aimé pouvoir parler à la jeune fille et la rassurer que de l'aide était en route. Ses vêtements étaient sales, et ses poignets étaient bandés. C'étaient les bandages qui la firent réfléchir. Il était clair que le sang de la jeune fille avait été versé. Dans quel but, cependant, ce n'était pas clair.

Rien de tout cela n'était bon signe.

Elle continua à avancer, gardant sa main contre le mur pour trouver son chemin dans l'obscurité. Elle pouvait entendre des voix au loin. En s'approchant du son, elle vit également une faible lumière devant elle. Il était plus facile de se diriger vers elle, et elle se rendit compte qu'elle devait être dans la crypte sous l'église.

Les voix venaient de la cage d'escalier. Elle se rapprocha furtivement et vit deux silhouettes accroupies devant la porte menant hors de la crypte. Elles étaient baignées dans la lumière qui filtrait par la petite fenêtre, mais il était difficile de distinguer leurs traits. C'étaient des hommes. L'un était plus grand que l'autre, avec une barbe et des cheveux noirs et épais. Il parlait anglais avec un accent, bien qu'elle ne pût le situer. L'autre, mince et chauve, avait un accent d'Irlande du Nord.

Ils se disputaient à voix basse.

— Nous avons prélevé près d'un litre de sang de la fille. Ce n'est pas elle, dit le grand homme.

— Mais ça doit être elle. C'est la dernière descendante, répondit l'homme mince.

— Et le garçon ? demanda l'homme grand.

— Il n'est pas l'aîné. Ça ne peut pas être lui, répondit l'autre.

Ils restèrent silencieux un moment. Puis l'homme mince dit :

— Que devons-nous faire d'elle ?

— Laissons-la ici. Le gardien la trouvera sûrement lundi matin. Elle a une bouteille d'eau. Elle devrait aller bien, répondit l'homme grand.

L'autre sembla être d'accord, et la professeure Montague observa les hommes ouvrir la trappe et sortir de la crypte.

La sorcière retourna vers Tabitha, comptant ses pas depuis l'escalier. La jeune fille avait cessé de pleurer et s'était endormie, le dos appuyé contre le mur.

Le cœur lourd, elle ferma les yeux et se força à retourner dans son corps.

— Mathilda ! Venez vite, dit-elle quand elle ouvrit les yeux.

Lianon, Tom, Arabella et Mathilda sortirent précipitamment du salon et se rassemblèrent autour d'elle.

— Elle est dans la crypte, à quarante-deux pas de l'escalier, dans une alcôve. Suivez simplement le mur à votre gauche, dit-elle.

— J'y vais immédiatement pour la récupérer, dit Lianon, sa main créant déjà un portail.

Une fois qu'il fut parti, la professeure Montague raconta aux autres ce qu'elle avait vu et entendu.

— Je vais chercher l'infirmière et un peu de nourriture, dit Lady Mathilda, tandis qu'Arabella se détournait, étouffant un sanglot.

Les autres retournèrent au salon pour attendre, tous sauf Tom qui fixait le bureau vide avec un sentiment de malaise, comme si tout cela avait quelque chose à voir avec lui d'une manière ou d'une autre. Si c'était le cas, n'était-il pas responsable, en quelque sorte, du fait que Tabitha était blessée ?

CHAPITRE SEPT

Quand Lianon revint avec Tabitha, elle dormait toujours. Il la déposa sur le canapé et laissa l'infirmière vérifier les bandages autour de ses poignets. Il fit signe à la professeure Montague et à Lady Mathilda de quitter le salon un instant. Tom regardait tour à tour sa sœur et le directeur, incertain de l'endroit où il devait se trouver. Mais avec sa mère qui veillait sur Tabitha, la question semblait déjà résolue. Sa sœur avait probablement plus besoin d'Arabella que de lui en ce moment. De plus, puisque les adultes ne faisaient visiblement aucun effort pour le tenir à l'écart de leur conversation, on pouvait supposer qu'ils souhaitaient sa présence.

Du moins, c'est ainsi que Tom se justifia en se glissant derrière les autres. Plus que tout, il voulait savoir ce qui se passait et si cela avait un quelconque rapport avec lui.

La professeure Montague répéta ce qu'elle avait vu et entendu dans la crypte.

— Je suis encline à penser que cette bague a quelque chose à voir avec l'enlèvement, dit Lady Mathilda.

— Je suis d'accord, dit Lianon.

— S'ils prélevaient du sang, cela signifie qu'ils croient que le sang des Callahan possède des propriétés spéciales. Mais la magie de sang ne requiert pas de sang particulier. N'importe quel sang convient, même celui d'un animal, tant qu'il est frais. C'est un symbole de sacrifice qui donne une puissance supplémentaire à un sortilège, expliqua la professeure, apercevant Tom.

— Alors pourquoi auraient-ils besoin du sang de l'aînée des Callahan ? demanda Lianon.

— Je ne saurais vraiment dire, à moins qu'ils n'aient testé son sang pour y chercher des marqueurs. Les humains possédant des capacités magiques, comme les voyageurs, ont des marqueurs dans leur sang. Si vous testiez une sorcière ou une fée, vous trouveriez les mêmes marqueurs et d'autres qu'on ne trouve pas chez les humains ordinaires, répondit-elle.

— Oui, je comprends. Aux îles Summer, nous analysons le cerveau d'un être et pouvons identifier ses capacités grâce à certaines zones plus développées que d'autres, dit Lianon.

— C'est pareil pour le sang. Nous avons chacun un ADN unique, mais chaque espèce possède une séquence commune. Du moins, c'est ce que m'a expliqué ma nièce. Elle est professeure d'hématologie à l'Université de Glasgow, expliqua la professeure Montague.

— Je pense que je dois ramener Tom à l'école. Il y sera plus en sécurité, dit Lianon, en adressant à Tom un long regard pensif.

Tom hocha la tête. Son visage lui semblait raide et froid, comme si tout son sang s'en était écoulé.

Il frissonna en réalisant que le simple fait qu'ils parlent de le garder en sécurité signifiait qu'ils pensaient qu'il courait un danger. Croyaient-ils qu'il serait le prochain à être enlevé ? Incertain et plus qu'un peu mal à l'aise, il suivit les autres jusqu'au salon.

L'infirmière avait nettoyé et rebandé les poignets de Tabitha. Arabella pleurait doucement, caressant les cheveux de sa fille. Tom fit un geste vers elles, voulant faire quelque chose pour aider. Sauf qu'il n'était pas sûr que sa mère apprécierait son contact en ce moment, et sa sœur ne voudrait probablement pas se réveiller face à sa sale tronche. Alors il resta en retrait, se sentant inutile et étrange, comme s'il n'avait plus sa place ici maintenant que Tabitha avait été retrouvée. Mais ne devrait-il pas rester auprès de sa famille malgré tout ? Partir lui semblait d'une certaine façon anormal.

Lianon s'éclaircit la gorge en entrant dans la pièce. Arabella leva les yeux.

— Tom et moi devrions retourner à l'école maintenant, dit-il, regardant Arabella d'un air entendu.

Elle acquiesça, le comprenant.

— Peut-être que je devrais rentrer à la maison avec toi et Tabitha, protesta soudainement Tom, pensant à l'argument qu'il pourrait avancer.

Tabitha avait déjà été enlevée de chez elle une fois. Ne devrait-il pas être là pour les protéger ? N'est-ce pas ce que son père aurait attendu de lui ?

— S'il te plaît, Tom. C'est mieux ainsi. Ta sœur a besoin de se reposer quelques jours, et elle te rejoindra à l'école dès qu'elle se sentira mieux, dit Arabella.

Elle baissa les yeux vers sa fille et secoua la tête tandis que de nouvelles larmes coulaient sur ses joues.

— On dirait qu'elle a essayé de mettre fin à ses jours, sanglota Arabella.

— Ce n'est pourtant pas ce qui s'est passé, dit doucement Mathilda, tendant la main pour toucher légèrement l'épaule d'Arabella.

Tom serra sa mère dans ses bras. Ce que Tabitha avait traversé les laissait tous deux perdus dans la douleur, mais Tom ressentait autre chose aussi. De la culpabilité. Plus il y réfléchissait, plus il savait qu'il n'aurait jamais pu anticiper l'enlèvement, mais en tant que Gardien de leur famille, il était responsable du bien-être de sa mère et de sa sœur. Il se jura qu'il ferait tout en son pouvoir pour que cette horreur ne se reproduise jamais.

— J'ai besoin... commença-t-il à dire, d'une voix douce et incertaine.

La professeure Montague parla au même moment, couvrant sa voix.

— Si vous le souhaitez, je peux faire préparer un onguent magique pour ses blessures. Il effacera toute cicatrice qui aurait pu se former.

— Je ne sais pas comment vous remercier pour tout ce que vous avez fait pour nous, dit Arabella, prenant la main de la professeure dans la sienne.

— Je suis heureuse d'avoir pu aider. Maintenant, si vous voulez bien m'excuser, je vais m'occuper de cet onguent et le faire livrer chez vous dès qu'il sera prêt, dit-elle avant de quitter le bureau de Lady Mathilda.

Et juste comme ça, tout s'enchaîna rapidement.

Lianon ouvrit un portail vers la maison des Callahan. Tom prit sa sœur dans ses bras et tenta à nouveau de protester, disant qu'il devrait rester. Encore une fois, il fut éconduit, sa mère l'informant qu'elle avait tout sous contrôle, secondée par Lianon. Après avoir déposé Tabitha dans la chambre de sa mère, Tom serra à nouveau sa mère dans ses bras et lui dit de lui envoyer un mot si l'état de Tabitha s'aggravait ou si elles avaient besoin de quoi que ce soit.

Arabella repoussa la mèche de cheveux qui tombait toujours sur son visage derrière son oreille et l'embrassa sur la joue.

— Merci, Tom. Ton père serait si fier, dit-elle avec un soupir.

Fier ? Alors qu'il était responsable ? Tom baissa la tête, ne voulant pas de sa tendresse, ne sentant pas qu'il la méritait, vraiment. Il donna une dernière étreinte à sa mère malgré tout et suivit le directeur pour retourner à l'école. Il était plus de vingt et une heures quand ils arrivèrent.

Tom savait que tout le monde attendait des nouvelles de Tabitha, mais il était si fatigué, et il ne voulait pas entrer dans les détails. S'il avait été chez lui, il aurait pu envoyer un message groupé à tous ceux qui étaient encore absents de l'école. Ce qui ne serait pas le cas. À cette heure, tout le monde était de retour, et leurs appareils électroniques étaient inutilisables ou chez eux. Tout le monde sauf Tabitha.

Tom grogna de frustration. Pourquoi tout devait-il être si compliqué ?

Très bien. Que tout le monde l'apprenne demain. Le directeur ferait sûrement une annonce.

Tom aurait adoré voir Lola. Après tout ce qu'ils venaient de traverser, il avait vraiment besoin d'un câlin, peut-être qu'on s'occupe un peu de lui. Mais elle était probablement dans la salle commune avec les autres ou déjà au lit en train de lire un livre. Alors que Tom se dirigeait vers sa chambre, il se rappela qu'il pouvait envoyer des lettres voyageuses. À part son mot paniqué à Lianon après avoir découvert qu'il était un Gardien, il ne les avait pas utilisées depuis son enfance. À l'époque, l'euphorie nouvelle de voir le triangle plié disparaître ne s'était pas encore estompée.

Il fut heureux de trouver la chambre vide. Il s'assit à son bureau et écrivit un mot rapide à Keith pour lui dire qu'il allait se coucher. Dans le message, il lui demandait d'informer tout le monde que Tabitha était rentrée saine et sauve et qu'elle reviendrait à l'école dans quelques jours. Puis il écrivit un autre mot à Lola, lui demandant de le rejoindre près de son banc préféré à l'extérieur de la serre d'herbologie dans cinq minutes.

Heureusement, il put se faufiler par la porte d'entrée sans être vu ni arrêté par qui que ce soit. Ça faisait du bien d'être dehors, de respirer l'air de la nuit. En marchant vers leur lieu de rendez-vous, il commença à se détendre – la simple pensée de voir Lola calmait ses nerfs.

Il arriva le premier et s'assit sur le banc. La vue était tout aussi jolie tard dans la nuit qu'aux premières heures du matin. Comme L'académie était un monde de poche créé par les Hauts Elfes, elle était entièrement contrôlée par la magie. Chaque nuit, une pleine lune s'allumait promptement lorsque les lumières s'éteignaient à vingt-deux heures. La nuit, certains arbustes étaient illuminés de teintes luminescentes vertes, bleues et violettes.

Tom sursauta quand il sentit une main sur son épaule. Il n'avait pas entendu Lola arriver, tant il était absorbé par son environnement. Il posa sa main sur la sienne et se leva, l'attirant dans une étreinte. Elle semblait comprendre qu'il avait besoin d'un moment de calme. Il la tint contre lui un long moment, respirant l'odeur de son shampooing et savourant la chaleur de son corps pressé contre le sien.

C'était ainsi qu'il savait que leur relation était unique. Lola était drôle, intelligente et très attirante. Il irait jusqu'à dire qu'elle était canon. Mais alors qu'il la tenait serrée contre lui, les émotions qu'il ressentait n'étaient pas de nature physique. Certes, ils étaient seuls dans un endroit très romantique. Ils auraient dû être en train de s'embrasser comme la plupart des adolescents. Mais la vague d'exaltation et de joie qu'il ressentait chaque fois qu'il la voyait s'intensifiait quand il la serrait contre lui. C'était mieux que n'importe quelle drogue. Ce devait être de l'amour.

Il prit une profonde inspiration et expira lentement, lui donnant une dernière étreinte avant de la relâcher et de lui faire face. Elle lui souriait, ses yeux violets dans la lumière de la lune. Pourtant, elle ne disait toujours rien, ses mains tenant mollement ses bras tandis que celles de Tom étaient jointes derrière son dos. Ils se tenaient là, plongeant leur regard l'un dans l'autre, échangeant des émotions accumulées tout au long de la journée. Pour Tom, ces précieux moments ressemblaient à l'échange de salutation du film Avatar : *Je te vois.*

À deux mains, il prit son visage et passa ses pouces sur la douceur de ses joues, sur ses yeux, puis ses lèvres. Ses mains plongèrent dans la masse de boucles châtain alors que ses doigts massaient lentement son cuir chevelu. Ils se regardaient toujours.

Il s'approcha et posa son front contre le sien. Les bras de Lola entourèrent son cou tandis qu'elle plongeait ses doigts dans ses cheveux, ses mains pressant sa nuque, le rapprochant encore.

— Salut, dit-il doucement.

— Salut, répondit-elle dans un murmure qui disait cent choses différentes et merveilleuses en deux parfaites syllabes.

Il déposa un doux baiser sur ses lèvres et sourit. Il pourrait rester comme ça éternellement. Mais finalement, il dut s'écarter. Il prit la main de Lola, leurs doigts s'entrelaçant automatiquement.

— On s'assoit ou on se promène ? demanda-t-il.

Elle regarda sa montre.

— On se promène jusqu'à l'entrée principale ?

Ils marchèrent en silence, main dans la main. Quand ils atteignirent le devant du bâtiment, Tom se tourna vers Lola et l'embrassa à nouveau doucement sur les lèvres.

— Merci, dit-il.

— Je t'en prie, répondit-elle.

Ils se sourirent et se souhaitèrent bonne nuit avant de se diriger vers leurs dortoirs respectifs. Ils avaient à peine échangé un seul mot, mais avaient néanmoins réussi à se dire tout ce qui devait être dit.

CHAPITRE HUIT

Le lendemain à midi, Tom demanda à Lola et Devlin de le retrouver après les cours. Ils convinrent de se retrouver près de la plate-forme de méditation pour plus d'intimité. Ils s'y étaient réunis quelques fois après les arrestations, et tous deux s'étaient confiés à Tom au sujet de leurs nouvelles capacités magiques et du fait qu'ils lui étaient apparentés, bien que de façon très éloignée. Comme ni Tom ni les membres de sa famille ne possédaient de tels pouvoirs magiques, il avait établi qu'il était issu d'une autre branche de la famille ou simplement que le voyage était l'étendue de l'héritage magique de sa lignée.

À présent, Tom n'en était plus si sûr. Il leur expliqua ce qui était arrivé à Tabitha et ce qu'il avait surpris lorsque Lady Mathilda et le directeur discutaient.

— Ils semblent penser que je serai le prochain ! s'exclama-t-il, profondément frustré et encore quelque peu en colère de ne pas avoir été autorisé à rester à la maison pour s'occuper correctement de sa famille.

— As-tu déjà essayé de communiquer par télépathie ou de projeter ton corps astral ? demanda Devlin, l'expression curieuse.

— Non, jamais, répondit-il.

Honnêtement, l'idée ne lui avait jamais traversé l'esprit.

— Peut-être qu'on pourrait essayer ? Voir si ça déclenche quelque chose ? suggéra Lola.

Tom acquiesça, et pendant plus d'une heure, ils essayèrent toutes leurs astuces sur lui, mais en vain. Contrairement à Lola et Devlin, Tom n'était ni télékinésique ni télépathe. Et il ne pouvait certainement pas se projeter astralement.

— Donc, c'est clairement activé par le sang si ce que la professeure Montague a expliqué est correct, dit Devlin.

— Devrions-nous faire des recherches sur la magie de sang à la bibliothèque ? Avons-nous de tels livres ici ? demanda Lola.

— Ouais, bonne idée ! répondit Tom, lui adressant un sourire radieux.

Honnêtement, il n'avait aucune idée si la bibliothèque possédait de tels ouvrages, mais c'était une bibliothèque plutôt bien équipée. Pourquoi n'aurait-elle pas ce qu'ils cherchaient ?

— As-tu essayé de te piquer le doigt avec l'athamé ? Voir ce qui se passe ? demanda Devlin.

Lola frappa Devlin au bras, et il poussa un cri.

— C'était pourquoi ça ? s'écria-t-il.

— Et si la pointe était empoisonnée et qu'il se retrouvait en transe comme la Belle au Bois Dormant ? s'exclama-t-elle.

Il y eut un long silence après sa déclaration. Puis les deux garçons commencèrent à rire de façon incontrôlable. Lola fulminait.

— Je suis sérieuse ! protesta-t-elle.

— Lola, ma chérie, ce n'est pas empoisonné. La professeure Montague a mis son propre doigt sur la pointe. Elle s'est fait saigner, et rien ne lui est arrivé, répondit Tom, passant un bras autour de son épaule pour apaiser son orgueil froissé.

— Mais c'est une sorcière. Peut-être qu'elle est immunisée, rétorqua Lola.

— Disons qu'il essaie, et que quelque chose se passe. On l'emmènera à l'infirmerie. Quel est le pire qui puisse arriver ? demanda Devlin.

— Eh bien, ce n'est pas très hygiénique, pour commencer. Il pourrait attraper le tétanos ou l'hépatite, déclara Lola, les mains sur les hanches, refusant d'être apaisée.

— Tu te sentiras mieux si je désinfecte d'abord la pointe avec du feu ? demanda Tom, essayant clairement de l'apaiser.

Lola renifla.

— Au minimum, marmonna-t-elle.

Tom fit apparaître une flamme, ouvrit le compartiment secret, et s'apprêtait à tenir la bague au-dessus de la flamme quand Lola souffla sur la flamme et écarta sa main.

— Tu te rends compte que le métal de la bague va chauffer. Tu risques donc de te brûler le doigt, dit-elle.

Puis avec un soupir, elle saisit sa main et retira la bague. Quand Tom protesta, elle dit :

— Attends un peu. Tu vas la récupérer tout de suite !

Elle se dirigea vers les bois, scrutant le sol du regard. Elle s'arrêta, se pencha et ramassa une petite branche d'arbre. En revenant vers eux, elle arracha les plus petites branches et glissa la bague sur la branche principale. Elle tendit son invention à Tom.

Il lui sourit et l'embrassa sur la joue.

— Tu es tellement intelligente !

Il fit apparaître la flamme à nouveau et la tint près de la pointe à l'intérieur du compartiment pendant trente secondes, puis fit disparaître la flamme. Il agita la branche pour refroidir la bague, vérifia la température et la remit à son doigt.

— Voilà, maintenant c'est propre. S'il arrive quoi que ce soit, vous pourrez appeler le directeur avec vos pouvoirs télépathiques, déclara-t-il.

Avant que Lola ne puisse objecter, il plaça son index sur la pointe. L'athame était étonnamment tranchant, et une goutte de sang se forma immédiatement au bout de son doigt.

— Et maintenant ? demanda-t-il.

— Essaie de déplacer la branche avec ton esprit, suggéra Devlin.

Comme rien ne se produisait, Lola ajouta :

— Pointe ton doigt vers elle, comme une baguette.

Comme toujours rien ne se passait, Devlin eut une autre suggestion.

— Fais un mouvement de balayage, comme si tu essayais de la chasser, dit-il.

Tom s'exécuta, et bien que la branche restât immobile, toute la plateforme de méditation se souleva du sol, flotta à environ trente centimètres au-dessus du sol, puis retomba avec un bruit fracassant. La force de son geste avait détaché la goutte de sang, et il y avait de la fumée dans l'herbe là où elle était tombée.

Tous les trois regardèrent la plateforme, la fumée, et se regardèrent mutuellement, clignant des yeux comme des hiboux.

— Nom de Dieu ! s'écria Tom, mettant immédiatement son doigt dans sa bouche, de peur qu'une autre goutte ne détruise complètement la pelouse.

— Nom de Dieu, en effet, acquiesça Devlin.

— Tom ! Est-ce que ça va ? demanda Lola, une expression inquiète sur son visage.

— Je me sens super bien ! répondit-il, retirant son doigt de sa bouche.

La petite blessure ne saignait plus. En fait, elle semblait déjà guérie.

Lola vérifiait les alentours pour voir si quelqu'un avait assisté à l'incident mais ne vit personne. Tom et Devlin sourirent et allèrent se taper dans la main. Lorsque leurs mains entrèrent en collision, Devlin fut projeté en arrière comme s'il venait de marcher sur une mine terrestre. La bouche béante, Lola et Tom se précipitèrent vers lui.

— Mec, ça va ? demanda Tom, l'air affligé.

— Je vais bien. J'ai juste eu le souffle coupé. Tu t'es mis à la muscu, Tom ? demanda-t-il, essayant d'alléger l'ambiance en se relevant.

Lola le tapotait, vérifiant s'il était blessé. Il la repoussa d'un geste.

— Tu es sûr ? demanda Tom.

Devlin acquiesça, un énorme sourire sur le visage.

— Devine qui a de vrais pouvoirs ! s'exclama-t-il, gardant une distance de sécurité avec son ami.

Voyant que Devlin allait bien, Tom commença à sourire aussi.

— Moi ! C'est qui ! dit-il, bombant fièrement le torse.

Lola fronça les sourcils en les regardant tous les deux. Elle semblait nerveuse et continuait à regarder autour d'elle pour voir s'ils étaient toujours seuls. Elle aperçut un mouvement dans l'une des fenêtres à l'étage.

— Ce ne sont pas les fenêtres du directeur ? demanda-t-elle avec un signe de tête vers ladite fenêtre.

— Je sais pas. Pourquoi ? demanda Tom, examinant à nouveau son doigt pour voir si la blessure était vraiment guérie ou si elle en avait seulement l'air.

— Je crois qu'on a des ennuis, dit-elle. Quelqu'un nous a vus.

Comme pour prouver son point, une enveloppe se matérialisa dans les airs entre eux. Comme personne ne la prit, elle flotta jusqu'à se poser sur l'herbe. Ils la fixèrent encore un moment jusqu'à ce qu'une Lola exaspérée se penche pour la récupérer.

Elle lança un regard aux garçons et lut à haute voix le contenu de la missive.

Chers Lola, Devlin et Tom,

C'était une démonstration des plus divertissantes. Auriez-vous l'amabilité de me rejoindre dans mes appartements afin que nous puissions en discuter ?

Bien à vous,

Directeur Lianon

— Ouais. Des ennuis, marmonna Devlin, donnant un coup de pied dans l'herbe avec sa chaussure pendant que Lola pliait le papier et le mettait dans sa poche.

Ils baissèrent tous la tête et commencèrent à marcher vers l'école. Heureusement, il ne restait que trente minutes avant l'heure du dîner, donc le directeur devrait faire court.

— Bien que je comprenne la nécessité de discuter des événements d'hier avec vos amis, et dans ce cas vos parents éloignés, je ne peux pas cautionner les expérimentations à l'aveuglette, dit le directeur alors qu'ils se tenaient devant son imposant bureau.

Tom se sentait comme un enfant réprimandé pour avoir mal agi. Il n'avait jamais été convoqué dans le bureau du directeur auparavant et n'aimait pas la façon dont Lianon semblait ne regarder que lui.

— Oui, Monsieur, je comprends. Nous avons été imprudents, dit Tom, rencontrant le regard du Haut Elfe à travers le bureau.

Il faisait attention de ne pas prononcer le mot « tort » cependant. S'ils n'avaient pas expérimenté, comment diable auraient-ils jamais compris tout ça ?

— Je vous présente mes excuses, Monsieur. Je suis l'aîné et n'aurais pas dû encourager, encore moins suggérer, cette ligne de conduite, dit Devlin, la tête haute et le dos droit.

Comme Tom, Devlin n'avait jamais fait l'objet de ces remontrances, bien qu'ils aient des amis qui les avaient subies. Néanmoins, il était suffisamment décontracté et ne semblait pas aussi dérangé par tout cela que les autres. Soit ça, soit il pensait que son attitude générale-ment respectueuse envers ses aînés le tiendrait à l'écart des problèmes à ce moment-là.

Lola gardait les yeux rivés sur ses pieds. Comme pour les autres, c'était une nouvelle expérience pour elle. Tom pouvait voir qu'elle était sur le point de pleurer, bien que le directeur n'ait élevé la voix contre aucun d'entre eux.

— Monsieur, Lola a essayé de nous dissuader, dit rapidement Tom, espérant au moins la sortir de ce pétrin.

Il savait à quel point elle détestait la confrontation et voulait la préserver si possible.

— Je suis heureux que quelqu'un ait essayé de vous ramener à la raison. Mais Lola aurait pu m'appeler, dit-il.

— Je suis désolée, Monsieur, dit-elle timidement, sa voix à peine plus qu'un murmure.

— Puis-je avoir votre parole que vous n'essaierez plus d'expériences par vous-mêmes ? demanda le directeur, dévisageant chacun d'eux à tour de rôle.

Ils acceptèrent tous rapidement. Que pouvaient-ils faire d'autre ? Tom se hérissait contre cette restriction, même s'il en voyait la sagesse.

— Tom, accepterais-tu de me laisser la bague pour la garder en sécurité jusqu'à ce que nous en sachions plus à son sujet ? demanda Lianon, la main tendue.

Tom était partagé. Il n'avait pas prévu de l'utiliser à nouveau de sitôt, mais il ne voulait pas non plus s'en séparer. Il fit tourner la bague sur son auriculaire pendant qu'il réfléchissait.

— Seulement pour un court moment. Je promets d'en prendre grand soin et de te la rendre bientôt, ajouta le directeur.

Lola lui donna un coup de coude et hocha la tête pour l'encourager.

— Tom, tu devrais savoir que Lola et moi n'avons pas remis nos artefacts magiques quand on nous les a demandés. Nous avons choisi, au contraire, de les stocker dans notre coffre. Tu pourrais vouloir faire de même, dit Devlin.

Puis, au directeur, il ajouta :

— Je suis désolé, Monsieur.

— C'est tout à fait acceptable, Devlin. Je suis heureux que tu te sentes à l'aise pour dire ce que tu penses ici, dit-il.

Puis, à Tom, il ajouta :

— Il a raison, Tom. Tu peux garder ta bague ou la ranger chez toi. Bien que je ne sois pas sûr qu'elle y serait en sécurité. En vérité, elle serait probablement plus en sécurité à ton doigt.

La bague n'était pas magique. C'était juste un héritage familial. La remettre ne l'empêcherait pas d'utiliser ses pouvoirs s'il avait soudainement besoin de les utiliser. N'importe quel objet tranchant pouvait faire couler le sang.

Quelque peu rassuré par cette pensée, il retira la bague et la tint un moment dans sa main. Il la portait depuis moins de six mois, mais il se sentait déjà nu sans elle. *Ça va aller. Je n'en ai pas besoin. Même pas comme rappel de mon père. Je le porte déjà avec moi partout où je vais. Ils ne peuvent pas me prendre ça.*

Se sentant toujours comme s'il arrachait une partie de lui-même, il plaça la bague dans la main tendue du directeur avec un soupir. Le Haut

Elfe ouvrit un tiroir et en sortit une pochette de velours. Il y plaça la bague avec grand soin. Il ne la remit pas dans le tiroir comme Tom s'y attendait cependant. Au lieu de cela, il se leva, marcha vers la cheminée et agita une main devant le portrait accroché au-dessus du manteau. Il y avait un coffre-fort caché derrière. Ce devait être un coffre-fort magique car il n'entra pas de combinaison. Il ouvrit simplement la porte et plaça la pochette à l'intérieur avant de la refermer. D'un geste, le portrait était de retour à sa place originale, sans aucun signe d'avoir jamais été dérangé.

— Voilà qui devrait garder la bague hors des mauvaises mains, dit-il. Allons-nous descendre dîner ? Je crois qu'on a des côtelettes de porc ce soir, dit Lianon, se frottant le ventre.

Cela eut l'effet escompté d'amuser les enfants, et la tension quitta la pièce même si personne ne rit.

— Après vous, Monsieur, dit Tom, et ils le suivirent dans les escaliers jusqu'à la salle à manger.

CHAPITRE NEUF

Dans la salle commune, tout le monde avait des questions sur Tabitha. Tom avait réussi à éviter les autres élèves toute la journée, espérant que le directeur ferait une annonce au déjeuner. Sans informations précises, les rumeurs avaient commencé à circuler. Au dîner, chacun avait sa théorie et il n'y avait pas un seul élève qui n'ait pas demandé à Tom ce qui s'était vraiment passé dès qu'il était entré dans la pièce. Heureusement, il fut sauvé d'avoir à répondre quand Lianon s'était levé avant même que le repas ne soit servi et avait fait une brève déclaration.

Une déclaration brève et très *mensongère*. Lianon avait simplement dit que Tabitha avait été présumée disparue, et qu'en fin de compte, elle avait oublié son téléphone à la maison et perdu la notion du temps pendant qu'elle voyageait avec des amis.

Tom se demandait comment ils expliqueraient son absence de l'école pendant quelques jours, mais sa sœur surprit tout le monde en apparaissant au milieu des conversations d'après-dîner. Elle passa devant son frère sans même lui accorder un regard et s'installa près du piano pour tenir salon.

Tom et ses amis ne pouvaient pas entendre ce qu'elle disait depuis leur place près de la cheminée. Il ignorait si elle leur racontait la vérité ou si elle inventait simplement une histoire correspondant à ce que le directeur avait dit. Tom ne savait pas quoi penser et avait encore moins d'idée de ce qu'il devait dire quand des gens s'arrêtaient pour lui demander des détails. Personne ne lui avait dit de ne pas raconter ce qui s'était réellement passé, mais il semblait prudent de limiter les détails au minimum. Peut-être que personne n'avait besoin de savoir.

D'ailleurs, ils avaient déjà eu assez de mauvaise publicité avec l'arrestation de son oncle. Enfin, lui en avait assez. Tabitha, de toute évidence, se délectait de l'attention qu'elle recevait. La curiosité l'emporta, et Lenora quitta leur groupe pour rejoindre son amie, Keith suivant dans son sillage. Clara et Évangeline, ne voulant pas être tenues à l'écart, y allèrent également.

— Quelqu'un d'autre veut faire défection ? demanda-t-il avec une légère moue.

Colin lui donna une tape dans le dos et répondit :

— Non mon pote, on est dans l'équipe Tom, jusqu'au bout.

Tom lui fit un check du poing avec un sourire timide.

— En plus, ajouta-t-il, je sais qu'on aura une version plus exacte si on reste ici.

Tom hésita. Il regarda Lola pour lui demander conseil. C'étaient aussi ses amis à elle. Elle haussa les épaules. Il se tourna vers Devlin, haussant un sourcil en une question silencieuse.

— Oui, tu peux leur faire confiance pour rester discrets, dit Devlin.

Sara savait probablement déjà tout puisqu'elle était la petite amie de Devlin et la meilleure amie et colocataire de Lola. James et Colin étaient bavards mais pas commères. Ils formaient un couple depuis aussi longtemps que Tom s'en souvienne et jouaient honorablement à *Sorciers et Mages*.

Tom se rapprocha et tout le monde se pencha vers la table basse pour qu'il n'ait pas à parler trop fort. Il pensa à ne leur donner que des bribes d'information, mais comme il mentait très mal et ne serait probablement pas capable de garder ses faits cohérents plus tard, il valait peut-être mieux s'en tenir à la vérité.

— Donc ça fait de toi un sorcier ! s'exclama James alors que l'histoire se terminait, les yeux ronds comme des soucoupes.

Tom le fit taire. Il les avait fait jurer de ne rien dire avant de leur raconter leur petite expérience près de la plateforme de méditation.

— C'est incroyable, mon pote ! s'écria Colin.

James fronçait les sourcils cependant.

— Qu'est-ce qui se passe maintenant ? Ta famille est en sécurité ?

— Le Haut Conseil des Elfes examine le côté de ma lignée. Pendant ce temps, je suppose que le Conseil des Êtres Magiques Terrestres sera alerté de l'enlèvement de Tabitha, car ce sont probablement les deux complices manquants, dit Tom.

Lola et Devlin se regardèrent et acquiescèrent. Ils expliquèrent leurs propres pouvoirs, et James était presque en hyperventilation.

— C'est pour ça que vous vous regardez toujours ? Vous faites ce truc de télépathie ? demanda-t-il avec émerveillement.

Puis, baissant la voix à un murmure, il ajouta :

— Est-ce que vous parlez de moi parfois ?

— Pourquoi vous ne nous avez rien dit avant ? reprocha Colin.

— Le directeur nous a demandé de rester discrets pour le moment. Mais maintenant que Tom est sorti du placard, on s'est dit qu'il n'y avait pas de mal à le révéler à notre cercle intime, expliqua Lola.

Devlin regarda Lola, mais elle secoua la tête cette fois, l'avertissant du regard.

— Il y a autre chose, dit Devlin.

Lola leva les mains, clairement pas d'accord avec ce qu'il allait dire. La bande les regarda l'un et l'autre avec confusion.

— Bon, vas-y, soupira-t-elle.

— Le professeur Somin est notre père déguisé en Haut Elfe, dit-il.

— Quoi ? dirent Tom et Sara à l'unisson.

Tom ne savait pas pour les autres, mais en ce moment, il se sentait trahi, même dupé. Apprendre cela maintenant faisait mal. Au regard de Sara, elle ressentait la même chose.

— Attends, revenons en arrière. Comment est-ce même possible ? demanda Colin, secouant la tête d'incrédulité.

Devlin expliqua comment Simon Evers avait voyagé dans le temps pendant des décennies, cherchant un remède contre le cancer dans le futur. Il avait eu la chance de rencontrer Lola treize ans après sa mort, mais ne savait pas que Devlin existait. Pour connaître ses enfants, il avait négocié un accord pendant son séjour aux îles Summer qui lui assurait une vie longue et en bonne santé tant qu'il restait sous forme de Haut Elfe sur l'île. Chaque jour, il prenait un portail pour travailler à L'académie et rentrait chez lui après le travail. Chaque jour qu'il passait sur Terre, sa forme humaine vieillissait rapidement jusqu'à rattraper son âge réel. Ils avaient donc convenu qu'il ne passerait que les vacances en Virginie avec sa sœur et ses enfants. Cela lui donnerait environ huit années supplémentaires, prolongeant sa vie humaine jusqu'à l'âge respectable de quatre-vingts ans.

— Mais Devlin, tu peux utiliser la sphère pour lui rendre visite aux îles Summer, non ? demanda Tom.

Devlin haussa les épaules.

— Pour le moment, je n'en vois pas l'intérêt. Je le vois tous les jours. C'est mon professeur d'art ! rit-il. Mais oui, plus tard quand nous aurons fini l'école, nous demanderons la permission de lui rendre visite de temps en temps.

Personne ne dit rien pendant un moment. C'était trop à assimiler.

— Pourquoi nous le dire maintenant ? demanda Colin.

— Eh bien, c'est notre homme à l'intérieur. Si le directeur décide de ne pas être franc avec les informations, mon père sera direct avec nous. Il s'intéresse énormément à nos ancêtres et à notre héritage. Comme il ne peut plus voyager ou utiliser la montre temporelle et la sphère, il voudra tout savoir à ce sujet, expliqua Devlin.

— Mais ce secret est encore plus important que celui de nos pouvoirs. Les Hauts Elfes ont modifié la chronologie pour que ça marche. Techniquement, papa est mort en 2005. C'est trop compliqué pour que mon cerveau puisse le traiter, mais si ça se sait qu'ils peuvent faire ça, je suis sûre qu'ils seront submergés de demandes. Bien sûr, papa paie en travaillant ici gratuitement, mais c'est plus un privilège pour lui qu'une corvée, dit-elle.

— Wow, dit Tom en secouant la tête.

— Wow, ajouta Sara, s'enfonçant dans le canapé.

Devlin prit sa main et chuchota :

— Je suis désolé de ne pas te l'avoir dit plus tôt.

Elle l'écarta d'un geste. Tom supposa qu'elle comprenait.

Est-ce que Tom comprenait ?

— Les autres sont au courant ? Je veux dire, à propos de vos pouvoirs de sorciers, demanda Sara, regardant derrière elle Tabitha et son public captivé.

— Je n'ai pas encore dit à Keith. C'est mon meilleur ami, mais il n'est pas des plus discrets, dit Tom.

— Je n'ai rien dit à Clara ou Lenora, dit Lola.

— J'ai déjà dû raconter beaucoup de tout ça à Sara, ajouta Devlin, embrassant sa joue.

— Bien sûr, dit James en riant.

— Est-ce qu'on peut leur dire, alors ? Ou devrions-nous garder le cercle restreint ? demanda Colin, tout excité maintenant qu'il était dans la confidence.

— Je ne sais pas, dit Lola. Qu'en penses-tu, Devlin ? demanda-t-elle à son frère.

— J'aime bien Évangeline. Elle rend Clara heureuse. Mais on ne sait pas grand-chose sur elle. Clara et Lenora sont dans le comité social et sont des commères notoires. Et si Keith ne peut pas être fiable pour tenir sa langue, je vote non, dit Devlin.

— J'ai bien peur d'être d'accord avec Devlin. Juste nous six, alors, dit-il avec un hochement de tête final.

Toujours prêt à motiver les troupes, James mit sa main au milieu et encouragea les autres à ajouter les leurs.

— Je jure solennellement de garder les secrets de notre groupe, dit-il, le visage sérieux bien que ses lèvres essayaient constamment de se retrousser en un sourire.

Les autres rirent, mais tout le monde se joignit à lui et dit : « Je le jure », puis retira rapidement sa main avant d'attirer trop l'attention.

— Sur ce, je crois que je vais aller me coucher. J'ai eu plus que ma dose d'excitation pour aujourd'hui, dit Lola.

Elle se pencha et embrassa légèrement Tom sur les lèvres.

— Bonne nuit, Tom.

— Dors bien.

La réponse de Tom était distraite. Il avait beaucoup à penser, d'abord et avant tout pourquoi Devlin avait parlé à sa petite amie de tout cela, et Lola n'avait pas dit un mot à lui. Son petit ami.

Sara se leva, embrassa Devlin et dit à Lola de l'attendre. Une fois les filles parties, Colin et James se sourirent et, sans dire un mot, commencèrent à installer une partie de Sorciers et Mages. Finalement, Tom resta et joua avec eux. Le jeu offrait une bonne distraction, quelque chose dont il avait grandement besoin en ce moment.

Ils jouèrent au jeu de stratégie jusqu'à ce que les lumières clignotent, et il fut temps de rejoindre leurs chambres avant l'extinction des feux.

Devlin, Colin et James partageaient une chambre cette année. Elle était immense, et ils avaient leur propre petite salle de bain. Ils n'auraient pas besoin de se dépêcher pour se préparer et risquer de se retrouver dans le noir sur le chemin du retour vers leur chambre. Tom avait tout calculé. Il gardait sa trousse de toilette sur le coffre au pied de son lit pour pouvoir la saisir rapidement. Leurs parties de Sorciers et Mages duraient souvent des jours, et il ne leur venait jamais à l'idée d'arrêter de jouer avant que les lumières ne clignotent afin d'avoir plus de temps pour se préparer pour la nuit. La vie était trop courte pour perdre du temps sur des questions aussi triviales que se brosser les dents ou se débarbouiller avant de dormir. Ils étaient des hommes, après tout !

CHAPITRE DIX

Tôt le lendemain matin, Lola et Devlin se rendirent au bureau du professeur Somin avant de descendre prendre leur petit-déjeuner. Comme d'habitude, il était ravi de voir ses enfants mais s'interrogeait sur le moment choisi pour cette visite.

Devlin expliqua la situation, y compris le fait qu'ils avaient révélé son identité à leurs amis. Il n'était pas contrarié. C'était un peu solitaire de prétendre être un Haut Elfe tout le temps. Bien sûr, il s'était habitué à cette forme et à sa nouvelle routine, et il adorait son travail. Il voyait sa sœur tous les dimanches et passait du temps avec Lola et Devlin pendant la semaine scolaire, mais son univers était devenu plutôt restreint.

Être un Haut Elfe présentait certains avantages, notamment des capacités mentales et magiques supérieures. Mais sa vie d'humain lui manquait. En tant qu'artiste, il connaissait la valeur du chaos et du contraste, deux éléments absents de la vie en tant que Haut Elfe.

Ses peintures, bien que belles et éthérées, l'ennuyaient à mourir. Il attendait avec impatience son temps sur Terre, non seulement pour être avec sa famille, mais aussi pour l'inspiration artistique qu'il tirait du maelström d'émotions et de sensations physiques qui le traversaient en tant qu'humain. Il les avait tenus pour acquis, avait passé des années à lutter contre la douleur et l'inconfort de son cancer, sans jamais réaliser quelle source brute d'inspiration cela représentait.

Ainsi, il se frotta les mains comme un écolier surexcité à la mention de nouveaux drames, bien qu'il déclara immédiatement qu'il était heureux que Tabitha soit saine et sauve.

— Comment puis-je vous aider ? demanda-t-il.

— Je sais que tu es professeur maintenant et que tu pourrais avoir des ennuis en nous aidant, mais on a vraiment besoin que tu nous dises ce que les Hauts Elfes découvrent, dit Lola, avec hésitation.

— C'est assez facile puisque j'ai accès aux pensées et aux connaissances de tout le monde quand je suis là-bas. Dès que je rentrerai ce soir, je découvrirai ce qui se passe. J'ai passé le week-end dans les montagnes et j'ai coupé tout contact. Sinon, je serais déjà au courant. Et puis, vous êtes mes enfants, ce qui prime sur tout le reste, répondit-il avec un sourire.

— C'est ce que j'ai dit à nos amis, que tu nous aiderais, dit fièrement Devlin.

— Ce n'est pas comme si j'allais vous donner accès aux réponses des examens, mais pour ça, bien sûr que je vais vous aider, dit-il avec un clin d'œil. De plus, c'est probablement Alderan qui fouille dans notre généalogie et il me tiendrait au courant de toute façon. Nous prenons le thé ensemble une fois par mois pour compatir à nos situations opposées.

Cela étant réglé, ils bavardèrent un moment jusqu'à ce qu'il soit temps de se rendre à la salle à manger, satisfaits que tout soit bien en main.

LE LENDEMAIN MATIN, Tom se réveilla plus tôt que d'habitude. Il comprit pourquoi lorsqu'il trouva une enveloppe posée sur sa poitrine. Le professeur Somin demandait une conversation informelle à sept heures du matin. Il était six heures trente. Tom soupira. N'étant pas vraiment du matin, il descendait généralement prendre son petit-déjeuner le plus tard possible.

Il avait essayé de rejoindre Lola, Devlin et quelques autres dans leurs vols matinaux avec la professeure Elderberry. Elle les transformait en abeilles et emmenait les élèves voler à travers le domaine. C'était très amusant, mais au final, il préférait les heures de sommeil supplémentaires.

Il se leva, s'habilla et attrapa un muffin en se dirigeant vers l'aile des Arts. Il ne venait jamais par ici puisqu'aucun de ses cours n'avait le moindre rapport avec l'art, et il n'avait jamais vraiment rencontré le professeur Somin. Maintenant qu'il savait qu'il était le père de sa petite amie, il était logique que l'homme, ou le Haut Elfe, veuille une conversation privée.

Cependant, quand Tom frappa à la porte du bureau, il découvrit que Lola et Devlin étaient déjà là.

Pas si privée que ça, finalement.

— Bonjour, Tom, dit le professeur.

C'était troublant de voir à quel point il était grand, tout comme le directeur et Lady Samsara.

— Bonjour, Monsieur, répondit Tom, tendant sa main pour le saluer.

Ils se serrèrent la main, et Tom fut invité à s'asseoir. Il fit un signe de tête à Devlin et s'assit à côté de Lola sur le canapé. Elle rayonnait de joie en le regardant, et il lui rendit un sourire crispé, ses yeux se dirigeant vers son père.

— J'irai droit au but, dit le professeur Somin. Je suis au courant de l'enquête, telle qu'elle est. Il n'y a eu aucun progrès pour localiser les ravisseurs de Tabitha, bien qu'il y ait des pistes concernant leur identité. Quant à notre ascendance, Alderan a mis à jour l'arbre généalogique remontant jusqu'à Christoff Harding, qui est répertorié comme ayant navigué vers la Nouvelle-Angleterre en 1655 avec sa nouvelle épouse, Fiona. Ils se sont installés dans le Connecticut et ont eu six enfants, dont seulement deux ont survécu assez longtemps pour atteindre l'âge adulte : Rose Analise et Petunia Eva.

Le groupe acquiesça. Ils savaient déjà tout cela.

— Maintenant, si vous vous souvenez, Rose a épousé Lord John Evers, un riche propriétaire terrien en Virginie. Elle est morte en donnant naissance à Emmeline en 1683. Emmeline a épousé Archibald Langley, qui a changé son nom en Evers, en 1698 et est morte deux ans plus tard, en donnant naissance à des jumeaux, Oleander et Anemone. Comme Emmeline était effectivement une sorcière, on peut supposer que sa mère et sa grand-mère étaient aussi des sorcières. Nous pensons qu'une sorcière a scellé les pouvoirs des jumeaux d'Emmeline à la naissance, c'est pourquoi les capacités magiques autres que le voyage, héritées d'Archibald, sont restées dormantes jusqu'à ce que Lola et Devlin viennent à L'académie.

Il s'arrêta pour jeter un coup d'œil à ses enfants qui hochèrent la tête pour montrer qu'ils étaient attentifs.

— Pendant ce temps, Petunia a épousé Sir Anthony O'Callahan, un aristocrate irlandais en visite. Il l'a ramenée dans son domaine dans les montagnes de Wicklow, juste à l'extérieur de Dublin. Ils ont eu trois fils : Brady, Conor et Ian. L'aîné est mort de la grippe. Ian est devenu homme d'église, et Conor est devenu l'héritier. Il s'est marié et a eu des fils jumeaux : Kieran et Larkin. Le premier né a hérité du domaine, comme c'était la coutume, mais cela a créé une discorde entre les frères. Cherchant la paix, Kieran a offert à son frère l'un des plus grands domaines familiaux dans le comté de Cork pour qu'il vive confortablement et se marie bien. Cela a suffisamment éloigné les frères l'un de l'autre pour qu'ils vivent leur vie indépendamment. Larkin a accepté et a abandonné le « O' » du nom O'Callahan. Il est devenu Larkin Callahan. Larkin a épousé une voyageuse nommée Sara, et c'est de là que vient le gène de voyageur de Tom.

Le professeur Somin fit une pause et prit une gorgée de son thé. Les jeunes gens étaient silencieux, chacun perdu dans ses pensées.

Finalement, Tom dit :

— C'est très intéressant. Mais que savons-nous des capacités magiques de Petunia ? J'ai clairement un type de magie différent de celui de Lola et Devlin. Tabitha ne semble pas avoir de nouvelles capacités magiques. Pourquoi a-t-elle été enlevée ? Pourquoi a-t-elle été emmenée en Norvège ?

Il secoua la tête, soudain agité. Se levant, il passa ses mains dans ses cheveux par frustration, faisant les cent pas en petits cercles.

— Pour l'instant, nous n'avons que des spéculations. D'après ce que je comprends, tout ce qui est lié aux offrandes de sang, aux sacrifices ou aux rituels est généralement d'origine païenne. Petunia a peut-être développé des capacités différentes en interagissant avec des sorcières locales. Je crois que votre meilleure option serait de consulter un professeur d'histoire de la magie à l'Académie Harding, car ils en sauraient plus à ce sujet que n'importe qui ici. Lola et Devlin sont inscrits pour des cours d'été à Harding. Puis-je te suggérer de faire de même ? dit le professeur d'arts.

Tom acquiesça. Il connaissait très peu l'Académie Harding pour les arts magiques, mais avec l'émergence de ses nouvelles capacités, quelles qu'elles soient, il se sentait attiré par une école dont le corps étudiant était plus que de simples voyageurs.

— En ce qui concerne la Norvège, il semble que Christoff Harding était un descendant du roi Harding de Hardinger, en Norvège. Cela pourrait expliquer pourquoi ils ont emmené ta sœur à Kinsavirk. Je ne suis pas expert en magie viking, mais je crois qu'il s'agissait surtout de voyants et de runes. Je doute que ce soit de là que viennent tes capacités. Bien que, en fin de compte, nos deux familles soient issues de cette lignée.

Les lumières clignotèrent. C'était l'heure du petit-déjeuner. Tom serra la main du professeur et le remercia pour son temps. Lola et Devlin firent un câlin maladroit à leur père, grand comme il était, et tous les trois quittèrent le bureau de Somin.

Une fois hors de portée, Devlin dit :

— Je vais demander le document d'ascendance écrit. Il devrait contenir les noms complets, les dates et les lieux.

— Je suis sûr que ce sera intéressant, mais comment cela peut-il nous aider ? demanda Tom.

Lola avait l'air bouleversée.

— Quoi ? Devlin t'a dit quelque chose dans ta tête ? demanda Tom.

Lola secoua la tête.

— Non, il n'a pas eu besoin. Je sais où il veut en venir, dit-elle, adressant un regard mécontent à Devlin.

— Tu peux me mettre au courant ? dit Tom.

— Je pense que nous devrions voyager dans le temps et avoir des conversations avec nos ancêtres respectifs, dit Devlin.

— Mais je croyais que la marche temporelle était interdite, comme le voyage entre les mondes, répondit Tom, confus.

— C'est le cas, affirma Lola, les mains sur les hanches.

— Ce n'est pas interdit. C'est réglementé. Il y a une différence. Le voyage dans le temps doit être soumis pour approbation avant le départ, dit-il.

— Il doit aussi être approuvé avant le départ et uniquement à des fins éducatives, murmura Lola d'une voix stridente.

— Calme-toi, sœurette. Je ne peux pas imaginer une meilleure source d'information et d'instruction éducative que nos propres ancêtres. Pas toi ? demanda-t-il, sa main reposant sur son épaule.

Tom fit un geste de temps mort avec ses mains. Ils approchaient de la salle à manger, et d'autres commençaient à remarquer leur conversation à voix basse. Rien n'attirait plus l'attention que des gens essayant de garder un secret.

— Je propose qu'on remette cette discussion à plus tard. Avant d'envisager une entreprise aussi risquée, nous pourrions commencer par la bibliothèque ici à L'académie. Qu'en pensez-vous ? dit-il, espérant calmer l'idée entière jusqu'à ce qu'il ait une chance d'y réfléchir.

— C'est une excellente idée, Tom, dit Lola, rayonnante.

Devlin roula des yeux et secoua la tête avec dégoût vers Tom.

— Encore du travail de bouquins, marmonna-t-il.

Tom haussa les épaules et prit la main de Lola tandis qu'ils entraient dans la salle à manger. Quelle que soit la voie qu'ils choisiraient comme prochaine action, Tom était heureux d'avoir Lola à ses côtés.

CHAPITRE ONZE

La semaine fut chargée de devoirs et de révisions, et ils n'eurent pas l'occasion de se retrouver à la bibliothèque pour leurs recherches magiques, bien que Tom et Lola y soient souvent allés étudier ensemble. Tom proposa de faire des recherches seul pendant le week-end si Lola et Devlin avaient prévu de voyager, mais ils lui dirent qu'ils restaient à l'école ce week-end pour que leur tante puisse se reposer avant l'arrivée des bébés. Phyllis était enceinte de jumeaux à quarante-six ans et avait besoin de tout le repos possible.

— Quand vas-tu obtenir ton autorisation de week-end de ta mère ? demanda Lola au dîner du vendredi soir.

Ce soir-là, ils n'étaient que tous les quatre avec Devlin et Sara. Tous les autres étaient partis pour le week-end.

— Dès que sa clé sera rendue. Ce devrait être le 2 février, répondit-il doucement.

Il ne voulait pas que tout le monde sache qu'il avait dû révoquer la clé de sa propre mère. C'était déjà suffisant que ces trois-là le sachent.

— D'accord, donc encore quelques semaines, dit-elle.

— Ce sera plus facile de discuter de ces sujets loin de l'école. Moins d'oreilles et d'yeux indiscrets, dit Devlin.

On supposait généralement qu'ils ne pouvaient être ni vus ni entendus lorsque les élèves se promenaient dans le parc ou dans les bois. Mais comme il s'agissait d'une école de magie, située dans son propre monde parallèle au-delà du temps et de l'espace, ils ne pouvaient jamais être totalement certains qu'il existait un moment où ils *n'étaient pas* observés.

En fait, ils pouvaient être localisés n'importe où dans l'enceinte grâce au modèle réduit dans la serre d'herbologie. Il était tout à fait possible que les professeurs qui étaient aussi des fées puissent voler et espionner les élèves, ou même les membres du corps enseignant, puis rapporter leurs observations au directeur. Quoique ces derniers avaient sûrement mieux à faire. Quoi qu'il en soit, mieux valait être prudent.

Comme aucune activité n'était prévue pour le vendredi soir, ils se dirigèrent tous les quatre vers la bibliothèque. La bibliothécaire haussa un sourcil quand ils passèrent devant son bureau. L'autre sourcil se leva lorsque Devlin demanda si elle avait des livres sur la sorcellerie.

Voyant que Lola était sur le point de se mettre à bafouiller à cause de sa nervosité, Tom la guida vers une table au fond de la salle. La bibliothécaire emmena Devlin et Sara dans une section de la bibliothèque qu'ils n'avaient jamais eu l'occasion de visiter jusqu'à présent, tout son corps raide de suspicion non dissimulée. Il était évident pour tout le monde dans la salle qu'ils préparaient quelque chose.

Tom soupira. Adieu la discrétion.

Bien sûr, quand ils rejoignirent les deux autres à la table quelques minutes plus tard, les bras chargés de livres, leur sujet d'intérêt serait évident pour quiconque passerait par là. Les livres allaient des volumes historiques aux grimoires pratiques, ces derniers étant plutôt surprenants puisqu'il n'y avait aucune sorcière à L'académie.

Ils se partagèrent les piles et commencèrent à lire. Ils étaient tellement absorbés qu'ils n'entendirent pas quelqu'un s'approcher de leur table. C'est Sara qui les alerta en poussant un petit cri quand elle vit l'énorme créature qui se dressait au-dessus d'eux. C'était le professeur Thunderbolt, le professeur de magie du programme d'été.

Il effrayait la plupart des élèves. Il n'était arrivé à L'académie que l'été précédent. La silhouette grande et robuste de Thunderbolt lui donnait l'allure d'un ogre, et sa peau sombre, presque violette, semblait plus épaisse que celle d'un dinosaure. En y regardant de plus près, on pouvait voir que ses yeux n'étaient pas noirs comme ils le paraissaient, mais d'un bleu intense. Ses cheveux mi-longs étaient bruns, d'une teinte et d'une texture similaires à ceux d'un humain. Bien qu'il ressemblât à un Hulk violet, il portait un costume bleu marine sur mesure avec une chemise mauve, et le résultat n'était pas déplaisant.

— Peut-être pourrais-je vous être utile, dit-il au groupe avec un accent britannique distingué.

Ses mains étaient jointes derrière son dos, et son visage restait impassible. Lola poussa un cri en le voyant et baissa rapidement son livre pour en cacher le titre.

— Professeur Thunderbolt, comment allez-vous ce soir ? dit Tom d'une voix posée, un sourire poli sur le visage.

— Très bien, Tom. J'espère que vous passez tous une agréable soirée ? demanda-t-il.

Il tendit la main vers un livre de mythologie nordique, effleurant la reliure de son ongle noir semblable à une griffe, et ajouta : Je dois dire que je n'ai jamais vu autant d'élèves à la bibliothèque un vendredi soir.

— Oui, Monsieur, répondirent Sara et Lola simultanément.

Devlin regarda le professeur droit dans les yeux et dit :

— Je suppose que vous êtes au courant de nos pouvoirs, Monsieur.

Thunderbolt adressa à Devlin un regard mesuré, hochant la tête en signe d'acquiescement silencieux.

— Y compris les miens ? demanda Tom, osant croiser le regard du professeur pour voir ce qu'il pourrait y déceler au plus profond.

Il hocha à nouveau la tête et esquissa un sourire amusé.

— Alors vous comprenez pourquoi certaines recherches s'imposent, répliqua Devlin.

Le géant violet prit lentement un autre livre, celui-ci sur les incantations, et le reposa avec un dédain évident.

— En effet. Quel zèle de votre part de vous donner tout ce mal alors que vous auriez simplement pu demander à votre professeur de magie, dit-il.

Il parlait calmement, mais il y avait une pointe d'agacement dans ses paroles qui donnait l'impression qu'il était un peu vexé.

— Je vous prie de m'excuser, Monsieur. Nous ne voulions pas vous manquer de respect. Ça ne nous est tout simplement pas venu à l'esprit, dit Sara, toujours la diplomate. C'est le week-end après tout, et je crois que nous avons tous supposé que vous auriez d'autres projets.

En vérité, cela ne leur était pas du tout venu à l'esprit. Certes, il était professeur de magie. Il devait en connaître beaucoup sur le sujet. Mais étant donné qu'il était un nouveau professeur et qu'il était plutôt terrifiant, aucun d'entre eux n'avait pensé à lui demander son aide. À bien y réfléchir, même le professeur Somin n'avait pas suggéré de lui parler. Heureusement, la diplomatie de Sara leur évitait de passer pour des idiots.

— Ce n'est pas grave. Je doute que vous trouviez les réponses que vous cherchez dans ces livres. J'ai une bien meilleure sélection dans mon bureau. Pourrions-nous nous y retrouver demain matin après le petit-déjeuner, disons à dix heures ? proposa-t-il.

Ils le fixèrent tous pendant un moment, hochant finalement la tête en signe d'assentiment.

Devlin s'éclaircit la gorge.

— C'est très généreux de votre part, Monsieur. Nous en serons honorés ! s'exclama-t-il un peu trop fort.

— C'est donc réglé. J'espère que vous trouverez une façon plus amusante de passer votre soirée, dit-il en s'éloignant de leur table.

Il salua la bibliothécaire d'une révérence en sortant.

Ils continuèrent à fixer la porte en silence jusqu'à ce qu'il ait quitté la bibliothèque.

Lola ferma le livre qu'elle tenait encore fermement.

— Qu'est-ce qu'il est exactement ? demanda-t-elle.

— C'est un Lantilien, originaire de Lantil, un monde parallèle au nôtre à bien des égards, répondit Devlin.

— Tu y es déjà allé ? demanda Tom, sa curiosité évidente sur son visage.

— Pas encore, mais Laurence l'Ancien a dit que c'est au programme de ce trimestre puisque c'est un endroit sûr à visiter pour les humains, et nous avons un émissaire ici à L'académie, ajouta Devlin.

— Alors je suppose que nous devrions être particulièrement gentils avec lui, dit Lola, avec un regard pensif dans la direction où le géant était parti.

— Nous sommes toujours polis et respectueux avec les professeurs, s'exclama Sara, légèrement sur la défensive.

Devlin se leva et commença à empiler les livres. Tom fit de même, et ils les placèrent sur le chariot près du mur pour qu'ils soient rangés. Ils repoussèrent leurs chaises et remercièrent la bibliothécaire.

— Que fait-on maintenant ? demanda Sara.

Devlin la prit par la taille et l'entraîna vers le hall principal, lui chuchotant à l'oreille tout en câlinant son cou. Elle gloussa et fit un signe de la main à Lola et Tom. De toute évidence, ni lui ni Lola n'étaient les bienvenus.

Tom piétina. Lola prit sa main, et leurs doigts s'entrelacèrent.

— Ça te dit une partie de backgammon ? demanda-t-il.

Lola sourit, se rapprochant de lui.

— C'est une super idée. Tu veux jouer dehors ? demanda-t-elle.

— Tu lis dans mes pensées, Evers, dit-il en souriant tandis qu'elle ouvrait la marche.

CHAPITRE DOUZE

Le lendemain matin à dix heures, le groupe se présenta dans la salle de classe du professeur Thunderbolt comme convenu. Le grand homme se leva de son bureau au fond de la salle, où il avait sans doute été en train de corriger des copies, et leur fit signe de le suivre dans son bureau privé à l'autre bout de la pièce.

C'était un bureau très spacieux avec une excellente vue sur les jardins de devant. Comme la plupart des bureaux d'enseignants, il disposait d'une cheminée et d'un coin salon en plus d'un bureau et d'un espace de travail. Ce bureau, cependant, possédait également un escalier en colimaçon menant à un niveau supérieur, probablement ses quartiers privés.

Tom se demanda combien de professeurs avaient leurs appartements à L'académie. Il n'avait jamais vu de traces de quartiers privés dans les autres bureaux qu'il avait visités, à part celui du directeur. Le fait que le professeur Thunderbolt habite également à l'école était intéressant, bien que Tom ne puisse pas exactement comprendre pourquoi. Cela lui semblait néanmoins significatif, quelque chose à méditer plus tard. Il supposait que puisque la plupart des professeurs étaient des voyageurs ou possédaient d'autres capacités magiques, ils rentraient généralement chez eux après le dîner et revenaient le matin. Du moins, c'est ce qu'il avait supposé. Maintenant, Tom se demandait pourquoi il n'y avait pas réfléchi avant.

— Je vous en prie, asseyez-vous, dit le professeur.

Lola, Sara et Devlin prirent place sur le canapé, laissant Tom s'asseoir face au professeur Thunderbolt dans l'un des fauteuils assortis.

Il était difficile de concilier les manières impeccables et la tenue irréprochable de l'homme avec sa stature et sa carrure intimidantes. Maintenant, en l'observant, il constatait que l'homme était distingué jusque dans ses manières. Il était assis, une jambe croisée sur l'autre, les avant-bras reposant sur les accoudoirs, les doigts joints en pyramide.

— Alors, Tom, peut-être aimeriez-vous commencer par le début et expliquer ce qui s'est passé jusqu'à présent, l'encouragea le professeur, en articulant chaque mot avec une diction parfaite.

Tom jeta un coup d'œil à ses amis, puis au professeur. Il ignora la pointe de nervosité qui montait en lui.

— Monsieur, dit-il, un peu incertain, je pensais que vous étiez au courant de la situation.

Le Lantilien soupira.

— On m'a informé que votre sœur a été enlevée, probablement pour accéder aux pouvoirs que vous semblez avoir hérités à sa place. Elle a été ramenée saine et sauve, bien que les coupables soient toujours en liberté. Ces pouvoirs semblent avoir été activés après que vous vous êtes piqué le doigt sur un héritage familial, plus précisément une bague à poison de dame du quatorzième siècle, expliqua-t-il.

— Une bague de dame ? marmonna Sara.

Tom n'avait pas exactement révélé cette partie. Du moins à personne d'autre que Lola.

— Est-ce que j'ai raison jusqu'ici ? demanda le professeur, ignorant le commentaire de Sara.

— Oui, Monsieur. Vous savez tout. Pourquoi m'avez-vous demandé de vous expliquer ? questionna Tom.

— Parce que, jeune Tom, les informations que je viens de résumer sont des ouï-dire. Je préfère largement entendre les choses de la bouche de l'intéressé, répondit-il patiemment.

— Je comprends, oui. Eh bien, euh, je n'ai pas grand-chose à ajouter au résumé, admit Tom.

— Avant qu'il ne se pique le doigt, Lola et moi avons essayé de vérifier s'il avait les mêmes capacités que celles que nous partageons : télékinésie, télépathie, projection astrale, divination, et ainsi de suite. Ce n'était pas le cas. Après qu'il m'a propulsé à près de cinq mètres, nous n'avons pas eu l'occasion de voir si les autres capacités avaient été activées, ajouta Devlin.

Le professeur hocha la tête.

— Je crois que vos capacités ont été testées aux îles Summer par les Hauts Elfes. Est-ce exact ? demanda-t-il à Lola et Devlin. Ils acquiescèrent.

— Peut-être que le directeur Lianon pourrait demander une évaluation pour Tom. Ce serait la façon la plus sûre et la plus précise d'avoir un compte rendu complet des capacités de Tom, dit-il.

— Ce serait en effet très utile, Monsieur, répondit Tom.

— Je le lui suggérerai quand je le rencontrerai, dit-il en se levant de son fauteuil.

Il se dirigea vers son bureau et prit une pile de livres.

— En attendant, voici quelques-uns des livres dont je vous ai parlé. Ils fourniront des informations historiques et pratiques sur l'utilisation européenne de la magie de sang à travers les âges. J'ai également contacté la professeure Montague de l'Académie Harding, car elle aura des connaissances plus pratiques, étant une sorcière. Elle a accepté de vous rencontrer cet après-midi. Il vous suffit d'ouvrir une porte à l'extérieur de l'école et de sonner. Elle vous attendra, seul, à quatorze heures, dit le professeur.

Tom prit la pile de livres des mains du professeur. L'homme costaud ouvrit la porte de son bureau et sourit. Ils étaient congédiés.

Après leur rencontre avec le professeur Thunderbolt, Tom et ses amis retournèrent à la salle commune et s'installèrent à leur place habituelle près de la cheminée. Chacun avait pris un livre et s'était installé pour une lecture intéressante.

C'était une bonne distraction pour Tom avant son voyage à l'Académie Harding. Au fond de lui, il savait qu'il devait y aller. Il faisait confiance à la professeure Montague et savait qu'elle lui donnerait des informations importantes. Néanmoins, l'école était intimidante. Il n'y était allé qu'une ou deux fois, lors de sorties scolaires avec L'académie quand il était plus jeune. Il s'était toujours senti jugé par les sorcières et les sorciers là-bas, comme s'ils considéraient les voyageurs comme des êtres magiques de seconde zone.

Il se demandait, cependant, si cela n'avait pas été en partie dû à ses propres préjugés. N'avait-il pas été élevé pour ressentir au moins un peu les choses de cette façon ? Les sorcières dans son monde étaient toujours traitées avec beaucoup de respect. Maintenant, alors qu'il plongeait dans ces livres, il réalisait que beaucoup de ce qu'il pensait savoir sur la magie provenait de ce qu'il avait entendu dire par d'autres. Des rumeurs. Des suppositions. Est-ce que quelque chose qu'il savait était réellement vrai ? Ou était-il possible qu'il y ait plusieurs vérités dans le monde magique, et qu'il commençait seulement à les découvrir ?

Dans les livres, ils découvrirent que dans de nombreuses régions du monde, la magie de sang avait longtemps été considérée comme faisant partie des arts obscurs, et était jugée de nature maléfique. Pendant la majeure partie de l'histoire, on croyait que pour maintenir l'équilibre, il fallait payer le prix de la magie. Une vie pour une vie. Des sacrifices, humains et animaux, puis plus tard le sang du praticien, étaient offerts en échange du don de magie.

Bien que de nombreuses sectes magiques pratiquent encore ce type de magie, les études les plus récentes montraient qu'il n'y avait aucun coût à la magie. La magie était, en fait, une simple question de cause à effet. Le praticien devait maintenir une intention pour voir sa manifestation.

Les capacités magiques ou l'utilisation de sorts compliqués et d'artefacts, comme des clés ou des baguettes, pour produire de tels effets ne seraient probablement plus nécessaires à l'avenir. L'information provenait d'un livre écrit un siècle plus tôt. Ils se demandaient quand, exactement, ce nouvel avenir pourrait arriver.

Au déjeuner, chacun avait évoqué des histoires qu'ils connaissaient ou avaient lues, où des humains non magiques avaient démontré des capacités inexpliquées. Peut-être que l'avenir était effectivement déjà là.

Quand vint le moment de partir, Lola proposa de voyager avec lui jusqu'à l'enceinte de l'Académie Harding. Mais quand sa porte s'ouvrit, elle ne la laissa pas passer.

— Ne t'inquiète pas, tout ira bien, dit Lola, en passant ses pouces sur les sourcils de Tom pour tenter de lisser son froncement de sourcils.

Il prit ses mains et les embrassa avant de les placer sur son cœur et de la serrer dans ses bras.

— Je ne peux pas m'empêcher de sentir que les choses sont sur le point de changer, de façon importante, dit-il, son menton reposant sur le sommet de la tête de Lola.

— Tu commences à parler comme moi, dit-elle avec un petit rire.

Levant les yeux vers lui, elle ajouta :

— Le changement n'est pas forcément mauvais. Crois-moi, je le sais ! Même si ça semble effrayant au début, ça peut être merveilleusement excitant et vivifiant.

Elle rayonnait, son visage illuminé d'une énergie positive pure. Il prit son visage entre ses mains et plongea son regard dans ses yeux, les coins de sa bouche s'étirant lentement vers le haut.

Cette fille était comme son propre soleil personnel. Elle brillait parfois si fort qu'il s'inquiétait qu'elle puisse réellement étinceler, comme les vampires dans Twilight. Il ferma les yeux et prit une profonde inspiration, inhalant sa lumière et son énergie. Aussitôt, il se sentit plus calme, et il expira lentement.

Ouvrant les yeux, il l'embrassa doucement sur les lèvres.

— Je t'aime, Lola Evers, murmura-t-il.

— Je t'aime aussi, Tom Callaghan, répondit-elle en s'écartant de lui et inclinant la tête vers la porte.

Il lui donna un autre baiser rapide et s'éloigna d'elle pour passer par sa porte.

CHAPITRE TREIZE

Tom était à présent seul devant l'entrée principale de l'Académie des arts magiques de Harding. L'endroit était sombre et lugubre, particulièrement en ce jour d'hiver nuageux. Il faisait froid aussi. Pourtant, il aurait presque préféré rester dehors. Il prit une profonde inspiration pour se donner du courage, puis s'avança vers les immenses portes en chêne et souleva le lourd heurtoir.

Le majordome à l'allure antique qui l'accueillit à la porte et le conduisit le long d'un couloir sombre ne prononça pas le moindre mot. Tom essaya d'engager la conversation mais abandonna, préférant porter son attention aux plaques accrochées sur les portes qu'il croisait, indiquant les bureaux des nombreux professeurs qui travaillaient à l'école. Cette école était bien plus grande que L'académie, car elle offrait une formation à temps plein aux élèves de douze ans et plus.

Située dans un vieux château du nord de l'Écosse, à un emplacement exact inconnu, l'école était réputée invisible aux humains non-magiques. En effet, le château du quatorzième siècle apparaissait comme une ruine aux passants, sans aucune route y menant pour tenter d'éventuels visiteurs. Si un randonneur s'aventurait près du périmètre, il se sentirait immédiatement poussé à contourner le bâtiment, ne trouvant jamais de véritable chemin vers le sommet de la colline.

Le majordome s'arrêta finalement devant une porte d'apparence très ordinaire. Lorsqu'il commença à frapper, Tom l'arrêta.

— C'est bon, dit-il. Je peux le faire. Merci.

Le majordome s'inclina et partit.

Tom resta immobile un moment, se concentrant sur sa respiration pour se préparer mentalement à cette rencontre avant de lever la main pour frapper. Un bruit derrière lui interrompit le mouvement descendant de sa main. Quand il regarda par-dessus son épaule, il vit un garçon d'environ son âge appuyé contre le mur. Le jeune homme le fixait sans ciller. Ses yeux étaient d'une étonnante teinte ambrée.

Tom fit un signe de la main maladroit. Il ne pouvait pas déterminer si ce garçon voulait lui souhaiter la bienvenue à l'école ou commencer une bagarre. Finalement, il ne fit ni l'un ni l'autre. À la place, le garçon disparut au coin du couloir.

Étrange. Probablement juste un élève.

Il supposait que les résidents étaient naturellement méfiants envers tout visiteur non-sorcier dans leur école.

De nouveau seul, Tom frappa à la porte. Un instant plus tard, la professeure Montague l'ouvrit.

— Bonjour, Tom, dit-elle. Quel plaisir de vous revoir.

— Bonjour, professeure Montague. Merci de me recevoir dans un si court délai. Encore une fois, dit Tom en entrant dans une pièce étonnamment similaire au bureau de Lady Mathilda.

Bien sûr, la décoration était différente. Au lieu d'un salon, la professeure Montague avait sa propre bibliothèque personnelle. Les murs sans fenêtre étaient couverts d'étagères du sol au plafond, remplies de volumes à l'aspect ancien. La professeure lui fit signe de s'asseoir à la table au centre de la pièce et lui demanda s'il voulait du thé.

— Ça va, merci, dit Tom concernant le thé, et il s'assit à l'endroit indiqué, se demandant pourquoi une professeure aurait une table en bois si ordinaire dans son bureau.

Elle avait quatre chaises et était du genre qu'on verrait dans une bibliothèque. Ils s'assirent face à face. La professeure, les mains jointes devant elle sur la table, l'étudia. Cela mettait Tom très mal à l'aise. Ses propres mains étaient sur ses genoux, et il commença à tapoter nerveusement du doigt sur sa cuisse.

La professeure décroisa les mains et les ouvrit pour révéler l'anneau de Tom. Étonné, il s'exclama :

— Mais je l'ai donné au directeur !

Elle sourit et lui tendit l'anneau. Sortant sa main droite de sous la table, il le prit avec des mains légèrement tremblantes. On pourrait penser qu'un voyageur ne s'étonnerait pas autant pour un tour de passe-passe aussi simple. Il dut se rappeler que la professeure était, avant tout, une sorcière. De toute évidence, elle pouvait conjurer ce qu'elle voulait, y compris son anneau.

L'anneau semblait vibrer légèrement, et soudain, son auriculaire gauche se sentit terriblement nu. Il posa sa main gauche sur la table et y glissa l'anneau. Il se sentit immédiatement mieux, plus confiant.

— J'ai demandé au directeur Lianon de me laisser examiner l'anneau pour m'assurer qu'il n'était pas ensorcelé. Je n'en ai pas eu l'occasion la dernière fois que je l'ai tenu, dit-elle.

— Est-il ensorcelé ? demanda Tom, se demandant soudain à quel point c'était une bonne idée de remettre l'anneau si rapidement.

Elle secoua la tête.

— Ce n'est qu'un anneau en or avec une pointe aiguisée cachée sous un grenat. Je ne suis pas bijoutière, mais je ne pense pas qu'il ait même une véritable valeur monétaire.

Tandis qu'elle parlait, elle gesticulait avec ses mains, soulignant son propos par une série de mouvements courts comme si chaque phrase devait être ponctuée invisiblement dans l'air entre eux.

— Je crois que sa valeur est à la fois sentimentale et symbolique, dit-elle, se rasseyant avec une certaine satisfaction.

Bien qu'elle semblait aussi âgée que le majordome, il y avait une grâce juvénile dans ses mouvements. Tom se demanda si les sorcières vieillissaient différemment du commun des mortels, étant donné que leur espérance de vie était deux ou trois fois plus longue que celle des humains.

— Le professeur Thunderbolt m'a mise au courant des... derniers développements, expliqua la professeure. Je suis heureuse que vous soyez venu me voir.

Tom hocha la tête.

— Merci de me recevoir.

La professeure Montague se redressa sur son siège.

— Je vais essayer d'être aussi utile que possible, dit-elle en tapotant un endroit sur la table entre eux, mais la magie de sang est très délicate, et la plupart des écrits historiques ont été brûlés il y a des siècles.

Tom était confus.

— Le professeur Thunderbolt nous a donné des livres. Mes amis et moi avons lu à ce sujet. Des gens la pratiquent encore dans différentes parties du monde, n'est-ce pas ?

— Ce que vous avez lu concerne l'aspect rituel de la magie de sang, qui est encore très pratiqué, expliqua-t-elle, bien que la plupart des sorcières modernes considèrent sa philosophie comme étant un peu...

Elle chercha le mot.

— ... dépassée.

— Il existe donc un autre type de magie de sang ?

— Ce qu'on m'a décrit, la façon dont votre premier pouvoir s'est manifesté, était quelque chose de bien différent. Vous n'exécutiez pas un sort spécifique, utilisant votre sang comme variante d'un rituel. Non, le pouvoir a été activé en vous, et maintenant il est là.

Elle tendit la main à travers la table et tapota son poignet.

— Il pulse en vous. Toute magie est héréditaire, bien sûr, mais il y a toujours une part de concentration et d'effort impliquée. Ce genre de magie de sang est plus sauvage, plus brut, et c'est quelque chose que notre communauté n'a pas vu depuis des centaines d'années.

— Qu'est-ce que cela signifie ?

— Eh bien, tout d'abord, cela signifie que vous êtes en grand danger. Ce qui est arrivé à votre sœur n'était que le début. Ces deux hommes n'ont toujours pas été capturés, bien que le CEMT soit sur le point de les attraper. Je crains, cependant, que d'autres ne viennent. Beaucoup plus. Vous devez garder cela secret pour tout le monde, y compris vos amis les plus proches.

— On dirait que vous dites que mon sang est fait d'or, marmonna Tom, n'aimant pas l'idée de garder des secrets pour ses amis.

Surtout pour Lola.

— Métaphoriquement, oui, dit-elle. Votre famille a gardé ce pouvoir en elle pendant des générations, bien que sa véritable valeur n'ait pas été révélée jusqu'à présent. Vous devez le protéger et vous protéger.

— Que dois-je faire ? demanda Tom.

Il ressentait un étrange sentiment de fierté en entendant cela. En tant que voyageur assez chanceux pour fréquenter L'académie, il était déjà spécial, sinon unique. Ce que la professeure décrivait le rendait exceptionnel. Unique en son genre. Une sorte de licorne.

Le centre de beaucoup trop d'attention si jamais cela se savait. Il frissonna. Il ne pouvait qu'imaginer les conséquences. Les gens voudraient l'étudier. L'utiliser. Drainer jusqu'à la dernière goutte de sang de son corps si c'est ce qu'il fallait pour le comprendre. Comme ils avaient essayé de le faire avec Tabitha.

— Apprendre, répondit-elle simplement. Et sachez que cette magie est différente de celle que possèdent Devlin et Lola. Elle est différente de ma propre magie. La magie de sang est proche de... l'émotion pure, en quelque sorte, et elle peut vous changer. Elle est très séduisante. Elle peut vous rendre prompt à la colère. Elle peut vous faire sentir invincible. Ne la laissez pas faire.

Tom pensa à sa démonstration de pouvoir à L'académie. À ce moment-là, il n'avait ressenti aucune émotion forte, hormis la surprise.

— Elle vous prendra par surprise, poursuivit-elle. Maintenant qu'elle a été déverrouillée, vous la sentirez dans vos veines.

— Je comprends, dit Tom, son ton solennel alors qu'intérieurement il était bouleversé, mi-effrayé, mi-émerveillé par ce qu'elle disait.

Serait-ce vraiment comme ça ? La magie pourrait-elle... le changer ?

Elle fronça les sourcils comme si elle percevait le flot d'émotions qui le traversait.

— Le contrôle est très important.

Elle fit une pause avant d'ajouter :

— Je crois que certains de vos amis prévoient d'étudier ici cet été.

Je ne doute pas qu'ils apprendront beaucoup de cette expérience. Avez-vous... pensé à nous rejoindre ?

— Oui, dit-il, répondant rapidement. Je veux apprendre tout ce que je peux.

J'en ai besoin. Je dois comprendre ce que c'est... et comment l'utiliser.

— Bien.

Tom jeta un nouveau coup d'œil autour de la pièce. Les étagères débordaient de livres fanés et ternis qui s'effritaient et devaient dater de plusieurs siècles. La collection de la professeure Montague contenait probablement des tomes que Tom ne pourrait pas trouver à L'académie. Plus que jamais, il se sentait certain qu'il reviendrait.

Imagine le savoir conservé ici. Ce qu'une personne pourrait apprendre de tout cela.

Montague remarqua que Tom regardait autour de lui et sourit, son expression était bienveillante mais ses yeux inquiets.

— Vous devez être très préoccupé par votre famille, dit-elle. Votre pauvre sœur. Je n'imagine pas ce qu'elle a dû traverser. Tom, je suppose que vous savez que vous étiez la cible visée. Ils savent maintenant qu'ils ont pris le mauvais Callahan.

— Je sais, dit Tom.

— Restez fort. Et en attendant...

— Ne pas utiliser mes pouvoirs, termina-t-il pour elle.

Il avait déjà entendu ce discours.

Elle cligna des yeux.

— Bon sang, au contraire !

— Le directeur m'a dit de ne pas expérimenter, répondit Tom. Je pense qu'il s'inquiète pour moi.

— Comme moi, admit-elle. Mais je suis sûre qu'il voulait dire de ne pas expérimenter seul. Non, Tom, c'est maintenant le moment d'explorer et de découvrir vos pouvoirs. Dans un lieu sûr, évidemment. Faites-moi confiance ! La magie de sang ne doit pas être réprimée. Tout comme la colère ou la haine, si vous la gardez embouteillée trop longtemps, vous exploserez. En fait...

Elle s'interrompit. Quoi qu'elle allait dire, elle semblait y réfléchir à deux fois.

— En fait... quoi ? Professeure ? demanda-t-il, n'aimant pas qu'elle lui cache des choses.

La professeure Montague secoua la tête.

— J'aimerais pouvoir vous en dire plus sur les spécificités de vos pouvoirs, mais honnêtement, je n'en sais rien. Clairement, la télékinésie a été le premier à se manifester, mais d'autres viendront aussi. Avec le temps.

Ce n'était pas du tout ce qu'elle s'apprêtait à dire. Elle semblait nerveuse, parlant rapidement, mais pas avec ses mains. Elle laissait celles-ci nouées sur ses genoux comme si elle ne se faisait pas confiance pour ne pas trahir quelque chose avec un geste aussi simple.

— Et au sujet de mes ancêtres ? essaya Tom. À propos de pourquoi tout cela a commencé ?

La professeure secoua lentement la tête.

— Les Hauts Elfes se chargent de rechercher plus d'informations. Je suppose que vous aussi. De notre côté, nous enquêtons sur le lien possible entre Christoff Harding et L'académie Harding. Il doit y avoir un lien quelque part. En attendant, soyez prudent, jeune homme.

— Merci, professeure, dit Tom.

Il se leva, et Montague l'escorta jusqu'à la porte.

Alors qu'il partait, elle lui fit une dernière offre.

— Revenez quand vous voulez. Nous sommes là pour aider.

L'était-elle vraiment ? Soudain, il n'en était plus si sûr.

CHAPITRE QUATORZE

Tom était frustré par sa rencontre avec la professeure Montague. Elle ne lui avait vraiment rien donné à part des avertissements, mis à part la récupération de sa bague et un bref aperçu de la magie de sang. Il s'était attendu à... quoi exactement ? Un cours intensif de magie de sang ? Il y avait tant de choses qu'il avait besoin d'apprendre. Il savait qu'il devrait partir. Sa réunion était terminée, et il devait retourner à l'école. Pourtant, quelque chose le retenait.

Alors qu'il retraçait son chemin vers l'entrée principale, il eut l'étrange sensation d'être observé. Les poils sur sa nuque se hérissèrent et il ressentit un pincement au creux de l'estomac. Mais quand il s'arrêta et regarda autour de lui, il ne vit personne. En même temps, malgré l'atmosphère plus que menaçante du château, il s'y sentait étrangement chez lui.

Le majordome ouvrit la porte et marmonna ce que Tom prit pour un au revoir. Il remercia l'homme et s'avança dans la cour brumeuse à l'extérieur. Et dire que tout ce bâtiment n'était qu'une ruine délabrée pour le monde extérieur, mais qu'il pouvait le voir tel qu'il était vraiment : un vaste domaine. Contrairement à L'académie, il n'y avait pas d'étudiants qui déambulaient, juste un espace vide et herbeux. Même l'air semblait différent. Pour commencer, il était plus salé, ce qui signifiait qu'ils étaient près de la mer.

Au lieu d'appeler sa porte, il descendit les marches principales et se promena dans la cour. C'était vraiment magnifique, même avec l'herbe raidie par le froid de février. Il jeta un coup d'œil au coin du bâtiment principal, se demandant ce qu'il allait trouver et...

— Hé ! cria une voix derrière lui. Hé, voyageur !

La voix était profonde et en colère, étirant ce dernier mot, « Voooyageur », comme s'il s'agissait d'une insulte.

Tom se retourna pour voir.

Debout en haut des marches de pierre se trouvait ce garçon aux yeux ambrés qu'il avait vu plus tôt. Il arborait un sourire narquois, les bras croisés, posant d'une manière qui le faisait ressembler à un cliché de la brute de l'école. Ses acolytes, l'un petit et trapu et l'autre mince comme un piquet, se tenaient derrière lui. C'était une image tout droit sortie d'un film Harry Potter. Les trois intimidateurs, leurs robes noires et violettes claquant au vent, dévisageant le nouveau venu.

Tom n'était pas sûr de ce qu'il devait dire ou faire. À L'académie, les étudiants étaient pour la plupart amicaux et accueillants, mais il avait suffisamment d'expérience dans le monde extérieur pour savoir que ce n'était pas toujours le cas.

— Euh, salut, dit Tom maladroitement. J'étais sur le point de partir.

— Pourquoi es-tu ici ? demanda le meneur.

Tom contempla les garçons, pesant soigneusement ses mots. Ce n'était pas leurs affaires de savoir pourquoi il était là, mais simplement parce qu'ils étaient impolis, il n'avait certainement pas besoin de l'être aussi.

— J'étais juste en visite, répondit-il d'un ton désinvolte. Pourquoi ?

— Vraiment ? dit le garçon à sa gauche.

En même temps, celui à sa droite demanda :

— Tu penses t'inscrire ?

— Je ne suis pas encore sûr, répondit Tom, répondant à celui de droite et ignorant les autres.

Ses yeux scrutaient autour de lui à la recherche de routes d'évacuation possibles au cas où le trio déciderait qu'un petit bizutage s'imposait.

— Peut-être que nous pouvons t'aider à décider, dit le garçon aux yeux ambrés.

Il utilisa son pouvoir télékinétique pour soulever des amas de roches et de cailloux du sol sans s'expliquer. Ils flottèrent dans l'air pendant une seconde avant que le garçon pousse ses mains en avant, envoyant les objets directement sur Tom.

Bizutage ? Cela allait bien au-delà du bizutage. Tom sauta sur le côté pour éviter l'assaut et tomba lourdement sur le sol gelé. Une des pierres avait frôlé sa tête, qu'il avait pensé à protéger avec ses bras. Le dos de sa main brûlait là où la pierre l'avait éraflé, et il saignait. Pas beaucoup, mais il aurait sûrement besoin d'un pansement.

Tom se releva lentement, gardant ses bras devant son visage. Si un autre lot de pierres se dirigeait vers lui, il serait prêt. Le garçon avait les bras croisés, attendant de voir ce que Tom ferait.

Tom n'aimait pas être manipulé. Il aimait encore moins qu'on lui lance des pierres. La colère bouillonnait en lui. Il était au-delà de la pensée rationnelle. Tom enragea, un seul cri furieux sortant au lieu des insultes qu'il avait prévu de leur lancer. Les arbres autour de lui tremblèrent, les branches s'agitant follement dans une bourrasque de vent qui semblait venir de nulle part. Les garçons luttaient pour garder leur équilibre, pourtant Tom, d'une manière ou d'une autre, restait ferme, comme s'il était seul suffisamment solide pour tenir. Même les pierres tombées se soulevèrent du sol, planant haut au-dessus de sa tête avant de se précipiter vers ses agresseurs.

Tom tenait toujours sa main ensanglantée. Une petite partie de lui, la partie rationnelle et logique, observait avec horreur les pierres siffler vers les garçons. Pourtant, bien qu'ils luttaient contre le vent, ils ne bougeaient pas un muscle, ni ne semblaient effrayés. Le garçon du milieu leva simplement sa main dans un geste d'arrêt, et les pierres tombèrent immédiatement au sol.

Toutes sauf une. La plus grosse pierre tournait dans l'air. Le garçon bougea sa main avec elle, comme s'il s'apprêtait à lancer une balle de baseball. Tom regardait le bras du garçon monter et tourner, réalisant trop tard que c'était la pierre qu'il lançait. Le petit rocher tournoyait dans l'air, pivotant en avançant. Tom le repoussa avant qu'il ne puisse l'atteindre, et la pierre changea de direction et tomba au sol si fort que Tom sentit la vibration à travers ses pieds.

Le garçon du milieu sourit, et les deux autres commencèrent à applaudir tandis que le vent autour d'eux se calmait aussi vite qu'il était venu. Ils se regardèrent avec ravissement et descendirent les escaliers en direction de Tom.

— Je le savais ! dit le meneur du groupe, courant vers Tom avec un air de satisfaction suffisante sur le visage.

Tom était submergé par la fureur. Il n'avait jamais été aussi en colère de sa vie. Il pouvait sentir l'émotion courir sous sa peau, comme si son sang même bouillait dans ses veines.

Non. Ce n'était pas de la colère. C'était une réaction à l'attaque soudaine. C'était les conséquences du pouvoir, le traversant aussi puissant qu'un tsunami et deux fois plus destructeur. Il fixa les garçons et voulut les blesser. Voulut qu'ils meurent.

Il jeta un coup d'œil autour de lui, cherchant quelque chose à leur lancer qui soit plus gros que des pierres. Son regard tomba sur un grand arbre abattu. Avec sa main non blessée, il souleva l'arbre du sol et le lança sur leur chemin.

L'arbre tomba avec un bruit sourd à leurs pieds, des éclats de bois volant dans toutes les directions.

Les trois garçons s'arrêtèrent net et regardèrent Tom bouche bée.

Tom se tenait là, haletant, les observant. Allaient-ils riposter ? Pendant un instant, sa fureur s'apaisa, se transformant en peur. Ils étaient trois et il n'avait aucune idée de ce qu'ils pouvaient faire.

Il n'avait aucune idée de ce que *lui* pouvait faire.

Pourtant, ils n'avaient même pas l'air en colère. La propre colère de Tom commença à se dissiper. Il regarda le sang qui avait déjà séché sur sa main, coagulé autour de la blessure en une tache sombre. Montague avait eu raison. Les émotions étaient écrasantes.

Le garçon aux yeux ambrés épousseta les éclats de bois de sa robe et enjamba l'arbre tombé. Il s'approcha de Tom avec les mains levées en signe de reddition.

— Je viens en paix, dit-il avec un petit rire.

Les deux autres semblaient moins sûrs que leur camarade et restèrent près de l'arbre.

— C'était...

Il regarda en arrière vers l'arbre, comme s'il cherchait les mots justes.

Tom avala sa salive. C'était la fin. Condamnation, accusation... quoi que le garçon lui lance, il le mériterait. Il avait perdu le contrôle et ne blâmerait pas ces garçons de le signaler aux autorités. Il serait interdit d'études ici, banni de la magie à vie...

— C'était le truc le plus cool que j'ai jamais vu ! dit finalement le garçon, tendant sa main à Tom pour qu'il la serre. Salut, je suis Jameson.

Tom fronça les sourcils et serra à contrecœur la main de Jameson, méfiant et incertain de ce qu'il devait penser.

— Alors c'est vrai. Wow ! Magie de sang !

Tom retira sa main. Il était sans voix. Une seconde, le garçon voulait le tuer, et la suivante, il essayait d'être son ami.

— Je suis désolé pour ta main. Je pensais que tu dévierais les pierres comme je l'ai fait, dit le garçon. La plupart des enfants qui envisagent de s'inscrire ici ont assez de magie pour se défendre.

— Euh...

— Je n'essayais pas de te tuer ou quoi que ce soit, ajouta Jameson avec un sourire narquois.

Comme Tom ne répondait toujours pas, il ajouta :

— Encore une fois, je suis désolé que tu te sois blessé, mais n'es-tu pas content que ce soit arrivé ? Savais-tu que tu pouvais faire ça ?

Tom secoua la tête, ne se sentant pas du tout aussi satisfait que Jameson semblait l'être. Au contraire, il était plus frustré que jamais de comprendre si peu de choses sur ses capacités.

— Honnêtement, je ne sais rien.

— Alors, tu vas nous rejoindre, n'est-ce pas ? N'est-ce pas ?

Il regarda derrière lui les deux autres et leur fit signe de s'approcher.

— Voici Trenton et Gus, dit-il alors qu'ils arrivaient.

— Tom, dit-il, en saluant les autres garçons d'un signe de tête.

— Où vas-tu à l'école ? demanda Trenton, tendant sa main pour que Tom la serre.

Tom marmonna qu'il allait à l'école ailleurs. Il ne mentionna pas L'académie par son nom, sachant très bien que la plupart des sorciers n'avaient pas une opinion particulièrement haute de cet endroit.

Mais cela navait pas d'importance, car le garçon était déjà au courant.

— L'académie ? demanda-t-il. Beurk. Cet endroit a toutes ces règles, le couvre-feu, et ce Haut-Elfe avec un nom bizarre qui patrouille dans les couloirs comme un gardien de prison. Est-ce vrai que tu as besoin d'une permission écrite pour éternuer ?

Les autres garçons ricanèrent.

Tom se hérissa. Il n'avait jamais entendu quelqu'un parler de son école de cette façon. Pour lui, c'était un havre de paix, un endroit où il avait des amis. C'était là que lui et Lola pouvaient être ensemble loin des regards indiscrets de sa famille et des attentes ridicules de sa mère. Il se sentait plus à l'aise à L'académie que partout ailleurs, y compris dans sa propre maison, qui était non seulement déprimante mais, dernièrement, vulnérable aux attaques. L'académie était l'endroit où il se sentait le plus lui-même, et il aimait chaque centimètre de ses couloirs parfaitement construits et à température contrôlée.

Il se demanda à quel point cela se voyait sur son visage, car l'autre garçon fit immédiatement marche arrière avec ses airs.

— Oh. Désolé. Je ne voulais pas t'offenser. C'est juste que, n'importe qui avec ton genre de pouvoir gaspillerait son potentiel s'il n'allait pas à l'Académie Harding.

Tom se rappela que Jameson essayait seulement de l'inciter à fréquenter sa propre école, pensant clairement que Tom pourrait être un atout pour le corps étudiant. Il dut faire un effort pour passer outre le fait que Jameson avait, seulement quelques minutes auparavant, fait des remarques désobligeantes sur L'académie. L'opinion de Jameson était sans importance. Dans le grand ordre des choses, qu'est-ce que cela importait ?

Tom sentit quelque chose s'alléger dans sa poitrine. Il pouvait respirer à nouveau. Ses pensées devinrent plus claires.

C'est ça. Calme-toi avant que la colère ne devienne à nouveau incontrôlable. Comme ça, personne ne sera blessé.

Changeant de sujet, il demanda :

— Comment savez-vous que j'ai la magie de sang ?

Ce fut Trenton qui répondit.

— Qu'est-ce que tu penses qu'on apprend ici ? Le calcul différentiel ?

Jameson gloussa et poussa l'épaule de Trenton.

— Laisse tomber. Tu ne vois pas qu'il essaie de son mieux de ne pas t'arracher la tête ?

Il leva une main quand Trenton ouvrit la bouche pour se défendre.

— La professeure Montague et tous nos instructeurs nous enseignent tout, même les trucs sombres. C'est beaucoup moins formel que ton école, je suppose.

La tentative de meurtre mise à part, Tom commençait à être content d'avoir rencontré le trio. Bien qu'ils aient initialement fait figure de brutes, ils étaient inoffensifs. Ils plaisantaient simplement. Peut-être que s'il avait étudié la magie aussi longtemps qu'eux, il serait plus à l'aise avec elle comme ils l'étaient.

Ça viendra. Donne-toi du temps.

En attendant, il était content d'être venu à Harding pour obtenir des réponses sur ses nouveaux pouvoirs. Si Montague avait certainement été encourageante, cette expérience lui en avait appris bien plus qu'il ne s'y attendait. Certes, il avait vu les débuts de ses pouvoirs à L'académie, et Montague avait complété plus de détails, mais il n'avait pas réalisé à quel point il était puissant jusqu'à ce qu'il envoie un arbre voler dans les airs.

Gus continuait de l'examiner.

— Sérieusement, tu dois être le gamin le plus populaire de ton école.

— Pas vraiment, marmonna Tom.

Certes, il avait des amis, mais « populaire » n'avait jamais été un adjectif utilisé pour le décrire. Tabitha était populaire. Tom était juste un adolescent normal, toujours en deuil de la perte de son père et inquiet pour sa famille. Il était probablement le gars le plus ordinaire de L'académie.

— Reste un peu, proposa Jameson. On peut te faire visiter.

— Merci, mais je dois vraiment rentrer. Je suis juste venu ici pour une visite rapide, et...

Sa voix s'estompa. Honnêtement, il avait un peu envie de rester. Il aimait la façon dont ces garçons semblaient penser qu'il avait de la valeur, comme s'il était digne de leur temps. Comme s'il était quelqu'un ici.

Mais il avait encore beaucoup de choses à comprendre. Certaines choses devaient avoir la priorité maintenant. Comme en savoir plus sur ce qui était arrivé à Tabitha et comment protéger ceux qu'il aimait du danger.

Jameson hocha la tête, visiblement déçu mais semblant comprendre.

— Eh bien, je ne sais encore rien de toi, mais je suppose que tu reviendras. C'est le seul endroit où tu trouveras des réponses à toutes tes questions.

Tom espérait qu'il avait raison. Il s'éloigna d'eux et sortit sa clé. Quand sa porte apparut, les garçons laissèrent échapper des cris d'étonnement. Bien qu'ils connaissent le voyage et L'académie, ils n'avaient clairement jamais vu une porte apparaître au milieu d'un champ en Écosse. Ils firent le tour de la porte, agitant leurs mains derrière elle, frappant des deux côtés.

C'était hilarant. Tom avait grandi avec des portes qui apparaissaient partout, et maintenant il comprenait pourquoi c'était quelque chose qu'ils ne pouvaient pas partager avec des humains non magiques. Si quelqu'un qui connaissait la magie s'excitait autant, imaginez comment une personne ordinaire réagirait. Les non-voyageurs deviendraient fous s'ils savaient !

Tom leur fit signe de la main en passant la porte. Il pouvait encore les entendre siffler et applaudir alors qu'il fermait la porte.

CHAPITRE QUINZE

Tom passa les jours suivants à penser à Harding. Pendant un temps, ses devoirs avaient réussi à le distraire du mystère qui se déroulait lentement dans sa vie. Mais de plus en plus souvent, son esprit revenait au vieux château écossais et à la violente bagarre qu'il avait eue avec Jameson.

Au moment où il se retrouva enfin seul avec Devlin et Lola, Tom avait rejoué les événements précédents, particulièrement la partie avec le tronc d'arbre, au moins une douzaine de fois dans sa tête. Il était assis avec le frère et la sœur au dîner du vendredi soir, fixant son filet de saumon et perdu dans ses pensées, tandis qu'ils mangeaient joyeusement comme s'ils n'avaient pas un souci au monde. Leur table était silencieuse ; tous leurs amis, y compris Sara, étant absents pour le week-end.

— Alors, c'était comment ? demanda Devlin, repoussant son assiette vide. Maintenant qu'il avait mangé, il était manifestement prêt pour la conversation. Professeure Montague a été utile ?

— Quoi ? Hein ? marmonna Tom.

Il n'avait entendu la question qu'à moitié.

— L'Académie Harding... précisa Devlin, frappant sa cuillère contre le verre de Tom pour attirer son attention. Tu ne nous as rien dit...

— Elle a été utile, répondit-il, plus pour lui-même que pour Lola ou Devlin.

Lola lança un regard noir à son frère et posa une main sur le genou de Tom. C'était un geste de soutien, mais le cœur de Tom s'accéléra à ce contact.

— Tu peux nous en parler ? demanda-t-elle.

— Oui, bien sûr, répondit Tom, se rendant compte que s'il ne se faisait aucun effort pour se concentrer sur la conversation, Devlin et Lola pourraient commencer à penser que quelque chose n'allait pas.

Pas qu'il y ait vraiment quoi que ce soit. Il y avait simplement des choses dont il n'était pas encore prêt à parler. Il choisit ses mots avec soin, s'efforçant de garder un ton neutre.

— Montague m'a tout expliqué sur la magie de sang, et Harding semble être un endroit cool. Je pense que j'irai là-bas avec vous pour le programme d'été.

Lola haussa un sourcil. Elle le connaissait trop bien. Elle avait dû sentir qu'il évitait la question.

Tom envisagea de leur parler de la bagarre, de la façon dont il avait découvert que ses pouvoirs étaient beaucoup plus enivrants qu'il ne l'avait pensé auparavant. Du moins, le pouvoir de télékinésie l'était. Il ne savait toujours pas ce qu'il pouvait faire d'autre. Cependant, il n'en parla pas, choisissant plutôt d'enfourner un morceau de poisson dans sa bouche, mâchant machinalement sans en savourer une seule bouchée. Mieux valait cela que de laisser le silence peser entre eux.

— Tu sembles distrait, finit par dire Lola, fronçant légèrement les sourcils d'un ton blessé.

Devlin buvait un verre de lait. À cette déclaration, il ricana légèrement et faillit s'étouffer.

— Désolé. Je ne voulais pas rire. C'est juste l'euphémisme du siècle.

— Pardon, dit Tom en repoussant sa chaise pour partir. J'ai juste besoin de mettre de l'ordre dans mes idées.

— Tom.

Devlin essuya son visage hâtivement avec une serviette et tendit la main pour attraper la manche de Tom avant qu'il ne puisse aller bien loin.

— J'ai parcouru certains des livres du professeur Thunderbolt, dit Devlin. Il est une ressource formidable, bien qu'un peu intense.

— Ne parle pas de nos professeurs comme ça, dit Lola, donnant un coup de coude à son frère.

— Comme je disais, continua Devlin, il en sait plus qu'il ne le laisse paraître. Je pense que nous devrions aller à Lantil.

Tom hésita. Autant il voulait s'échapper, autant c'était un sujet dont ils devaient définitivement parler. Il ne connaissait pratiquement rien du monde natal du professeur Thunderbolt. Il imaginait un paysage multicolore rempli de créatures étranges et de villes high-tech peuplées d'habitants à la peau violette, tout comme Thunderbolt. D'un autre côté, il se souvenait des photos encadrées sur le mur du bureau de Thunderbolt, représentant une forêt d'arbres aux feuilles bleues en forme de larmes et un ciel blanc moucheté. À moins que ce ne soit juste de l'art expressionniste.

Bien sûr, l'idée d'aller dans un autre monde était profondément intimidante pour Tom, peu importe à quel point cela pouvait être sûr. Quelles étranges merveilles verrait-il ? Quels dangers ? S'il avait une relation plus proche avec le professeur de Lantil, il aurait peut-être plus confiance en cette proposition, mais en l'état actuel des choses, il n'était pas convaincu par ce plan.

— Tu me fais confiance, n'est-ce pas ? demanda Devlin.

— Oui.

Il n'hésita pas avant de répondre, bien qu'il aurait probablement dû. Tom se rassit lentement. Avec hésitation. Soudain, il n'était plus sûr.

— Bien. J'ai déjà parlé à...

— Attendez une minute, dit Lola, levant une main pour les arrêter. Comme toujours, vous, les garçons, faites fausse route. Je crois avoir prouvé que j'étais la voix de la raison du groupe.

Devlin rit à nouveau. Heureusement, il ne buvait pas cette fois.

Lola l'ignora et regarda Tom droit dans les yeux.

— Je pense que nous devrions voyager dans le temps et rencontrer les jumelles Harding, proposa-t-elle. Nous pouvons y aller ensemble. Nous avons tous des questions. C'est le choix le plus judicieux...

Elle jeta un coup d'œil à Devlin, laissant entendre que son frère était plus intéressé par l'aventure hors planète que par la recherche de réponses.

— Ce que tu cherches ne peut être trouvé que dans le passé.

— Mais... tenta Devlin.

— J'ai une montre temporelle, raisonna-t-elle. Et j'ai des compétences de planification incroyables. Il nous faut encore quelques semaines de recherche pour découvrir tout ce que nous pouvons sur cette période. Ensuite, nous pourrons faire une demande officielle, obtenir l'approbation, faire les préparatifs et aller à la racine des secrets de notre famille. Il est inutile d'aller hors monde si nous pouvons simplement aller directement à la source. De plus, ils ne peuvent pas tracer la montre temporelle, alors qu'ils peuvent tracer la sphère. Il n'y a aucune chance que Laurence l'Ancien approuve un saut vers Lantil, à moins que ce ne soit l'idée du professeur Thunderbolt.

Devlin ouvrit la bouche comme s'il allait argumenter à nouveau, mais hésita.

— Tu as probablement raison, finit-il par dire, bien que son ton indique qu'il n'en était pas satisfait.

Avant que Tom ne puisse objecter, Lola ajouta une dernière chose, une carte maîtresse qu'elle savait convaincante pour Tom.

— D'ailleurs, il s'agit de ta famille, passée et présente. N'est-ce pas ce qui compte le plus ?

Les paroles de Lola eurent l'effet désiré. L'esprit de Tom se tourna immédiatement vers son défunt père, l'homme qui lui manquait chaque jour de sa vie. S'il suivait le plan de Lola, il en apprendrait davantage sur sa lignée familiale, sur ses origines et celles de son père. C'était une proposition convaincante.

Pendant ce temps, Devlin et Lola attendaient tous deux qu'il tranche. Ils devaient être d'accord. Quoi qu'il dise, ce serait ce qui serait fait. C'était une décision importante. Chaque voie comportait des dangers inconnus. Mais les deux pouvaient mener à la découverte de soi.

Tom ouvrit la bouche pour répondre, mais quelqu'un au bord de la salle à manger le fit s'arrêter net. C'était Tabitha, debout, seule et l'air perdu. D'habitude, elle riait et plaisantait avec Lenora, mais quelque chose dans sa posture attira son attention. Elle semblait abattue, apathique. Même ses vêtements semblaient déplacés, son uniforme froissé, ses cheveux ternes et emmêlés autour de son visage comme si elle les avait peut-être brossés une fois aujourd'hui mais n'avait pas pris la peine de le refaire depuis. C'était tellement hors de son caractère que, pendant un moment, Tom sentit les poils de sa nuque se hérisser. Pas qu'elle soit nécessairement en danger, mais parce qu'elle avait l'air si *bizarre*.

Tabitha ne lui avait pas vraiment parlé depuis la nuit de son enlèvement. Son manque de conversation n'avait rien d'inhabituel. Elle ne lui avait toujours pas pardonné d'avoir révoqué la clé de leur mère, et elle allait rarement jusqu'à lui parler même dans les meilleures circonstances. Mais elle ne lui avait pas servi les habituels dénigrements et remarques narquoises. C'était, en soi, un appel à l'aide.

C'était son devoir de frère d'aller vérifier comment elle allait. N'est-ce pas ?

— Donnez-moi une seconde, dit-il à Lola avant de quitter la table.

Tom passa devant des groupes d'autres élèves, tous riant et profitant de leur soirée. Pendant une seconde, il les envia. Ils n'avaient pas à faire face à la mort et aux enlèvements, ou aux secrets de famille. Quand il atteignit sa sœur, elle tourna la tête vers lui, mais c'était comme si elle regardait à travers lui.

— Euh, salut, dit-il, agitant une main devant son visage pour attirer son attention.

Tabitha se secoua visiblement et se concentra sur son frère.

— Qu'est-ce que tu veux ? lui lança-t-elle, se redressant immédiatement, les épaules tendues et rigides.

Tom essaya d'être doux. Il savait que sa sœur avait beaucoup enduré ce trimestre, et même si ses blessures extérieures avaient été magiquement guéries, celles de l'intérieur étaient toujours en cours de guérison.

— Tabitha, est-ce que ça va ? Pourquoi es-tu restée à l'école ce week-end ?

— Maman me rend folle à la maison.

Le regard qu'elle lui lança aurait pu faire cailler le lait. Il était évident qu'elle le tenait toujours pour responsable de tout ce qui n'allait pas dans sa vie.

Tom soupira de soulagement. Ça, c'était plus normal.

— Ça ne durera que quelques semaines de plus, répondit-il, mais il ne put se résoudre à partir. J'ai l'impression qu'il y a quelque chose que tu ne dis pas, dit-il, hésitant même en prononçant ces mots. Tu es sûre que ça va ? Tu ne te sens pas en sécurité à la maison ?

Il ne pourrait vraiment pas lui en vouloir si c'était la raison pour laquelle elle avait décidé de rester à l'école.

— La maison semble si vide. Je ne peux pas m'empêcher de penser que si papa avait été là, rien de tout cela ne serait arrivé, dit-elle, et Tom cligna des yeux.

C'était la chose la plus honnête qu'il ne l'ait jamais entendue dire.

— Ouais. Je comprends, dit-il, d'une voix douce.

Bien que Tom sache que Tabitha faisait référence à l'enlèvement, il réalisa qu'elle parlait de bien plus que cela. Si leur père n'était pas mort, l'oncle Aidan ne serait pas venu habiter avec eux. Sa famille n'aurait pas été prise dans la ligne de mire des criminels et des kidnappeurs.

Les kidnappeurs. C'était le cœur de tout cela. Ils n'avaient jamais résolu ce mystère particulier à la satisfaction de quiconque. Cela devait être difficile de trouver la paix quand quelque part, il y avait encore des kidnappeurs en liberté qui pouvaient revenir à tout moment. Il était sur le point de lui demander si elle se souvenait de quelque chose de plus. Maintenant que plus de temps s'était écoulé, peut-être s'était-elle rappelée de quelque chose d'autre. Des informations qu'elle aurait entendues des kidnappeurs, par exemple. Elle pourrait se souvenir d'un petit détail qui pourrait aider le CEMT à les retrouver.

Mais son expression hantée lui dit que ce n'était pas le moment. La dernière chose qu'il voulait était de lui rappeler ces souvenirs alors qu'elle souffrait encore des effets de son épreuve.

À sa surprise, ce fut elle qui aborda le sujet.

— J'ai fait un autre cauchemar à ce sujet hier soir, continua Tabitha, se frottant les poignets. J'ai rêvé que ces hommes revenaient et qu'ils... Et qu'ils...

— Ils ne reviendront pas, dit fermement Tom.

Il tendit la main pour toucher celle de sa sœur, mais elle la retira.

— Arrête, marmonna-t-elle, et Tom recula, lui laissant de l'espace.

— Nous sommes en sécurité ici, à L'académie, dit-il, parlant plus doucement quand il se rendit compte que certains des autres élèves près d'eux les fixaient, curieux de leur conversation.

— Mais ils pourraient revenir, continua-t-elle. Et dans mes rêves, ils l'ont fait. D'autres sont venus aussi.

— Je ne pense pas qu'ils reviendront pour toi, dit Tom d'une voix ferme. Clairement, ils n'ont pas trouvé ce qu'ils cherchaient.

Il voulait lui dire qu'ils l'avaient laissée pour morte, mais il n'ajouta pas cette partie. Il y avait des choses qu'il valait mieux qu'elle ne sache pas.

— Non, dit Tabitha, ne le regardant toujours pas directement. Dans mes rêves, ils ne viennent pas pour moi. Ils...

Elle s'arrêta.

— Quoi ?

Elle leva les yeux, son regard rencontrant le sien.

— Ils viennent pour *toi*.

Le cœur de Tom sombra.

Elle savait. Bien sûr, elle savait. Tabitha était beaucoup de choses, mais jamais stupide.

Il regarda par-dessus son épaule, vers la table, et vit Lola plaisantant joyeusement avec Devlin. C'était difficile d'imaginer qu'un an plus tôt, ils ne savaient pas qu'ils étaient frère et sœur. C'est à ce moment-là que leurs pouvoirs s'étaient manifestés. Ils en savaient déjà tellement plus que lui sur ses propres pouvoirs. Ce n'était tout simplement pas juste. Rien de tout cela n'était juste.

Cela semblait être un moment décisif, un carrefour. Le rêve de sa sœur confirmait un pressentiment qu'il avait eu depuis sa conversation avec la professeure Montague. Cela solidifiait quelque chose en lui. Tom savait soudainement ce qu'il devait faire. Voyager dans le passé était un choix dangereux, mais il devait en apprendre davantage sur lui-même avant que les forces qui étaient venues pour sa sœur ne trouvent leur chemin vers lui.

Il regarda une fois de plus Tabitha et dit :

— Tu peux t'asseoir avec nous pour dîner si tu veux.

— Mais bien sûr ! renifla-t-elle avec dédain avant de s'éloigner pour s'asseoir avec des gens qu'elle connaissait.

L'ancienne Tabitha était de retour comme si elle n'avait jamais eu un moment de doute de toute sa vie.

Tom sourit. Cette version particulière de Tabitha n'était peut-être pas la plus agréable, mais au moins il savait quoi en faire. Il secoua la tête, amusé, et retourna vers ses amis.

La seule façon d'avancer était de revenir en arrière.

— C'était quoi ça ? demanda Devlin alors qu'il se rasseyait.

Lola leva les yeux de sa tarte.

— Est-ce qu'elle va bien ?

— Tabitha, elle parle plus qu'elle n'agit. Elle se montre brave devant ses amis, mais il est clair qu'elle est toujours traumatisée. C'est mon devoir de la protéger, elle et ma famille, dit Tom, et Devlin hocha la tête.

— Je comprends.

Il y avait autre chose que Tom devait dire, maintenant, avant de recommencer à douter de lui-même.

— Lola, je veux suivre ton plan.

— Hé ! protesta Devlin.

Au même moment, Lola dit :

— Super !

— Allons-y ce week-end.

Le visage de Lola s'assombrit.

— Nous ne pouvons pas. D'abord, tu n'as toujours pas fait signer ton autorisation. Deuxièmement, nous devons déposer un Plan de Voyage Temporel. Troisièmement, le PVT doit être approuvé par le nouveau comité. Je veux dire, techniquement, rien ne nous empêche d'y aller dès que nous sommes à la maison. La montre temporelle est dans notre coffre, pas celui de L'académie. Une rapide conversation avec les Archives, et nous serions prêts à partir. Mais je ne me sentirais pas en sécurité en partant sans le dire à personne, dit-elle.

— Tu oublies, sœurette, que je suis le seul à pouvoir appeler les

Archives et les artefacts magiques à moi. Je suis le Gardien, répliqua Devlin avec suffisance.

— Je n'ai pas oublié, idiot. Je ne peux pas invoquer le livre ou la montre, mais je peux appeler nos avocats. Edward ou Alderan les sortira du coffre pour moi, rétorqua Lola.

Alors que Devlin semblait sur le point d'argumenter davantage, elle continua.

— De toute façon, j'allais suggérer que nous obtenions l'accord de la professeure Ballantyne pour notre plan.

— Si elle est comme Laurence l'Ancien, elle dira non avant même que tu aies fini ta phrase, intervint Devlin. Il a peut-être l'air d'un hipster, mais je jure que cet homme a du sang glacé dans les veines.

— Et ton père ? Il peut nous aider ? demanda Tom.

Lola et Devlin échangèrent un regard. Ils se fixèrent plus longtemps qu'il n'était confortable.

— Les gars ? À quoi pensez-vous ? demanda Tom, voulant être mis au courant de leur échange télépathique.

— Je ne pense pas que nous devrions lui dire, répondit Lola. Il s'inquiéterait, surtout qu'il ne peut pas venir avec nous. S'il était encore humain, il aurait été la personne parfaite. Il a parcouru la ligne temporelle de haut en bas. Mais en tant que Haut Elfe, et professeur par-dessus le marché, je pense qu'il vaut mieux l'exclure de nos projets.

— Je suis d'accord, dit Devlin. D'ailleurs, s'il savait quoi que ce soit sur les sorcières jumelles, il l'aurait partagé quand nous étions sur les îles Summer avec les Hauts Elfes.

— Mais n'est-il pas ami avec la professeure Ballantyne ? Elle ne va pas nous dénoncer ? demanda Tom, fronçant les sourcils en réfléchissant.

Cela devenait trop compliqué. Tom se frotta le front. Il aimait Lola, mais son besoin constant de tout surplanifier commençait à l'agacer en ce moment.

— C'est pourquoi je pense que nous avons besoin de temps pour nous préparer. Nous avons besoin de plus d'informations, dit Lola.

— Mais c'est tout l'intérêt de la marche temporelle ! Pour obtenir des informations ! s'exclama Tom.

Son cœur battait dans sa poitrine, trop vite. L'agitation le laissait nerveux, il avait besoin de se lever et de bouger.

Lola le regarda avec suspicion mais resta ferme.

— Nous avons besoin d'au moins un mois.

En colère, Tom se leva, envoyant ses couverts cliqueter contre son assiette lorsqu'il la heurta avec son bras.

— Alors je suppose que je vais trouver autre chose, proclama-t-il avant de sortir en trombe, se fichant que son comportement soit inhabituel pour lui.

Peut-être qu'il ne voulait plus être lui-même. Peut-être qu'il devenait quelqu'un de complètement différent. Est-ce que c'était une mauvaise chose ? L'expérience à Harding l'avait changé. Ou peut-être que c'était son pouvoir grandissant. Alors que la colère montait en lui, il la sentait courir dans ses artères. La force de celle-ci chauffait son sang.

D'une étrange manière, c'était plutôt bon. Comme s'il pouvait tout faire.

Il savait qu'il devrait retourner s'excuser, mais il ne se faisait pas confiance pour parler sans dire quelque chose qu'il pourrait regretter plus tard. Au lieu de cela, il monta à l'étage, sentant avec un frisson la façon dont le sang pulsait dans ses veines à chaque pas.

De retour dans sa chambre, Tom aurait aimé que Keith soit là pour lui en parler. Lola et Devlin lui avaient déconseillé de révéler l'étendue de ses nouveaux pouvoirs à Keith, Sara ou leurs autres amis. Mais Keith était son meilleur ami. Il aurait dû être la première personne à qui il en aurait parlé. Il était clair que Lola et Devlin, bien que leurs intentions fussent bonnes, avaient leur propre agenda. Keith n'avait pas d'intérêt dans cette histoire, ce qui faisait de lui la personne idéale à qui demander conseil.

Tom s'assit en tailleur sur son lit et pratiqua les techniques de respiration du cours de méditation de la professeure Brambles. Il inspira profondément pendant quatre temps, retint son souffle, puis expira lentement pendant six temps. Il se sentit instantanément mieux, mais il n'était pas plus calme. Au contraire, il se sentait plus énergisé, comme s'il s'était enfin réveillé, alors qu'il n'avait même pas réalisé qu'il avait été endormi.

Les yeux fermés, il rejoua le combat avec Jameson dans son esprit. Il s'était senti si tendu aujourd'hui. Vivant, comme s'il avait été prêt à exploser. Il n'y avait aucun moyen de calmer ce feu. Il devait s'exprimer.

Incapable de rester assis une minute de plus, Tom se leva et se dirigea en bas et par la porte d'entrée. Il se tenait sur l'une des pierres de la cour et leva son bras devant lui.

— Maître Smoke ? appela-t-il.

Il n'y eut aucune réponse. Le professeur d'arts martiaux était probablement encore en train de dîner dans le salon des professeurs.

— J'ai vraiment besoin de me battre, dit-il, fermant les yeux et touchant sa clé.

Le petit temple japonais apparut, et Tom sourit.

En entrant, il trouva l'espace vide. Il s'inclina et enleva ses chaussures. Il n'avait pas vraiment besoin de se battre. Il avait juste besoin d'expulser un peu de l'énergie excédentaire. C'était l'espace parfait pour cela. Il n'y avait rien à casser dans ces murs, car le temple était une illusion.

D'abord, Tom essaya de faire léviter l'unique coussin qui était apparu pour son usage. S'il y avait eu plus d'étudiants, le nombre exact de coussins aurait changé pour en donner un à chaque élève. Il concentra toute son attention sur cet objet alors qu'il tendait sa main vers lui.

Rien ne se passa.

Bon, ça valait la peine d'essayer.

Tom ouvrit le joyau de sa bague et piqua son doigt sur la lame. Du sang s'accumula sur le bout de son doigt, et Tom débattit s'il devait laisser tomber une goutte.

Il toucha plutôt la paume de sa main opposée pour y étaler le sang avant de mettre le doigt blessé dans sa bouche pour arrêter le saignement. Quand ce fut fait, Tom se frotta les mains ensemble pour que le sang soit étalé sur ses deux paumes. La sensation était étrange. Primitive.

Super, je me frotte les paumes avec du sang. Et après quoi, l'abattage de moutons ? Des sacrifices de vierges ?

Il essaya à nouveau. Cette fois, le coussin se souleva facilement du sol. Tom le fit onduler et commença même à le faire tourner autour de la pièce. Il aurait aimé avoir plus de coussins.

Au lieu de cela, il regarda autour de lui pour trouver quelque chose d'autre qu'il pourrait faire léviter et tourner en même temps. Il n'y avait rien d'autre dans la pièce. Il se contenta de la clé de sa chambre et d'un trombone qu'il trouva dans sa poche. Il les lança tous les deux en l'air. Ils furent immédiatement saisis par la même force qui maintenait le coussin en place, même si l'attention de Tom s'était légèrement détournée.

Il s'amusait à agiter son bras comme un chef d'orchestre, véritable apprenti sorcier de ses souvenirs d'enfance. Il pouvait presque entendre la mélodie du film classique dans sa tête quand il se retourna et se retrouva face au directeur. La clé, le trombone et le coussin tombèrent au sol.

Le visage de Lianon était indéchiffrable.

— Bonsoir, Tom, dit le grand homme.

Les mots étaient anodins, mais sonnaient toujours de façon menaçante aux oreilles de Tom.

— Bonsoir, Monsieur, répondit Tom avec un déglutissement audible alors qu'il se tenait droit comme un piquet, ses bras redescendant lentement le long de ses flancs.

— Je crois avoir demandé que vous vous absteniez de toute expérience liée au sang.

— En effet, Monsieur, répondit Tom, les yeux baissés.

Lianon regarda autour de la pièce, ses yeux se posant sur les objets éparpillés aux pieds de Tom.

— Au moins, cette fois, vous avez choisi un espace sûr pour le faire. Je peux au moins vous féliciter pour cela.

Tom ne dit rien. À la place, il se pencha pour récupérer ses affaires.

— Je m'inquiète pour vous, Tom, dit le directeur en secouant lentement la tête alors qu'il attendait que Tom remette la clé et le trombone dans sa poche. Je m'inquiète pour tous mes élèves. Mais vos circonstances particulières sont particulièrement... préoccupantes.

Il fit une pause et, à la surprise de Tom, changea de sujet.

— Comment va votre sœur ?

La question le prit au dépourvu. Lianon avait-il entendu parler de leur échange dans la salle à manger ? Quelqu'un d'autre avait-il signalé ses mouvements ? Tom haussa les épaules, mais son esprit s'emballait.

— Elle maintient les apparences.

Le directeur hocha la tête. Il resta silencieux assez longtemps pour que Tom commence à se demander s'il était censé dire quelque chose. C'était un sentiment inconfortable, surtout qu'il n'avait rien à dire sauf les choses dont il n'était vraiment pas prêt à parler. Ce qui était probablement le but.

Il ouvrit la bouche pour parler, mais Lianon commença soudainement à parler d'un ton réfléchi. Réservé.

— Je suis directeur ici à L'académie depuis plus longtemps que je ne veux m'en souvenir.

Il sourit à cela, comme s'il avait apprécié ses années en tant que directeur. Tom supposa que c'était le cas. Pourquoi d'autre serait-il resté ?

— J'ai toujours apprécié l'enthousiasme que les adolescents humains ont pour la vie et la façon dont ils continuent comme s'ils étaient invincibles, malgré les preuves du contraire.

Lianon tendit la main, la posant doucement sur l'épaule de Tom.

— Vous êtes un garçon intelligent, Tom. Je suis sûr que vous pouvez saisir les implications de laisser une magie aussi puissante que la vôtre échapper à tout contrôle. En tant qu'éducateur, je dois souligner que la recherche de réponses théoriques est la meilleure ligne de conduite. Quand vous serez prêt à mettre les choses en pratique, vous le saurez.

Des réponses théoriques ?

Lianon voulait qu'il cherche des réponses *théoriques* ?

La colère de Tom monta à nouveau. Lianon agissait exactement comme Lola, prêchant la prudence. Comme s'il n'était pas déjà prudent ! Il se dégagea de la main de Lianon, se tournant pour lui faire pleinement face.

— Mais Monsieur, dit-il à travers ses dents serrées. C'est tout ce que j'ai fait — lire des livres, poser des questions. Et vous me connaissez. Vous savez que je suis toujours prudent, répondit Tom avec une impatience croissante. Mais ce pouvoir, il monte en flèche chaque fois que je me mets en colère. Et je ne peux m'empêcher de me sentir frustré par le manque de réponses, peu importe combien de livres je lis.

Tom passa ses mains dans ses cheveux et essaya de se calmer.

— J'ai l'impression que je vais exploser avec toute cette énergie, et personne ne comprend ! s'écria Tom.

— Je vois, dit le Haut Elfe. Et faire tournoyer des clés et un coussin a-t-il aidé à soulager un peu la pression ?

Tom pouvait entendre la note d'amusement dans le ton du directeur, mais il était encore trop tendu pour participer à la plaisanterie.

— En fait, oui. Étonnamment, ça m'a aidé. Jusqu'à ce que vous arriviez, je ne me sentais plus autant en colère.

Son honnêteté le choqua lui-même. Pour la première fois, Tom réalisa qu'il n'était pas respectueux. Le directeur était la seule personne sur laquelle il avait toujours su qu'il pouvait compter, et voilà qu'il le traitait comme un ennemi. Tom se redressa, se rappelant que ce n'était pas qui il voulait être, et que Lianon méritait mieux de sa part. Avec effort, il parvint à formuler des excuses.

— Je suis désolé, Monsieur. Je ne veux pas être brusque avec vous. Je ne peux simplement pas m'en empêcher.

Lianon écarta cela d'un geste de la main.

— Il semble que vous ayez besoin d'un endroit pour exprimer ce nouveau côté de vous-même. Il regarda autour du dojo vide d'un air pensif.

— Je préférerais que vous soyez entouré de personnes qui pourraient vous guider et vous soutenir dans cela.

— J'aimerais cela, Monsieur, répondit Tom, un brin d'espoir s'élevant dans son cœur.

En vérité, lui aussi le voudrait.

Le directeur caressa sa longue barbe pendant un moment.

— J'écrirai à la professeure Montague pour lui dire de vous attendre demain matin, dit-il finalement.

D'un claquement de doigts, le temple disparut, et ils se retrouvèrent debout au milieu de la cour.

Demain ? Tom sentit la colère quitter son corps, remplacée par quelque chose d'entièrement différent. L'euphorie. L'anticipation. L'excitation.

— Merci, Monsieur. Merci beaucoup, dit Tom, se demandant comment diable il allait pouvoir dormir cette nuit.

Ou plus important encore, ce qu'il dirait à Lola le lendemain matin.

CHAPITRE SEIZE

Dès que Tom arriva dans la cour de l'Académie Harding, il sentit monter en lui un frisson d'appréhension. Lentement, il gravit les marches et frappa à la porte. Comme personne ne venait l'accueillir, il appuya sur la poignée et fut soulagé de constater que la porte n'était pas verrouillée. Avec précaution, il poussa la grande porte et passa la tête à l'intérieur.

— Il y a quelqu'un ? appela-t-il, mais seul un léger écho lui répondit.

Cela le déconcerta. Il ne valait mieux pas qu'il soit surpris en train de s'introduire illégalement. Bien qu'il fût certain que la professeure Montague avait dû prévenir quelqu'un de sa visite, il avait quand même l'impression d'être un intrus.

Où est donc le vieux majordome ?

Il ferma la porte et se dirigea vers le bureau de la professeure. Avec un peu de chance, elle lui donnerait un laissez-passer et l'autoriserait à se promener dans l'école. Tom voulait retrouver Jameson et les deux autres élèves. Malheureusement, il avait oublié leurs noms. Il s'en souvenait d'eux comme étant le trapu et le grand.

Avant d'atteindre le bureau de Montague, une voix familière cria « Hé ! » depuis le bout du couloir.

Jameson, une fois de plus, s'appuyait nonchalamment contre un chambranle de porte, donnant l'impression qu'il attendait justement l'arrivée de Tom.

— Salut, dit Tom.

— Je savais que tu reviendrais, répondit le garçon, ses yeux ambrés brillant d'excitation. Prêt pour le deuxième round ?

— Je suis là pour apprendre, dit Tom avec honnêteté en souriant. Est-ce qu'ils proposent une formation accélérée en magie ici ?

— Laisse-moi deviner. Les dinosaures de L'académie te conseillent prudence et retenue. J'ai raison ? hasarda Jameson.

Tom rit et acquiesça.

— Viens avec moi, dit Jameson en poussant la porte derrière lui.

Tom vit qu'elle menait à un escalier plutôt sombre.

— Euh, je dois d'abord parler à la professeure Mon... hésita Tom, pensant qu'enfreindre les règles dès son premier jour n'était pas exactement la bonne façon de faire bonne impression.

— Elle sait déjà que tu es là, répliqua le garçon, balayant ses inquiétudes d'un geste comme si cela n'avait pas d'importance. Il y a des protections sur l'école. Si tu n'étais pas un être magique, tu ne pourrais même pas voir l'école. Et si tu étais un ennemi connu, tu n'aurais pas pu entrer. Le fait que tu sois ici signifie que tu étais attendu.

— Mais je devrais vraiment me présenter d'abord, insista Tom.

L'idée de descendre ces escaliers avec Jameson lui donnait la chair de poule.

— Ne sois pas si rabat-joie. Il n'y a rien que la vieille Montague ne sache pas. Si elle te veut, elle saura où te trouver. Allez ! dit Jameson en posant un pied sur la première marche, puis il s'arrêta. À moins que tu n'aies peur, bien sûr, ajouta-t-il en provoquant Tom avec un sourire.

Tom se hérissa. Bien qu'il eût effectivement peur, il n'était pas question de le montrer à cette misérable brute. Il suivit Jameson dans l'escalier sombre et sinueux avec un soupir exaspéré.

Tom vit les deux amis de Jameson qui les attendaient en bas.

Dans n'importe quelle autre structure, cette pièce aurait été le sous-sol. Mais dans un château vieux de mille ans ? Impossible de confondre cette salle avec autre chose qu'un donjon.

— Nous y voilà, annonça Jameson, les bras grand ouverts.

Tom examina l'espace caverneux. Il n'y avait pas de donjon à L'aca-démie, ni d'espaces aussi sinistres. Le mur circulaire était fait de pierres dépareillées qui s'accordaient au sol. Des anneaux de fer étaient fixés le long du mur opposé à l'endroit où il se tenait, espacés suffisam-ment régulièrement pour qu'il ne faille pas beaucoup d'imagination pour voir les menottes et les chaînes qui devaient y être attachées. Au moins, tout l'endroit était recouvert d'une épaisse couche de poussière. S'il avait été propre et bien rangé, l'espace aurait été plus inquiétant. En l'état, l'air abandonné lui donnait l'impression d'un lieu qui avait depuis longtemps oublié sa fonction d'origine.

— Ne te laisse pas impressionner, dit Jameson. C'est un vieux bâti-ment, donc bien sûr, nous avons un donjon. L'école ne l'utilise que pour le stockage et occasionnellement pour la pratique de sorts. Géné-ralement, il est réservé à ceux qui risquent de devenir salissants.

Salissants. Tom ne savait pas s'il devait être rassuré ou insulté.

Sur les murs, posés sur des étagères basses, se trouvaient un certain nombre de bocaux régulièrement espacés. Ils étaient en verre épais, et bien qu'il fût difficile de le déterminer à travers la poussière, ils semblaient vides.

Étrange, pensa Tom.

Il remarqua également trois petits matelas poussés sur le côté. Les garçons dormaient-ils ici ? N'avaient-ils pas leurs propres dortoirs ?

Le centre du donjon était marqué par un large cercle rempli d'étranges symboles gravés. De toute évidence, c'était une sorte de lieu rituel. Les symboles émettaient un faible bourdonnement de puis-sance, quelque chose qu'il n'aurait pas remarqué s'il ne l'avait pas cher-ché. Les marques gravées envoyaient une vibration sur sa peau quand il s'en approchait, comme une charge électrique de faible intensité.

C'était définitivement différent de tout ce à quoi Tom était habitué. L'académie avait sa part de lieux magiques, mais ils étaient purement éducatifs. Cela semblait différent. Cela semblait... Tom chercha le mot juste. Cela semblait interdit.

— Nous avons tout préparé spécialement pour toi, dit Jameson, son sourire toujours décontracté, bien qu'il semblait y avoir quelque chose de sous-jacent dans ses paroles, presque comme si quelque chose de féroce se cachait juste sous la surface.

— Ouais, ajouta l'un des deux autres.

Tom n'était pas sûr de qui avait parlé.

— Pour m'entraîner ? demanda Tom, feignant de s'intéresser à l'espace, mais en réalité mettant de la distance entre eux et lui-même, tout en repérant les issues possibles.

— Pour expérimenter, répondit Jameson. C'est pour ça que tu es ici. Je vais te guider. Nous avons juste besoin d'un peu de ton sang, et nous verrons ce que tu peux faire.

Il fit un signe vers la bague de Tom. C'était comme s'il était d'une manière ou d'une autre conscient du bord dentelé caché à l'intérieur.

— Vas-y. Pique ton doigt.

— Je ne sais pas trop, dit Tom.

Expérimenter avec Devlin et Lola était complètement différent. Ils étaient ses amis. Bien qu'ils ne pouvaient pas comprendre ce qu'il traversait, il leur faisait confiance pour assurer sa sécurité.

Il ne connaissait pas ces types. Ils l'avaient poussé à utiliser ses pouvoirs dans un combat lors de leur première rencontre. Bien que Tom fût content du résultat, il n'était pas très fier de la façon dont il y était arrivé. Était-ce encore la même chose ? Des méthodes moralement ambiguës pour provoquer chez lui une montée de pouvoir ?

— Pas de pression, dit Jameson d'un ton encourageant. C'est normal si tu as besoin de rassembler ton courage.

Courage. Le ton moqueur hérissa les poils de Tom, exactement comme il s'y attendait. Tom les observait avec méfiance. S'il partait, essaieraient-ils de le retenir ? Ils étaient trois. Ils pourraient probablement le maîtriser. Il serait coincé dans un donjon dans une école qu'il n'avait visitée que quelques fois.

C'était ridicule. Il s'approcha du cercle pour examiner les marques. Si elles avaient l'air maléfiques de quelque manière que ce soit, il ferait demi-tour et partirait. Il scruta les symboles mais ne vit rien d'alarmant. Ils ressemblaient à la plupart des symboles dans ses livres d'incantation à l'école.

Il était sur le point de poser une question sur l'un des symboles qu'il ne reconnaissait pas quand quelqu'un le poussa par derrière.

— Hé ! dit-il, mais le reste de sa plainte s'éteignit dans sa gorge.

L'air était significativement plus fin maintenant, et tout son corps se sentait faible. Vidé.

Quelqu'un l'avait poussé dans le cercle. Il essaya d'en sortir, mais une force invisible le bloqua. Peu importe où il essayait de toucher, la surface miroitait dans une brume bleu clair. Il était piégé à l'intérieur d'une bulle magique.

— Qu'est-ce qui se passe ? demanda-t-il. Ce n'est pas drôle. Laissez-moi sortir.

— Ne panique pas. Nous te laisserons sortir dès que tu auras laissé tomber ton sang sur ce symbole là, dit Jameson, utilisant son pied pour montrer les marques gravées sur le sol. Une goutte ou deux devrait suffire.

— Quoi ? Pourquoi ? dit Tom.

Il frappa sur le champ de force, qui ne bougea pas d'un pouce.

Le grand ami de Jameson commença à rire, et le petit lui donna un coup de coude dans les côtes pour le faire taire.

— Ce n'est pas une plaisanterie, lança Jameson aux deux autres.

Puis il se tourna vers Tom, un regard de sympathie forcée sur le visage.

— Tom, je suis désolé de devoir te faire ça. J'espérais vraiment qu'on puisse être amis. Mais il semble qu'il y ait une prime magique sur ta tête. Ou devrais-je dire sur ton sang ?

— Une prime magique ? Je n'ai jamais entendu parler d'une telle chose. Tu te moques de moi. Ha, ha, vous avez gagné. Vous avez bizuté le nouveau. Maintenant, laissez-moi sortir, aboya Tom.

Il était en colère, mais cela n'alimentait pas son pouvoir. Pas comme la dernière fois. Au contraire, plus il se mettait en colère, plus il se sentait faible.

— En toute honnêteté, j'aurais aimé qu'on soit assez intelligents pour y penser. Malheureusement, ce n'est pas une farce. Des hommes très importants et effrayants veulent mettre la main sur ton sang. J'ai proposé de le leur livrer. Crois-moi, ma méthode est infiniment meilleure. À part la piqûre sur ton doigt, tu ne seras pas blessé. Si un des autres chasseurs te trouvait, ils te suspendraient probablement par les pieds, te trancheraient la gorge et te feraient saigner à mort.

C'est impossible.

Tom secoua la tête, essayant de s'éclaircir les idées. Même en essayant de nier ce que Jameson lui disait, il savait que c'était vrai. C'était pour cela qu'ils avaient pris sa sœur. Ces fous en savaient plus sur son sang que lui.

— Mais pourquoi ? demanda-t-il, cherchant à gagner du temps.

— La magie de sang est un art perdu, expliqua Jameson. Le vrai, en tout cas. Toi, mon ami, tu es le seul moyen de la ramener. Maintenant, sois gentil. Il ne faudra qu'une goutte ou deux.

— Comment une goutte ou deux va-t-elle ramener la magie de sang ? demanda Tom, vacillant maintenant sur ses pieds.

Combien de temps encore avant qu'il ne perde la capacité de se tenir debout ? De rester conscient ?

Si je tombe, ne vont-ils pas simplement prendre mon sang de toute façon ?

Il regarda les autres garçons, les suppliant du regard. Aucun ne croisa son regard.

Tom pensa à Tabitha. C'était exactement ce qu'elle avait dû ressentir quand elle avait été enlevée. Perdue, seule. Dominée par des étrangers qui se fichaient qu'elle vive ou meure. Pas étonnant qu'elle eût été si traumatisée par l'événement. Ce n'était pas à cause de la douleur qu'elle s'était renfermée. C'était l'impuissance totale, et l'humiliation d'être à la merci de monstres.

Depuis plusieurs jours maintenant, Tom s'était senti plus puissant qu'il n'aurait pu l'imaginer. Non. Il *était* plus puissant. Mais il semblait que le vieux dicton était vrai. La magie avait toujours un prix. Et c'était le prix qu'il devait payer pour assurer la sécurité de sa famille.

Pendant ce temps, Jameson continuait de parler. *Ce connard à l'égo démesuré. Il aime sûrement s'entendre parler.*

— Je ne connais pas tous les détails. Tu vois, c'est un niveau de magie qu'ils n'enseignent pas ici à l'Académie Harding. Tout ce que je sais, c'est que seul le sang peut activer cette rune. Le bon sang déclenchera une réaction en chaîne. À partir de là, je pense que des scienti-fiques sont impliqués quelque part dans tout ça, analysant le sang pour synthétiser les marqueurs qu'ils trouvent.

Tom ignora la conférence magique. Il devait s'échapper avant qu'il ne soit trop tard. Il frappa une fois de plus sur le sceau autour de lui. Il essaya même d'utiliser sa clé pour faire apparaître une porte. Rien ne se produisit. Quoi qu'il fît, il n'y avait aucun effet sur le sort qui le rete-nait prisonnier.

Jameson s'appuya contre le mur en face de lui, les bras croisés tandis qu'il regardait Tom se battre contre les forces qui le retenaient.

— Tu ne peux pas faire de magie là-dedans. C'est pourquoi tu ferais mieux de te dépêcher. Aucun voyageur ne peut durer plus de quelques minutes dans le cercle. Les sorciers peuvent à peine tenir une heure. Bientôt, tu t'affaibliras jusqu'à la mort.

Il fit un pas en avant.

— Bien sûr, si tu meurs, personne ne pourra utiliser ton sang.

Tom réfléchit rapidement. Et s'il y avait une autre issue ?

Tom se dépêcha de se piquer le doigt. Il mit sa main en coupe en dessous.

— Laisse-le couler, c'est tout, instruisit Jameson, laissant tomber ses bras et s'avançant pour mieux voir ce que Tom faisait.

Les symboles sur le sol de pierre commencèrent à briller faiblement comme s'ils sentaient que du sang était proche.

Tom vacilla sur ses pieds. Pas à cause de la coupure. Il devait sortir de là, le plus vite possible.

Jameson avait dû voir sa panique grandissante.

— Laisse-le tomber, et j'ouvrirai le cercle.

Tom était conscient que le temps jouait contre lui. La solution facile serait de donner à Jameson ce qu'il voulait, mais il savait que les conséquences seraient graves. Sa seule solution était de raisonner avec le garçon, de le supplier. Après tout, Jameson n'était qu'un adolescent comme lui. Il ne pouvait pas être complètement sans cœur.

— Écoute, s'il te plaît, je peux te donner ce que tu veux, mais laisse-moi d'abord sortir.

— Laisse. Le. Tomber, répéta Jameson, ses yeux ne quittant jamais le bout du doigt ensanglanté de Tom.

— La semaine dernière à peine, ma sœur a été enlevée pour la même raison. Elle a à peine survécu. Je veux coopérer, vraiment. Mais tu dois me laisser sortir d'abord. On peut en discuter et...

— Mon oncle était clairement sur la mauvaise voie quand il a pris Tabitha, dit Jameson.

Puis il se tourna vers ses deux amis.

— Ton père aussi. Ils avaient commis une erreur stupide. La bonne famille, le mauvais enfant.

Tom cligna des yeux. *Maintenant* il obtenait une réponse ? Ces garçons étaient liés aux hommes qui avaient kidnappé sa sœur ! Ils n'étaient pas seulement des élèves de l'Académie Harding, ils étaient probablement des psychopathes.

— Grâce au bon vieux CEMT, continua-t-il, ils sont en fuite. Mais nous sommes là. Et nous allons poursuivre la mission.

— Quel est ton plan ? demanda Tom, essayant de gagner du temps.

Non pas qu'il lui en restait beaucoup.

— Laisse. Le. Tomber, répéta Jameson une fois de plus.

Tom ne bougea pas, si ce n'est pour se pencher en avant par faiblesse. La pièce tournait dans sa vision. Une minute de plus là-dedans, et il n'aurait plus la force de se tenir debout. Il se sentait si proche de mourir. Qu'était-il en train de faire ? Tout ce à quoi il pouvait penser était son père.

Jameson dit :

— C'est moi qui savais que c'était toi. N'est-ce pas, les gars ?

Les deux autres acquiescèrent. Le petit marmonna son accord.

— Bien sûr, Tabitha est l'aînée, mais tu es l'homme de la famille, n'est-ce pas ? Le seul homme, à part cet oncle minable. Ça ne pouvait être que toi.

Le sang de Tom bouillonna dans ses veines. Il voulait bondir et attaquer, mais il savait que c'était impossible. En une phrase, Jameson avait insulté toute sa famille.

— Bien sûr, dit Jameson, je ne pouvais pas aller à L'académie. Cet endroit est fortifié comme un bunker, tout verrouillé et protégé. Et puis voilà que tu es apparu ici ! Cette nuit où tu cherchais ta sœur. Trenton ici présent est doué avec les charmes d'invisibilité, et c'est un sacré espion. Il est venu nous prévenir tout de suite. Nous savions que ce n'était qu'une question de temps avant que tu ne reviennes. Honnêtement, je pensais que ça prendrait plus longtemps.

Perdant à la fois force et espoir, Tom baissa la main en signe de défaite. Quelle que fut sa brillante idée, elle lui échappait. Il ne pourrait pas convaincre Jameson de le laisser partir. Il ne pouvait pas trouver un moyen d'activer le sang sans le laisser couler sur la pierre. Regardant droit vers Jameson, il observa la goutte de sang rubis tomber et éclabousser les pierres à ses pieds.

Toute la pièce s'illumina. Des traînées de lumière s'étendirent depuis son sang, serpentant dans l'air et se connectant à chacun des bocaux le long du mur. Très vite, les bocaux se remplirent d'une lumière rouge cuivrée. Sa lumière.

Un peu de la force de Tom revint, mais pas son espoir.

CHAPITRE DIX-SEPT

Tom regardait impuissant sa magie de sang faire scintiller et luire toute la pièce. Le phénomène n'avait duré que quelques secondes, mais les bocaux alignés sur le mur brillaient désormais comme des soleils.

Les yeux de Jameson s'écarquillèrent devant ce spectacle lumineux.

— C'est bien toi. Tu es l'élu ! s'exclama-t-il comme si la question s'était jamais posée.

Les deux autres acquiescèrent et semblèrent s'affaisser de soulagement.

La lumière s'intensifia davantage, et les bocaux le long des murs se mirent à trembler, heurtant bruyamment la pierre.

— Je crois, poursuivit Jameson, que c'est tout ce dont nous avons besoin pour l'instant. Et comme tu as attendu, j'ai plus qu'assez à rapporter à...

Il s'interrompit avant de révéler plus d'informations sur ses collaborateurs. Jameson brisa la ligne de sel sur le sol et entra dans le cercle.

Le sort fut rompu, et Tom avala de l'air comme s'il avait été sur le point de se noyer. Tandis que Jameson pressait le doigt de Tom pour remplir une petite fiole, ce dernier demanda :

— Tu vas me tuer maintenant ?

Sa voix, bien que faible, était pleine de venin.

Jameson rit, mais ce n'était pas le rire froid et cruel d'un méchant.

— Te tuer ? Tu es fou ? dit-il en enroulant un bandage autour du doigt de Tom. Bien sûr que non. Tu es... tout. Tom Callahan, tu es l'avenir.

Tom ne savait pas ce que cela signifiait, mais il frissonna à cette pensée. Les cerveaux derrière cette opération n'avaient pas l'intention de guérir la faim ou le cancer. Ils comptaient probablement utiliser la magie de sang à leurs propres fins sinistres, comme la domination du monde. Le monde tel que Tom le connaissait, où sorcières, voyageurs et toutes sortes de créatures magiques coexistaient en harmonie, était sur le point de changer. L'équilibre délicat entre la lumière et l'obscurité serait rompu.

— Ça veut dire que je peux partir ? demanda-t-il.

Jameson rit de nouveau, et cette fois c'était cruel.

— Bien sûr que non. Maintenant que nous avons trouvé l'élu, nous ne pouvons absolument pas te laisser partir. Cependant, la bonne nouvelle, c'est que nous allons t'offrir un choix. Tu peux nous rejoindre de ton plein gré, ou nous pouvons t'emmener de force. C'est à toi de décider.

— M'emmener où ? Pourquoi je vous rejoindrais ?

Jameson commença à marcher autour du cercle, tournant lentement autour de Tom comme un requin.

— Réfléchis-y. Ne veux-tu pas savoir comment utiliser tes pouvoirs ? Ne veux-tu pas savoir d'où ils viennent ? Tu n'as pas encore fait le rapprochement ? C'est l'Académie Harding. C'est le nom de ton ancêtre, n'est-ce pas ? Il te faudra des années pour trouver toutes ces informations si tu n'as que de vieux livres de la bibliothèque de L'académie. Si tu nous rejoins, nous pouvons te dire tout ce que tu veux savoir.

Sur ces mots, Jameson s'assit sur un banc de pierre. Il ne semblait plus aussi menaçant. Il était assis tranquillement, presque comme s'il parlait à un vieil ami. Tom laissa ses mots faire leur chemin. Il n'avait pas fait le lien entre Petunia Eva Harding et l'école. Harding était un nom répandu au Royaume-Uni.

— Laisse-moi être honnête avec toi. Je ne veux pas te faire de mal. Ni à ta sœur. Ni à tes amis. Aucun d'entre nous ne le veut. Nous voulons simplement voir certains changements dans le monde, et au fond, nous savons que toi aussi.

Jameson respira profondément. Il continua :

— Imagine avoir le pouvoir de ramener ton père. De guérir les malades en phase terminale. De conférer la magie aux humains qui seraient autrement impuissants. Tu pourrais apprendre à faire tout cela, mais pas tout seul et certainement pas dans une école qui te freine constamment. Imagine simplement.

Tom devait admettre que l'offre était tentante, même si c'était peut-être juste le pouvoir dans son sang qui brouillait son jugement alors qu'il remontait lentement après avoir été supprimé par le cercle. Jameson offrait des réponses faciles à tous les mystères qui tourbillonnaient autour de sa famille. Il offrait de l'espoir.

Mais il suffisait à Tom d'imaginer sa sœur, attachée et ensanglantée, pour savoir que ce groupe n'était pas pour lui. Plus tôt dans l'année, Tom avait endossé le rôle de Gardien pour sa famille. Il venait tout juste de réaliser l'immense responsabilité qui lui incombait, le forçant à prendre des décisions difficiles pour protéger les siens. Il savait qu'il avait le devoir d'assumer ses responsabilités et de faire les choix les plus judicieux. Il n'avait pas réalisé à quel point cela serait mis à l'épreuve tout au long de l'année. Mais maintenant, il était là, et il devait prendre la bonne décision.

Le problème, bien sûr, était que s'il refusait de rejoindre Jameson, ils l'attraperaient. Il n'était pas sûr où il serait emmené, mais si c'était comme la cave de la vieille église où ils avaient trouvé Tabitha, ce n'était nulle part d'agréable.

C'était une situation impossible... à moins qu'il ne trouve un moyen de riposter et de s'échapper.

S'ils le voyaient même tendre la main vers sa clé, l'un des garçons lancerait un sort et il serait neutralisé.

Tom regarda autour de la pièce la rangée de bocaux luisants juste au-delà. Quelques gouttes de son sang avaient suffi à les remplir d'assez de puissance pour ébranler la pièce. Une fois de plus, son bref séjour à Harding lui avait montré à quel point la magie de sang était puissante.

Tom arracha le bandage de son doigt et appuya dessus avec son ongle pour rouvrir la coupure.

Il se préparait à projeter de l'énergie vers les garçons et à se frayer un chemin jusqu'à l'escalier. Mais une goutte de sang frappa le sol de pierre, et les bocaux sur le mur recommencèrent à trembler.

— Qu'est-ce que tu fais ? hurla Jameson.

Tom regarda les filets réguliers de son sang marteler le sol de pierre avec un bruit assourdissant. À chaque goutte qui tombait, les bocaux tremblaient de plus en plus. Leur lueur s'intensifiait.

— Non ! rugit Jameson, ses yeux ambrés incroyablement écarquillés.

Les deux autres ne dirent rien mais se précipitèrent vers les escaliers pour sortir du donjon.

À présent, les bocaux s'agitaient si violemment que certains flottaient au-dessus des étagères. Puis, tout le donjon explosa, la lumière des bocaux s'intensifiant en une mini supernova.

Tom détourna le visage et leva les mains pour se protéger du verre volant. Cela créa une sorte de dôme autour de lui, le protégeant des effets du chaos qui se déchaînait.

Quand la puissante explosion se calma, Tom se retourna pour évaluer la situation, mais il ne pouvait rien voir à travers l'épaisse brume rouge qui remplissait la pièce. Tom trouva le mur et le suivit jusqu'à ce qu'il pensait être l'escalier.

La brume se dissipait, révélant le donjon en ruine totale.

Aucun signe de Jameson. S'était-il échappé ? L'explosion l'avait-elle pulvérisé ? À cet instant, Tom ne savait pas quelle option il préférait.

Quand Tom se tourna vers l'escalier, il se retrouva nez à nez avec la professeure Montague.

— Oh, professeure, je suis content de vous voir, dit faiblement Tom. Je vais bien... Au cas où vous vous poseriez la question.

La sorcière l'attrapa par le bras et le tira dans les escaliers, le long du couloir et dans son bureau. Une fois là, elle le prit par les épaules, inspectant son corps à la recherche de blessures. N'en trouvant aucune, elle lui donna un verre d'eau et le poussa dans l'un des fauteuils devant le feu.

— Qu'est-ce qui s'est passé là-bas, bon sang ? Tout le rez-de-chaussée a tremblé à cause de l'explosion.

Tom raconta tout à la professeure, sans omettre aucun détail. Il savait que son récit le faisait passer pour un idiot imprudent, mais il savait aussi qu'il devait une honnêteté complète à cette femme, surtout compte tenu des dégâts qu'il avait causés au donjon de son école.

Montague écouta attentivement, préférant hocher la tête en signe de compréhension plutôt que de poser des questions. Quand il eut terminé, elle lui dit :

— Ces garçons dont vous parlez, Jameson et les autres, ne sont plus élèves dans cette école. Ils ont été renvoyés il y a des semaines. Si j'avais su qu'ils rôdaient encore ici...

Elle s'arrêta.

— Ce n'est pas grave, lui dit-il. C'est moi qui devrais m'excuser.

— Lianon m'a prévenue de votre visite, expliqua Montague. Quand vous n'êtes jamais arrivé, j'ai commencé à chercher. Cependant, grâce à votre petit spectacle pyrotechnique, je n'ai pas eu à chercher loin.

Montague se pencha en avant et écarta la mèche de cheveux rebelles des yeux du garçon. Elle ne dit rien pour le rassurer. Au lieu de cela, elle lui dit :

— Venez. Je pense que vous avez eu assez d'émotions pour aujourd'hui.

CHAPITRE DIX-HUIT

C'était bon d'être de retour à L'académie. Bien que l'épreuve à Harding l'ait secoué, Tom était revenu sans autre dommage. Quand il entra dans le hall principal, toute l'expérience semblait irréelle. Il vit des étudiants qui déambulaient, se dirigeant vers les activités extérieures, comme si rien de bouleversant ne s'était produit.

Pour être honnête, dans leur monde, rien ne s'était passé. Un coup d'œil à l'horloge du hall lui indiqua qu'il avait été absent moins de deux heures. Pendant qu'il risquait sa vie à Harding, les choses ici avaient suivi leur cours normal.

Il se sentait en sécurité, au chaud et satisfait. Tom était entouré de ses camarades qui vaquaient à leurs occupations, totalement ignorants que leur condisciple venait de se retrouver face à un danger indicible. Il fit un signe de la main à quelques-uns d'entre eux, se sentant tellement plein de bienveillance que lorsqu'il aperçut Tabitha qui descendait les escaliers en direction de la salle commune, il faillit lui dire bonjour.

Il se retint, bien sûr. Elle marchait avec une fille, et elles riaient joyeusement ensemble. Peut-être que la conversation de Tom avec Tabitha avait contribué à la sortir de sa torpeur, mais il était plus probable qu'elle ait simplement eu besoin d'un peu plus de temps pour assimiler le traumatisme de son enlèvement. Quoi qu'il en soit, il était content de la voir avec une amie. Cela lui donnait l'espoir que lui aussi se remettrait de ce qu'il venait de traverser.

C'est ce dont j'ai besoin — un peu de temps supplémentaire et j'irai bien.

Il ne parla pas avec sa sœur, se contentant de lui faire un signe de tête en entrant dans l'école. À sa surprise, elle essaya de croiser son regard, cherchant visiblement à lui dire quelque chose, mais il continua son chemin. Il ne pouvait pas supporter une de ses remarques caustiques en ce moment ou, pire encore, une critique. Quoi qu'elle ait à dire pouvait attendre.

Il traversa le hall en courant, ses baskets résonnant sur le sol. Il allait si vite qu'il faillit percuter Lady Samsara.

Il s'excusa tandis qu'elle tendait la main pour le stabiliser, mais ne s'attarda pas pour discuter. Au lieu de cela, il marcha d'un pas plus modéré jusqu'à la salle commune. Les deux personnes qu'il avait le plus besoin de voir à cet instant, Lola et Devlin, n'y étaient pas.

Ensuite, Tom vérifia à la bibliothèque, saluant Monara d'un signe de main en passant devant son bureau. Elle leva les yeux et hocha la tête, l'inclinant juste assez pour lui faire comprendre que ceux qu'il cherchait se trouvaient au fond, juste après la section des ouvrages de référence. En effet, Tom contourna l'étagère et trouva Lola et Devlin assis à une table d'étude dans un coin sombre de la bibliothèque. Ils étaient en pleine conversation, et tous deux levèrent les yeux quand Tom s'approcha.

— Salut, dit Tom.

S'il s'adressait principalement à Lola, on pouvait peut-être lui pardonner. En ce moment, c'était elle qu'il avait le plus besoin de voir.

— Je suis... revenu. Et je suis désolé d'être parti si vite hier soir.

Lola sourit, mais la tristesse se montrait sur les coins de sa bouche, transformant presque le geste en grimace.

— Ce n'est pas grave. Où étais-tu ce matin ? Tu n'es jamais venu au petit-déjeuner.

Tom haussa les épaules.

— Je suis retourné à Harding.

Il hésita, incertain de comment expliquer tout ce qui s'était passé. Finalement, il abandonna. Il n'y avait pas de mots pour décrire ce qu'il venait de vivre.

— C'était horrible, dit-il enfin.

— Tu vas bien ? demanda Lola, remarquant enfin sa chemise déchirée et ses cheveux encore plus désordonnés que d'habitude. Elle était debout en un instant, tendant la main vers lui.

Tom lui répondit par un baiser. Il avait eu l'intention de déposer un chaste baiser sur ses lèvres, mais son sang battait encore après l'épreuve de Harding. L'instant d'après, il la tenait dans ses bras et explorait ses lèvres avec une ardeur sauvage. Ce baiser était plus brûlant que tout ce qu'ils avaient jamais partagé. C'était à des kilomètres au-dessus des meilleures sessions de bécotage derrière la salle d'herbologie. Il enfouit ses doigts dans ses cheveux, presque avec révérence tandis que ses lèvres s'entrouvraient sous les siennes, l'invitant à la goûter d'une façon qu'il n'avait jamais connue auparavant.

Ils devaient avoir l'air prêts à se dévorer mutuellement, car Devlin s'éclaircit la gorge et se leva.

— Ce n'est pas l'endroit, Tom, dit-il en le tirant vers une chaise et loin de sa sœur.

— Je... désolé, dit Tom sans s'adresser à personne en particulier.

Il semblait avoir du mal à respirer.

Lola avait porté ses doigts à ses lèvres comme pour vérifier si elles étaient toujours attachées à son visage. Elle arborait une expression hébétée et satisfaite qu'il n'avait jamais vue auparavant. Tom ne put s'empêcher de sourire. *On dirait que je ne suis pas le seul à sentir la chaleur.* Il ne pouvait pas s'empêcher de fixer ses lèvres, et la façon dont ses cheveux retombaient en désordre autour de son visage.

— Que s'est-il passé à l'Académie Harding ? lança Devlin, le ramenant à la réalité d'un coup de coude.

Il souriait encore comme un idiot, mais le regard que Devlin lui lançait signifiait clairement *Arrête de regarder ma sœur comme ça.* L'expression dans les yeux de son ami le fit rapidement redescendre sur terre.

— Tu avais raison, comme toujours. J'aurais dû être plus prudent. Je...

— Est-ce que tu vas bien ? lui redemanda Lola. Elle semblait avoir du mal à parler.

Sans hésiter, Tom leur raconta toute sa rencontre avec Jameson. Pour ne pas trop inquiéter Lola, il ne détailla pas le cercle, ni combien c'était douloureux d'être piégé à l'intérieur.

Quand il eut terminé, le visage de Lola était si pâle qu'il pensa qu'elle allait être malade.

— Donc ce garçon, Jameson, est-il mort ?

Tom haussa les épaules. En toute honnêteté, cette pensée le tourmentait. Il n'avait rencontré Jameson que deux fois, mais il y avait quelque chose chez ce garçon qu'il avait apprécié, une idée qui le surprenait. Bien qu'il ait été soulagé que le garçon ait disparu au début, allant même jusqu'à se réjouir qu'il puisse être mort, la pensée qu'il pourrait être responsable de la mort d'une autre personne laissait maintenant à Tom une sensation de malaise, après réflexion.

— Je ne sais pas. Même s'il l'est, il y a encore d'autres personnes comme lui. Ils savent qui je suis, et ils veulent mon sang.

— Quand tu le dis comme ça, remarqua Devlin, on dirait un film d'horreur.

— Ma vie ressemble à un film d'horreur ? dit Tom avant d'éclater de rire, un son dur et trop fort dans le calme de la bibliothèque. Ouais, c'est à peu près ça.

— J'imagine que ça veut dire que tu voudras marcher dans le temps dès que possible ? demanda doucement Lola.

— Ou, intervint Devlin, venir avec moi à Lantil.

— Il faut que je fasse quelque chose, dit Tom. Mais Lola, tu avais raison. Nous devrions nous préparer autant que possible. J'ai appris aujourd'hui que c'est une grave erreur de se précipiter dans ces situations, surtout maintenant que je suis si...

Il ne savait pas quel mot utiliser. Spécial ? Vulnérable ? Condamné ?

— Bien sûr, dirent Devlin et Lola exactement au même moment, dans l'un de leurs rares moments de synchronicité fraternelle.

— Je dois comprendre tout ça rapidement, expliqua Tom, mais je ne vais pas me jeter dans le danger à nouveau sans réfléchir.

Lola tendit la main à travers la table et la posa sur la sienne. La chaleur de son contact semblait le brûler. Il réalisa qu'il avait eu froid depuis qu'il était entré dans ce donjon.

— Dites-moi ce que vous faisiez, dit-il, en désignant les livres sur la table, ayant besoin de quelque chose, n'importe quoi, pour l'éloigner des souvenirs de ce qui venait de se passer.

— Oui, expliqua Devlin. Le professeur Thunderbolt a dit que...

— Attends, l'interrompit brusquement Lola. C'est drôle que tu parles de symboles étranges sur le sol. Ressemblaient-ils à ceci ? demanda Lola, en tournant un livre vers lui.

Il reconnut immédiatement le plus grand symbole, celui sur lequel il était censé verser son sang.

— Nous avons trouvé un dictionnaire de runes nordiques et nous déchiffrons lentement mais sûrement le texte, expliqua Devlin.

Ils formaient une équipe si unie. Tom aurait aimé que Tabitha et lui soient aussi proches, aussi connectés. Cela le rendait triste, comme s'il devait affronter seul tous les défis qui l'attendaient.

Devlin lui expliqua ce qu'il avait appris jusqu'à présent sur les runes nordiques, et Lola lui montra un arbre généalogique des Callahan qu'elle avait découvert. Ensemble, ils planifiaient de consacrer les prochaines heures, jours et semaines à se documenter sur tout ce qui concernait la magie de sang.

Malheureusement, leur séance d'étude ne dura que quinze minutes avant d'être interrompue par le directeur. Lianon semblait avoir un besoin urgent de lui parler, son imposante silhouette bloquant la seule lumière tamisée au-dessus d'eux.

— Tom, dit le directeur. La professeure Montague m'a informé de l'aventure d'aujourd'hui. Est-ce que ça va ?

— Ce n'est pas aussi terrible que ça en a l'air, acquiesça Tom. Je vais bien. Au moins, nous en savons un peu plus sur ce à quoi nous sommes confrontés.

— Je suis simplement heureux que vous soyez sain et sauf et, apparemment, remarquablement indemne, s'exclama Lianon, secouant la tête comme s'il n'arrivait pas tout à fait à y croire.

— Moi aussi.

— Et je suis ravi que vous étudiiez pour vos cours, ajouta le directeur.

Les trois élèves se regardèrent, se défiant mutuellement de ne pas rire. Ils n'étaient certainement pas en train de travailler pour leurs cours.

L'expression sévère de Lianon se transforma en sourire. Il plaisantait.

— Je m'excuse de l'interruption, dit-il alors que Devlin riait et que le rire de Lola emplissait l'air.

Pendant un instant, le monde sembla redevenir ce qu'il était autrefois.

— Tom, pourrais-je vous dire un mot ?

— Est-ce qu'ils servent des côtelettes de porc à nouveau ? demanda Tom, se frottant l'estomac comme il l'avait fait il y a si longtemps.

Lianon ne sourit pas.

— J'ai bien peur que ce ne soit un peu plus sérieux que cela.

— Du pain de viande, plaisanta Tom.

Puis, réalisant qu'il était encore sous le choc de l'expérience de la journée, il ajouta :

— Je suis désolé, Monsieur. Je viens juste de... traverser beaucoup d'épreuves.

— L'humour est important pour la santé mentale dans des moments comme ceux-ci, convint le directeur. Vous aurez besoin de rire, surtout dans les jours à venir.

— Euh... Les jours à venir ?

Lianon semblait presque désolé.

— À la lumière des événements récents, il est impératif que nous testions vos pouvoirs.

— Pourquoi aurais-je besoin de rire pour ça ? Je suis d'accord. Est-ce que j'irai aux îles Summer, alors ? demanda Tom avec enthousiasme.

Il jeta un coup d'œil à Lola et Devlin, qui avaient tous deux passé leurs propres tests quand ils avaient reçu leurs capacités. Tom ne connaissait pas les détails, mais il savait qu'ils avaient tous les deux beaucoup appris. Honnêtement, il avait hâte de visiter le pays des Hauts Elfes.

— Non, répondit le directeur.

Lola et Devlin échangèrent un regard.

— Alors où ?

— Voici la partie où vous aurez besoin de rire, je pense, dit le directeur. Le seul endroit correctement équipé pour tester votre magie de sang... est à l'Académie des arts magiques de Harding.

Devlin éclata de rire. Le bruit avait une sonorité quelque peu hystérique.

Tom ne riait pas. Lola non plus.

CHAPITRE DIX-NEUF

Tom arriva à huit heures précises à l'Académie Harding, prêt à relever le défi. La veille, ses amis avaient essayé de le distraire autant que possible. Ça lui avait fait du bien d'oublier la magie pendant un moment et de jouer au football ou de regarder un film sous les étoiles. Ça avait semblé normal.

Juste avant son départ, Tabitha avait glissé un mot dans sa poche. « Reste prudent » était tout ce qu'il disait, mais c'était honnêtement l'une des choses les plus gentilles qu'elle ait jamais faites pour Tom.

Il serra son sac à dos fermement comme s'il pouvait lui donner de la force, prit une profonde inspiration, et pour la troisième fois de sa vie, il frappa avec le heurtoir. *Jamais deux sans trois ?* Il l'espérait sincèrement.

Le majordome répondit et le fit entrer. Jameson et ses sbires avaient dû utiliser un sort quand il était venu la veille pour neutraliser le majordome. Il espérait qu'ils n'avaient pas blessé le vieil homme, mais il n'en était pas sûr, surtout qu'il semblait se déplacer plus lentement que la première fois qu'il l'avait guidé à travers le bâtiment.

Dis-moi qu'il ne boite pas...

Ce jour-là, il y avait des élèves dans le couloir, dont la plupart le regardaient avec curiosité. Tom supposait que ses expériences ici avaient fait le tour de l'école. Les nouvelles circulaient vite dans un cadre académique, surtout quand une tentative de meurtre était impliquée. Cela dit, peut-être que l'école avait étouffé l'affaire et que les regards qu'il recevait étaient simplement ceux réservés aux nouveaux venus.

Tom regarda autour de lui, ne prenant pas la peine de saluer qui que ce soit, mais scrutant les visages pour voir si Jameson et ses amis se cachaient quelque part. Ils n'y étaient pas, bien sûr. Le directeur Lianon et la professeure Montague lui avaient tous deux assuré que cette visite serait complètement et totalement sûre. Pourtant, il n'allait pas baisser sa garde. Pas après ce qui s'était passé les deux dernières fois qu'il était venu ici.

Le majordome conduisit Tom dans un escalier en colimaçon et dans une salle caverneuse, semblable à l'amphithéâtre de L'académie. Celle-ci, cependant, était remplie de chaudrons bouillonnants et d'étagères garnies de potions.

La professeure Montague se tenait devant un chaudron et accueillit Tom avec un sourire. Lady Mathilda était là aussi, ce qui était définitivement rassurant. Il y avait une troisième femme que Tom n'avait jamais vue auparavant. Aucune d'entre elles ne parla quand il entra.

Le majordome attendit d'autres instructions, mais le vieil homme s'éclipsa rapidement quand aucune ne vint.

— Bienvenue, Tom, dit Montague quand ils furent en sécurité seuls. Comme vous pouvez le voir, nous avons suffisamment d'espace ici pour pouvoir tester vos capacités sans causer davantage de dégâts.

Il soupçonnait qu'elle faisait référence, bien sûr, au donjon semi-explosé.

Tom déglutit, sachant qu'il rougissait même si tout ce désordre n'avait pas exactement été de sa faute. Il savait que sa magie de sang pouvait échapper à tout contrôle très rapidement, et que n'importe quel type de test pourrait le pousser à être une fois de plus très destructeur, avec ou sans adolescents essayant de l'enlever.

— Permettez-moi de vous présenter notre directrice, Miss Clementine, dit Lady Mathilda, désignant la femme menue qu'il ne connaissait pas encore.

Tom lui tendit la main. Elle la prit mais la retint en ajoutant son autre main par-dessus. Ses yeux semblèrent se voiler un instant, puis elle se remit à sourire.

— Vous êtes un garçon exceptionnel, Tom. Ne vous inquiétez pas pour l'incident dans le donjon. Il était dû pour une rénovation. Mais si vous décidez de fréquenter notre école, je vous tiendrai à l'écart du musée jusqu'à ce que vous ayez maîtrisé vos capacités, dit-elle avec un clin d'œil.

Comme elle souriait et n'avait pas encore lâché sa main, Tom lui rendit son sourire et inclina poliment la tête.

— Miss Clementine lit les souvenirs, expliqua la professeure Montague. Comme vous le savez, Lady Mathilda, en tant que Haute Elfe, peut lire les pensées, continua-t-elle en souriant. Tout ce que je peux lire, c'est un livre de sorts, conclut la sorcière, tapotant son grimoire avec un ricanement.

Personne ne rit.

Devant l'expression inquiète de Tom, Lady Mathilda dit :

— Pour assurer notre sécurité, nous trois avons pris une potion protectrice, et la professeure Montague a ensorcelé la pièce pour contenir les effets de votre test dans cette pièce et pour empêcher les regards indiscrets de s'immiscer.

Elle pointa vers une fiole à moitié vide sur l'étagère, impliquant qu'elles avaient soit bu le liquide, soit couvert leur peau avec.

Tom, cependant, n'avait pas une telle protection.

— Du thé ? proposa Montague.

Elle fit un geste vers le chaudron bouillonnant derrière elle.

— Euh, non merci, dit-il rapidement.

Bien que Tom appréciait une bonne tasse de thé autant que quiconque, il n'était pas enclin à boire quoi que ce soit préparé dans un chaudron.

— À votre guise, dit Montague.

Elle passa devant le chaudron et saisit une théière d'apparence très normale qui était cachée juste derrière. Elle versa trois tasses.

— À bien y réfléchir, dit Tom, oui, j'aimerais bien du thé.

Montague sourit et lui versa également une tasse.

Tom se détendit tandis qu'ils s'asseyaient tous et sirotaient leur thé. Tout semblait très normal, ce qui était probablement l'intention. Surtout lorsqu'ils discutaient de la procédure de test et expliquaient les règles.

— C'est assez simple, vraiment, expliqua la professeure. Vous serez testé pour toutes les capacités magiques connues. Nous administrons ce test à tous les élèves potentiels l'été avant qu'ils ne s'inscrivent. Les pouvoirs se manifestent généralement pendant l'adolescence, mais la prédisposition peut être identifiée dès l'âge de douze ans. Si des enfants peuvent le supporter, vous vous en sortirez très bien.

— Faites simplement de votre mieux, mon cher, ajouta Lady Mathilda.

Tom acquiesça. Son estomac se nouait, lui faisant se demander si le thé avait été une bonne idée après tout.

— Êtes-vous prêt à commencer ?

— Non, dit-il avec plus d'honnêteté qu'il n'en avait l'intention.

La professeure Montague se contenta de ricaner à nouveau. Elle le guida vers le centre exact de la pièce, ajustant ses épaules pour qu'il se tienne droit.

— Maintenant, nous n'avons clairement pas besoin de tester votre télékinésie. Nous allons passer celle-là et passer à la conjuration de feu.

— C'est facile, dit Tom, sortant sa clé.

— Non mon cher, sans votre clé. Allez-y et retirez-la. Nous la mettrons dans un endroit sûr jusqu'à ce qu'il soit temps pour vous de partir, dit Lady Mathilda.

Tom serrait sa clé comme si sa vie en dépendait. C'était l'une des règles les plus fondamentales des voyageurs. Toujours garder sa clé sur soi. Il ne l'enlevait jamais, pas même sous la douche.

Elles lui en demandaient beaucoup à ce moment-là. Il ne connaissait pas ces femmes. Bien que Lady Mathilda fût la jumelle de Lady Samsara, il ne lui faisait pas confiance comme il l'aurait fait avec sa professeure de voyage. Malgré tout, c'est elle qui vint à son secours, plaçant une main sur son bras.

— Vous savez que Lianon ne vous aurait pas laissé venir ici aujourd'hui s'il ne nous faisait pas confiance pour vous garder en sécurité. Je vous promets que vous récupérerez votre clé dès que nous aurons terminé les tests, dit-elle d'une voix apaisante.

Miss Clementine s'approcha de lui ensuite et expliqua davantage :

— Votre clé agit comme un conducteur magique. Si vous appelez une flamme, nous ne saurons pas si c'est la magie de la clé ou la vôtre.

Tom hocha la tête. Il comprenait, mais il n'était toujours pas à l'aise. Quand il la retira de la chaîne et la tendit à Lady Mathilda, elle la plaça dans la poche de sa robe et la tapota.

— Maintenant, faites apparaître une flamme, Tom, répéta la professeure Montague.

— Ne dois-je pas me piquer le doigt d'abord ? demanda Tom.

Elle ignora la question.

— Rassemblez toute la chaleur dans votre corps et concentrez cette chaleur dans votre cœur, le centre de votre système circulatoire.

— Ne dois-je pas me couper d'abord ? demanda à nouveau Tom quand elle ne répondit pas la première fois.

— Peut-être, dit Montague, mais j'ai le sentiment qu'avec votre niveau de capacité, vous pouvez utiliser la magie sans vraiment tirer de sang. Tout ce que vous avez besoin de faire est d'utiliser le sang qui circule déjà dans vos veines et de le canaliser par la concentration.

Elle fit une pause.

— Essayez.

Au début, rien ne se passa. Il sentit la chaleur se rassembler en lui, mais il n'y eut aucun effet. Habituellement, il ouvrait sa paume, prononçait le mot latin, et la flamme y flottait pendant quelques secondes. Elle ne durait jamais longtemps. La flamme d'un voyageur était destinée à éclairer son chemin dans l'obscurité. Rien de plus.

Il abandonna.

— Je pense vraiment que je dois me couper le doigt, répéta-t-il, bien qu'il sût que Montague avait dit qu'ils devaient tester ses capacités comme n'importe quel autre étudiant, et aucun d'entre eux ne se piquait jamais le doigt pour faire fonctionner la magie.

Ils passeraient à des tests plus spécifiques lorsque le test standard serait terminé.

Ils passèrent au deuxième test, qui était la transfiguration élémentaire. Montague plaça un ours en peluche sur le sol au centre de la pièce. C'était un petit ours rose avec de grands yeux en bouton. Dès que Tom vit à quel point il était mignon, il supposa qu'il le transformerait en quelque monstre hideux.

— Imaginez un lapin, instruisit Montague. Un lapin en peluche. Et essayez d'obtenir une couleur différente.

Tom fixa l'ours pendant une minute entière. Rien ne se produisit. Il se concentra aussi fort qu'il le pouvait sur ses yeux en bouton, presque comme dans un concours de regards.

— Je me sens stupide, dit-il.

— Vous vous retenez, dit doucement Montague.

Tom sentit cette colère familière monter en lui. Avant que ses pouvoirs n'aient été activés, il avait ressenti de la colère. Bien sûr. Mais depuis cette minuscule piqûre à son doigt, cette colère s'était intensifiée, s'était installée de façon permanente dans son estomac, et parfois, comme maintenant, elle bouillonnait simplement comme le chaudron juste derrière lui.

— Je ne me retiens pas ! lâcha Tom.

Au même instant, l'ours explosa. Tom mit ses mains sur sa bouche avec horreur dès qu'il réalisa ce qu'il avait fait.

— Je suis vraiment désolé !

Et si ça avait été un enfant ?

— En effet, répondit Lady Mathilda.

Tom retira ses mains et regarda Lady Mathilda. Il savait que les Hauts Elfes pouvaient lire les pensées, mais on lui avait toujours dit qu'ils ne pouvaient pas envahir votre esprit. Il fallait être ouvert à cela.

— Venez-vous de lire mes pensées ? demanda-t-il.

— Oui. Votre esprit était grand ouvert, je vous l'assure, répondit-elle.

— Personne ne va commenter ce que je viens de faire à cet ours ? demanda Tom.

— Ne vous inquiétez pas. Nous en avons plein, dit la professeure Montague. Nous les achetons en promotion.

— Je suis une menace. Et si je faisais ça à une autre personne ? dit-il, sa voix montant dans la panique.

— C'est pourquoi vous êtes ici, mon cher. Une fois que nous saurons ce que vous pouvez faire, nous saurons comment vous aider à le contrôler, expliqua Miss Clementine.

— Non pour la transfiguration, dit Montague en cochant une case sur son carnet de note. Mais peut-être devrions-nous passer directement à la télépathie.

Tom voulait désespérément avoir ce pouvoir. Il enviait la connexion que Lola et Devlin avaient chaque fois qu'ils communiquaient par télépathie. Cela les rapprochait, leur donnait un monde de secrets que seuls eux connaissaient. Il voulait cela, surtout si cela signifiait qu'il pourrait communiquer avec Lola quand il le voulait.

Lady Mathilda demanda à la professeure :

— À quoi devrions-nous penser ?

— Rien d'inapproprié, répondit Montague.

Lady Mathilda haussa les épaules, et Miss Clementine sourit largement.

Les femmes restèrent parfaitement immobiles. Elles fermèrent les yeux et attendirent. Tom savait qu'il devait se concentrer et essayer de lire leurs pensées. Devrait-il se concentrer sur une seule d'entre elles ou toutes en même temps ? Il regarda d'abord Montague, serra les poings et entendit... rien. Il desserra les poings, se souvenant qu'il se concentrait mieux quand il était détendu. Il prit une profonde inspiration et fixa Mathilda. Il essaya, mais il n'entendait rien. Miss Clementine semblait manger un cornet de glace dans son esprit, mais ce n'était qu'une supposition basée sur son expression faciale.

— Je n'ai rien entendu, dit finalement Tom.

— À quoi pensions-nous ? demanda Montague.

— Vous pensiez que je n'ai pas de capacités de lecture de pensées, dit-il. Parce que je n'en ai pas. Ça n'a pas marché.

— Noté, dit Montague, rayant un autre élément de sa liste.

— Pouvons-nous faire une pause ? demanda Tom, faisant les cent pas et secouant la tête comme s'il venait de courir un marathon.

— Encore quelques-uns, dit Montague.

Sa voix était chaleureuse, mais ses mots étaient un rejet sans équivoque de sa supplique.

Mathilda s'avança.

— Vous pouvez le faire, lui dit-elle. Comme tout test, celui-ci est destiné à pousser l'élève à atteindre son plein potentiel. Pensez-y comme à un examen de mi-semestre.

— Habituellement, mes examens de mi-semestre n'explosent pas si je les fixe trop longtemps, argumenta Tom, mais il savait qu'elles avaient raison.

Il était venu ici pour obtenir des réponses aussi rapidement que possible, et c'était ce qu'il devait faire.

Elles le testèrent pour la persuasion, la lévitation, la conjuration, la divination, et quelques autres éléments qui semblaient obscurs et quelques-uns dont il n'avait même jamais entendu parler. Il n'eut de résultat positif pour aucun d'entre eux. Cela semblait être une perte de temps, mais les dames semblaient néanmoins satisfaites.

À midi, il y eut un coup à la porte. La professeure Montague fit un geste vers la porte pour retirer la protection, et une jeune femme en uniforme de domestique entra avec un chariot roulant. Le déjeuner était arrivé. Miss Clementine lui dit de le mettre sur l'une des tables près de la rangée de fenêtres. Elle drapa une nappe blanche sur la table et plaça les ustensiles et la verrerie. Puis, elle mit un plat couvert à chaque place et leur servit un verre d'eau.

— Le déjeuner est prêt, madame, dit-elle, joignant ses mains derrière son dos et se tenant à l'écart.

Ils allèrent s'asseoir à la table. Tom se sentait mal à l'aise de déjeuner avec le personnel avec la fille qui les regardait. Elle n'avait que quelques années de plus que lui. Il lui fit un sourire timide, mais elle ne réagit pas et continua à regarder droit devant elle.

Miss Clementine enleva le couvercle du plat, goûta la nourriture et congédia la domestique.

— Merci, Holly. C'est délicieux, dit-elle.

— Il y a du dessert et du café sur le chariot quand vous serez prêts, madame, répondit la jeune fille avant de s'incliner légèrement et de quitter la pièce.

Tom attendit que les autres dames découvrent leurs plats et fit de même. Il était affamé et attaqua le rôti de bœuf, la purée de pommes de terre et les haricots verts sur l'assiette. Pendant qu'ils mangeaient, les dames lui posaient des questions sur sa famille, son éducation et ses amis. La plupart du temps, elles faisaient la conversation et apprenaient à le connaître. Du moins, c'est l'impression qu'il avait.

Elles attendirent qu'ils aient tous du café et du dessert avant de reprendre le sujet du test.

— Après le déjeuner, nous testerons votre magie de sang. Vous vous piquerez le doigt et essaierez tous les tests à nouveau, mais ne soyez pas déçu si vous testez toujours négatif pour la plupart d'entre eux, expliqua Miss Clementine.

— En effet, la plupart des sorcières maîtrisent une seule capacité. Elles sont précieuses, celles qui en ont plus d'une. À l'Académie Harding, tout le monde étudie l'art des sortilèges, les potions et la botanique car ces domaines ne nécessitent pas de capacités spéciales supplémentaires, dit la professeure Montague.

— À L'académie, nous apprenons les incantations et l'herboristerie pour la même raison, dit Tom en terminant son gâteau à la vanille et à la framboise.

Ils finissaient tout juste leur café lorsqu'un coup fut frappé à la porte. Holly, la domestique, était revenue pour débarrasser les plats. Il était exactement une heure.

— Dois-je revenir plus tard, madame ? demanda-t-elle, voyant qu'ils étaient encore assis.

— Non, Holly, nous venons juste de terminer, répondit Miss Clementine, se reculant de la table avec un sourire. Tout était délicieux.

Holly fit le tour de chacun d'eux discrètement et prit leurs assiettes et ustensiles, qu'elle empila très silencieusement dans un bac sur son chariot. Les dames l'ignoraient complètement, mais Tom était distrait par sa présence. Elle faisait son travail efficacement et aussi discrètement que possible. Il devait admettre qu'elle était douée dans ce qu'elle faisait. Il se demanda si elle était étudiante ici. À L'académie, parfois les étudiants prenaient des emplois dans les cuisines ou d'autres domaines pour aider à compenser le coût des frais de scolarité.

Lady Mathilda faisait un geste pour expliquer quelque chose et heurta accidentellement le coude de la domestique alors qu'elle prenait leurs verres d'eau pour les ramener au chariot. La fille perdit sa prise sur l'un des verres et il se brisa sur le sol.

— Je suis désolée, madame, dit-elle, et se pencha pour ramasser les morceaux de verre.

— Ma chère enfant, c'est entièrement ma faute, répondit Lady Mathilda. Ces bras gigantesques que j'ai sont une calamité !

La fille poussa un cri et se leva pour jeter le verre brisé dans le bac. Elle s'était coupée et cherchait quelque chose pour envelopper sa main. Tom prit l'une des serviettes en tissu et se précipita à ses côtés.

— Assurez-vous que le verre est retiré avant d'appuyer le tissu sur la blessure, dit la professeure Montague en se levant. Je vais chercher la pommade.

Tom l'aida à envelopper le tissu sans trop serrer autour de sa main pour que le sang ne se répande pas partout. Il souleva sa main et la pressa contre son épaule opposée.

— On m'a dit d'élever une blessure au-dessus du cœur pour ralentir le saignement, dit-il à la domestique.

Miss Clementine dirigea la fille vers l'évier tandis que Lady Mathilda prenait une paire de pinces pour retirer les éclats de verre. Elles passèrent sa main sous le robinet, et quand le sang fut parti, elles ne purent trouver aucune blessure.

— Je vous jure, madame, je me suis coupé la main, et elle saignait, dit Holly, fixant avec confusion sa main sans marque.

Elle passa ses doigts sur la blessure absente et secoua la tête.

— Nous avons vu le sang, ma chère enfant, répondit Miss Clementine.

Quand la professeure Montague arriva avec la pommade, elle les trouva tous scrutant la main de la fille avec beaucoup de consternation.

— Qu'est-ce qui ne va pas ? Avez-vous des difficultés à déloger le verre ? Si c'est profond, nous devrions appeler l'infirmière, dit-elle.

Les autres s'écartèrent, et Holly tendit sa main.

— C'est guéri. C'est comme si ça ne s'était jamais produit.

CHAPITRE VINGT

— Crise évitée, donc, répondit la professeure Montague en faisant signe à Holly de retourner à ses tâches.

La jeune fille les remercia et s'excusa à nouveau de les avoir dérangés pendant leur déjeuner. Ils attendirent qu'elle ait tout rassemblé et qu'elle sorte de la pièce avec son chariot.

La professeure Montague fit un geste vers la porte pour réactiver la protection magique.

— Que vient-il de se passer ? demanda Tom en voyant les dames échanger des regards.

Comme d'habitude, Montague ne répondit pas à sa question. Au lieu de cela, elle prit ses mains et les examina attentivement. Tom se sentait mal à l'aise, debout, tenant les mains d'une professeure et essayant de ne pas les retirer brusquement. Elle pinça les lèvres et les relâcha.

— Tom, vous rendez-vous compte de ce que vous venez de faire ? demanda Montague.

Tom était confus. N'aurait-il pas dû aider la femme de chambre ? Était-ce contre les règles ?

— Je ne suis pas sûr, dit-il, regardant tour à tour chacune d'entre elles, se demandant s'il devait s'excuser ou quelque chose comme ça.

117

— Tom, expliqua Montague. Vous... avez guéri sa blessure. Comme vous avez guéri la vôtre, apparemment. Ne nous avez-vous pas dit que vous vous étiez blessé à la main lors de votre première altercation avec Jameson ?

Tom regarda ses mains. C'était vrai. Il n'y avait aucune trace de l'entaille de cinq centimètres qu'il avait eue. Tous ses doigts étaient intacts, bien qu'il les ait piqués presque chaque jour dernièrement.

Ses yeux s'écarquillèrent tandis qu'il relevait la tête. Les dames affichaient des expressions tout aussi stupéfaites.

— Oh, dit Tom avec un sourire hésitant.

Cool, pensa-t-il, *une capacité utile.*

— Pas juste « oh », dit Mathilda. La guérison magique est un don très rare. C'est sans précédent dans la communauté des sorciers.

Elles n'avaient pas l'air de penser que c'était une bonne chose. Comme Tom se contentait de les regarder bêtement, Miss Clementine poursuivit :

— Tom, guérir une blessure sans potions ni cataplasmes n'est pas un événement banal. Bien que nous utilisions rarement ce terme de nos jours, cela fait partie des arts obscurs.

Tom frissonna à ces mots.

— Vous voulez dire comme la nécromancie ? couina-t-il, se sentant mal. Est-ce que je pourrais ressusciter les morts, selon vous ?

La professeure Montague plissa les yeux.

— Pourquoi posez-vous cette question ?

— Parce que Jameson a fait allusion à la guérison des malades et à la résurrection des morts quand il essayait de me convaincre de rejoindre son groupe.

Tout prenait sens maintenant. Si son sang pouvait faire tout cela, pas étonnant qu'ils le voulaient.

— Les rares sorcières et sorciers qui étaient bénis de ce don et qui n'en abusaient pas étaient souvent pourchassés et exploités, dit Lady Mathilda avec un regard triste.

Elle était probablement assez âgée pour avoir personnellement connu des personnes qui avaient souffert de cette façon.

La professeure Montague et Miss Clementine acquiescèrent.

Tom savait que ces femmes savaient de quoi elles parlaient. Elles étaient expertes en capacités magiques, peut-être parmi les plus érudites sur Terre. La professeure Montague, en particulier, avait enseigné diverses branches de la sorcellerie depuis au moins un demi-siècle. Si elles étaient alarmées par les capacités de Tom, il savait qu'il avait des ennuis.

Il ne dit rien pendant un long moment. Puis il pensa au directeur, au CEMT, et à tous les conseils des Anciens. Il n'était pas seul dans cette histoire.

— Je suis sûr que le CEMT va bientôt attraper les coupables, et nous nous serons inquiétés pour rien, dit-il avec un entrain un peu forcé.

Montague alla au lavabo et en sortit un énorme bol qu'elle remplit d'eau. Elle appela Tom pour qu'il l'apporte à la table.

— En supposant que vous ayez raison et que vous ne soyez plus en danger de mort, dit-elle tandis qu'il le soulevait.

Miss Clementine lui lança un regard.

— C'est bon. Je pense avoir compris que ma vie était en danger quand Jameson et ses potes ont essayé de me lapider, puis de me vider de mon sang, dit-il sèchement.

— Extrapolons un instant comment cette capacité pourrait affecter ceux qui vous entourent. Par exemple, si vous commenciez à guérir vos amis à L'académie...

Dès qu'elle eut dit cela, des images commencèrent à apparaître dans l'eau. Des étudiants. L'image était floue, mais elle montrait des visages familiers, les amis de Tom, et ils agissaient de manière assez imprudente. Colin et James marchaient sur le toit, sans crainte de tomber. Tout le monde les encourageait.

— Si votre groupe d'amis réalise que n'importe quelle blessure peut être complètement effacée, expliqua Montague, alors il n'y a plus de menace pour leur vie. Ils commenceront à agir sans conscience des conséquences.

— Mes amis savent se contrôler, dit Tom en fronçant les sourcils tandis qu'il regardait les images vacillantes. Ils ont tous appris à utiliser leurs capacités de voyage sans aucun problème. Ça ne leur ressemble pas du tout.

— Oui, Tom, proposa Mathilda, mais toute nouvelle capacité s'accompagne toujours de difficultés d'adaptation. Et les adolescents se sentent déjà immortels. Cela pourrait rapidement dégénérer.

Montague tapota le bol et l'image s'estompa.

— Essayons encore. Que se passerait-il si davantage de personnes découvraient ce que vous pourriez faire pour elles ?

L'image qui apparut maintenant montrait des centaines de personnes faisant la queue à l'extérieur de sa maison. Des personnes avec des béquilles, des personnes souffrant de diverses maladies, visibles ou non. Elles étaient toutes venues exiger l'aide de Tom.

— Cela semble peu probable, dit Tom. Ce n'est pas comme si j'étais le Messie ou quelque chose comme ça !

Montague hocha la tête.

— Considérez ces images comme l'équivalent magique d'une simulation informatique. Elle utilise toutes les variables connues. D'après mon expérience, un pouvoir de cette ampleur aurait des conséquences extrêmes.

Elle fit une pause.

— À mon avis, les deux scénarios, bien que les détails puissent varier, semblent tout à fait probables.

Tom ne pouvait pas argumenter. Plus il y réfléchissait, plus il réalisait que Montague avait probablement raison. Tous les humains vivent sous la menace constante de blessures et de mort. Quiconque prétendait avoir une solution magique à leurs maux devenait une marchandise précieuse. Le monde était envahi de guérisseurs et de gourous, tous très demandés par des personnes désespérément en quête de réponses. Certains utilisaient leurs dons pour le profit, tandis que d'autres essayaient d'aider autant de personnes que possible et finissaient par s'épuiser. Les pires étaient les charlatans qui donnaient de faux espoirs sans rien offrir en retour.

— Maintenant, nous savons pourquoi ces hommes vous pourchassent, continua-t-elle en tapotant le bol pour le vider.

— J'ai le sentiment que lorsque nous vous testerons à nouveau, avec votre sang activé, vous ne montrerez aucune des capacités magiques habituelles, à l'exception de la télékinésie que vous avez déjà démontrée. Non, vos capacités ne résident pas dans la manipulation des éléments ou même de l'énergie qui nous entoure. Vous manipulez le sang. Quand vous vous piquez le doigt et dirigez votre intention vers une personne ou un objet, vous utilisez littéralement votre sang comme levier.

— Que voulez-vous dire ? demanda-t-il.

Ils lui firent piquer son doigt et faire couler du sang. D'abord, ils lui firent repasser tous les tests qu'il avait faits le matin. La professeure Montague avait raison, il n'était pas un sorcier.

Une fois cette hypothèse validée, ils passèrent à sa version de la télékinésie. La professeure Montague lui demanda s'il avait terminé le lycée. Il fronça les sourcils et demanda pourquoi c'était pertinent. Elle les ramena au bol d'eau pour illustrer son explication.

— Parce que vous devez comprendre les bases de la biologie pour saisir ceci. Il y a une multitude de minuscules particules dans chaque goutte de sang. Si nous devions agrandir une goutte, dit-elle alors qu'une image d'une goutte de sang grossissait jusqu'à remplir le bol, si nous regardions la goutte au ralenti pendant qu'une force magique, à savoir la vôtre, la poussait, nous verrions qu'elle explose et se divise en milliers de gouttelettes plus petites, multipliant la force en autant de gouttelettes.

Ils regardèrent l'eau montrer cette image.

— Maintenant, si ces gouttelettes entraient en contact avec un objet, l'objet serait soumis à la même force et serait propulsé dans la même direction.

— Oh, dit-il, comprenant.

Les images dans le bol aidaient vraiment. La professeure Montague était une bonne enseignante.

— Alors, ce n'est pas du tout de la télékinésie.

— J'en ai bien peur. Bien que ce soit tout aussi puissant, répondit-elle.

Les autres dames étaient devenues silencieuses, laissant la professeure prendre les devants.

Miss Clementine intervint.

— Tom, la télékinésie n'est que la partie émergée de l'iceberg de ce que vous possédez. Une fois que vous aurez saisi le concept, vous comprendrez que non seulement vous pouvez manipuler tout ce que votre sang touche, mais vous pourrez également manipuler le sang lui-même.

— C'est ainsi que vous pouvez guérir ou ranimer les autres. Vous manipulez en fait les cellules de leur sang, leur disant quoi faire pour prospérer. Tout cela à un niveau inconscient, bien sûr, expliqua Lady Mathilda.

Tom laissa ces informations faire leur chemin.

— Attendez. Si je peux guérir et ranimer quelqu'un en manipulant son sang, est-ce que cela signifie aussi que je peux les tuer de la même façon ? demanda-t-il.

Le regard sur leurs visages suffisait comme réponse.

CHAPITRE VINGT ET UN

Tom était abasourdi. Apprendre qu'il pouvait guérir les blessés et soigner les malades lui procurait une sensation grisante. Bien que l'idée soit super flippante, il acceptait même l'idée de ramener quelqu'un à la vie. Pas de façon glauque, comme ressusciter quelqu'un déjà enterré et commençant à se décomposer, mais si quelqu'un était victime d'un accident de voiture et mourait *en route* vers l'hôpital. S'il pouvait les ramener quelques secondes ou minutes après leur mort, quel mal y aurait-il ?

Tom ne savait pas trop quoi penser des implications spirituelles d'une telle chose, mais c'était sûrement le don le plus incroyable qu'on puisse recevoir.

Mais avoir le pouvoir sur la vie et la mort, c'était lourd à porter. Il repensa à l'ours en peluche, à la scène dans le donjon. Il n'avait pas vraiment voulu que Jameson soit mort. Il avait supposé que le garçon s'était échappé grâce à la magie. Mais s'il l'avait tué ? Y aurait-il des représailles ? Tous les livres récents qu'il avait lus avec ses amis l'assuraient qu'il n'y avait pas de prix à payer pour la magie. Mais qu'en était-il de prendre une vie ? Ou de sauver une vie qui n'était pas destinée à être sauvée ? Il devait y avoir des règles, non ?

Depuis un an, il ployait pratiquement sous le poids de tous les changements dans sa vie. Le décès de son père, l'épreuve avec l'oncle Aidan, l'enlèvement de Tabitha, sa prise de fonction en tant que Gardien, et maintenant ça.

Un grand pouvoir implique de grandes responsabilités.

Cette citation résonnait dans sa tête. Il l'avait entendue dans un film et ne l'avait jamais oubliée. Maintenant, tandis que ces mots se répétaient dans une litanie obsédante, il avait envie de hurler, de crier qu'il n'était pas un super-héros. Ce n'était pas quelque chose qu'il avait demandé ou même jamais désiré. Il ne pouvait pas supporter la pression qui accompagnait un don comme celui-ci. C'était simplement trop pour un adolescent de seize ans.

— Pouvez-vous sceller mes pouvoirs comme ils l'ont fait avec les premiers jumeaux Evers ? demanda-t-il, désespéré de trouver une échappatoire.

La professeure Montague et Miss Clementine échangèrent un regard.

— J'ai bien peur que non, Tom. Le mieux que je puisse faire est de vous donner un talisman qui vous aidera à rester calme, répondit doucement Montague.

— Vous voulez dire comme un Xanax, pour que je ne me mette jamais en colère ? demanda-t-il, à la fois plein d'espoir et répugné par cette idée.

Elle éclata de rire.

— Non, petit sot, un cristal à porter autour du cou. Il vous ancrera, vous fera vous sentir plus serein et plus capable de gérer tout cela.

— À ce stade, je suis prêt à essayer n'importe quoi, dit-il, bien qu'il doutait qu'un cristal puisse faire une grande différence.

Lady Mathilda le guida vers le coin salon et lui donna une tasse de thé. Il la prit et se laissa pousser dans un fauteuil.

— Buvez un peu de thé pendant que j'enchante le cristal et que Miss Clementine va chercher votre directeur, dit Montague.

— D'accord, dit Tom, l'air hébété.

Il but une gorgée de thé. C'était de la camomille, destinée à le calmer et l'apaiser.

Ils essaient de me garder calme pour que je ne fasse pas exploser l'école.

— Non, mon cher. Nous voulons vous aider à gérer cela du mieux possible, répondit Lady Mathilda qui était assise avec lui pendant qu'ils attendaient.

Elle avait encore lu dans ses pensées, mais il ne pouvait pas lui en vouloir. Pas besoin d'être un Haut Elfe pour savoir ce qu'il ressentait.

— Essayez de ne pas trop vous inquiéter. Vous n'êtes pas seul dans cette épreuve. Je suis sûre que tout le monde à L'académie fera tout son possible pour vous soutenir. Et nous, à l'Académie Harding, sommes là pour vous aider de toutes les façons possibles. Avec une formation adéquate et une bonne attitude, vous pourriez faire de grandes choses avec un don comme celui-ci. Ce n'est pas une condamnation à mort, dit-elle d'un ton léger.

Elle sembla se souvenir à ce moment qu'elle avait sa clé et la sortit de sa poche.

Le ton mélodieux de sa voix, les paroles rassurantes et la restitution de sa précieuse clé renforçaient les effets du thé. Quand Montague s'approcha derrière lui et glissa le cordon de cuir autour de son cou, il ne sursauta même pas. Il prit la pierre noire au bout et leva les yeux vers Montague pour lui demander ce que c'était.

— C'est de la tourmaline noire. C'est une pierre d'ancrage puissante pour les personnes traversant une profonde détresse émotionnelle. Elle offre également une protection puissante contre les énergies négatives et les attaques psychiques. Elle vous connecte à la terre en vous ancrant à travers le Chakra Étoile de la terre, expliqua-t-elle.

Tom regarda la simple pierre et haussa les épaules. Si elle pouvait faire ne serait-ce que la moitié de tout ça, il serait content.

— Elle est plus efficace portée directement sur la peau, conseilla-t-elle, et Tom la glissa sous sa chemise.

La porte s'ouvrit, et le directeur et la directrice entrèrent. Lianon ressemblait à un géant à côté de la petite Miss Clementine, bien que tous deux dégageaient une aura d'autorité compétente.

Tom et Lady Mathilda se levèrent pour les accueillir.

— J'ai entendu dire que vous avez eu une journée mouvementée, jeune homme, dit Lianon, posant une main réconfortante sur l'épaule de Tom.

Tom était heureux de voir le directeur. Soudain submergé par les émotions, il se mit à pleurer. Mortifié, il se détourna et essuya ses larmes.

Qu'est-ce qui ne va pas chez moi ?

C'était une question stupide. Il savait ce qui n'allait pas chez lui.

— C'est l'effet de la pierre, Tom. N'ayez pas honte. C'est parfaitement normal, même salutaire, de libérer la tension accumulée. Aussi dommageable qu'il soit de garder la colère enfermée à l'intérieur, il n'est pas mieux d'y garder la peur, la perte et la tristesse.

Tom acquiesça mais ne se retourna pas. Il ne pouvait pas s'arrêter de pleurer. Les larmes continuaient de couler. Bientôt, son corps fut secoué de sanglots. Il vacilla, et le directeur le stabilisa tandis que Lady Mathilda lui apportait une boîte de mouchoirs. Il en prit quelques-uns, se moucha et s'essuya le visage.

— Je suis sûre que vous vous sentez mieux maintenant, mon cher. N'est-ce pas ? dit-elle.

Il constata qu'effectivement, il se sentait beaucoup mieux. Il prit une profonde inspiration et se tourna pour faire face au groupe, peut-être un peu tremblant, mais pas plus mal en point.

— Merci. Je me sens comme si on m'avait enlevé un poids. Pendant un moment, c'était juste trop, dit-il.

— N'importe qui serait dépassé dans de telles circonstances. Je pense que vous tenez le coup admirablement, dit Miss Clementine, lui tendant une boîte de gelées confites.

Il apprécia à la fois le vote de confiance et les friandises offertes. Il prit une tranche d'orange et la mit dans sa bouche. La confiserie à la fois sucrée et acidulée le fit sourire.

— Que va-t-il se passer maintenant ? demanda-t-il, dirigeant sa question vers le directeur.

— J'ai informé votre mère de la situation. Il semblait prudent de lui donner directement les faits. Elle est, bien entendu, bouleversée et préférerait que vous rentriez directement à la maison, dit-il.

Pas la meilleure solution. Il l'imaginait s'agiter autour de lui, voulant l'envelopper dans du coton pour le garder en sécurité.

— Que pensez-vous que je devrais faire ? demanda-t-il.

Lianon caressa sa longue barbe avant de répondre. Il jeta un coup d'œil aux autres dames dans la pièce, et son regard s'attarda plus long-temps sur Lady Mathilda. Il pouvait voir dans leurs yeux qu'ils en discutaient télépathiquement.

— Je pense que vous devriez rentrer chez vous pour la soirée, dit-il enfin. Passez du temps avec votre famille. Montrez-leur que vous n'êtes pas blessé et que vous vous adaptez à la situation.

Tom acquiesça. Ce qu'il voulait dire, c'était d'empêcher sa mère et sa sœur de paniquer.

— J'enverrai une sorcière placer des protections sur votre maison. Elles protégeront votre famille contre d'autres intrus. Vous devrez cependant voyager depuis l'extérieur de la maison, car les protections bloquent quiconque, y compris les voyageurs, d'entrer chez vous, expliqua Miss Clementine.

— C'est raisonnable. Mais que se passera-t-il quand elles quitteront la maison ? Tabitha et moi sommes à l'école toute la semaine. Nous serons en sécurité. Mais qu'en est-il de Maman ? dit-il, ne voulant pas mentionner qu'elle ne pouvait pas utiliser sa clé en ce moment devant les autres.

— Peut-être y a-t-il des amis ou des parents qu'elle pourrait visiter pendant que nous réglons cette affaire, suggéra Miss Clementine.

— Oui, je le lui suggérerai, répondit Lianon.

Tom acquiesça. C'était un bon plan.

— Allons-y ? demanda le directeur.

Tom se tourna vers la professeure, la directrice et la doyenne des admissions.

— Merci pour votre aide. Cela signifie beaucoup pour moi d'avoir vos conseils et votre soutien, dit-il.

— Nous resterons en contact avec Lianon et élaborerons un plan d'action dès que nous en saurons plus. En attendant, rentrez chez vous et reposez-vous. Je pense que vous en aurez besoin, répondit Miss Clementine.

Le directeur ouvrit un portail vers la maison de Tom. À sa surprise, il entendit sa mère et Tabitha qui parlaient dans le salon. Il était plus de seize heures, et Tabitha aurait dû déjà être de retour à L'académie.

Quoi qu'elles disaient, il ne le sut jamais. Arabella réalisa soudain qu'il était là et se précipita vers Tom, l'enveloppant dans une étreinte serrée. Tabitha l'avait suivie et, bien qu'elle ne l'ait pas serré dans ses bras, son ton était amical quand elle lui demanda comment il allait.

Il ne les avait pas vues depuis l'incident dans le donjon, et il était clair qu'elles avaient été informées des derniers évènements. Il en était content. Il ne se sentait pas capable de tout raconter maintenant.

— D'abord, dit Tom, essayant de détendre l'atmosphère, laissez-moi juste dire que je vais parfaitement bien.

— Tu es plus que bien, argumenta sa sœur. Tu es comme un super-héros.

— Et c'est ça le problème, dit Tom. Je ne veux pas de ça.

— Je sais, mon chéri, dit Arabella.

Elle le serra à nouveau dans ses bras.

— Merci de l'avoir gardé en sécurité, dit-elle au directeur.

Il inclina la tête gracieusement et expliqua qu'une sorcière placerait des protections sur leur maison. Il lui suggéra également de trouver un autre endroit où séjourner pendant une semaine environ.

— Mais où irais-je ? Je n'ai pas de clé ! demanda-t-elle.

C'était une question claire, sans trace de récrimination.

— Comme nous approchons du cap des six mois, je ne vois pas d'inconvénient à rendre sa clé à votre mère un peu plus tôt dans ces circonstances, dit-il.

— Je peux faire ça ? demanda Tom.

— Bien sûr, vous êtes le Gardien. Gardien des clés. Appelez simplement le Dépositoire et rendez la clé à votre mère. Prononcez les mots, « clé restituée », expliqua le directeur.

Tom et sa mère semblaient tous deux étonnés. Ni l'un ni l'autre n'avait réalisé que Tom aurait pu lui rendre la clé à tout moment.

Une fois que c'était fait, Arabella sembla plus elle-même qu'elle ne l'avait été depuis longtemps. Elle souriait à nouveau, même en disant qu'elle séjournerait dans l'une de leurs maisons moins connues à travers l'Europe, rendant visite à des amis et se déplaçant pour que les personnes mal intentionnées ne puissent pas la localiser.

— Peut-être que les sorcières peuvent aussi te fabriquer un talisman de protection, dit Tom, soulevant le sien de sous sa chemise pour le lui montrer.

Arabella y jeta un coup d'œil superficiel, mais son expression lui indiqua qu'il n'y avait aucune chance qu'elle porte quelque chose d'aussi hideux.

Certes. Il aurait dû s'y attendre.

Le directeur dit à Tom qu'il l'attendait, lui et Tabitha, à L'académie au plus tard à vingt et une heures, et Tom acquiesça. Quand il fut parti, Tom se tourna vers sa mère et dit :

— Maman, je ne sais pas quoi faire.

Arabella regarda sa fille. Elle fit un signe de tête vers l'escalier, indiquant qu'ils avaient besoin d'un petit moment seuls. Tabitha acquiesça, donna une petite poussée à son frère, et partit.

— Tu veux mon conseil ? demanda Arabella à son fils en le ramenant au salon.

Tom hocha la tête.

Arabella sourit. Tom qui demandait conseil était une occasion extrêmement rare et un autre signe que leur relation était en voie de guérison. Elle s'assit sur le canapé et tapota le coussin à côté d'elle. Tom la rejoignit rapidement.

— Je ne peux pas te dire quoi faire, dit-elle. Ton père était toujours meilleur pour donner des conseils que moi.

— Alors qu'est-ce qu'il dirait ?

Arabella réfléchit un instant.

— Il te dirait d'être prudent, bien sûr. Et il te dirait aussi que les choses arrivent pour une raison.

— Qu'est-ce que ça veut dire ?

— Je pense que ça veut dire que, maintenant que tu as des pouvoirs, surtout des pouvoirs de guérison, tu peux peut-être les utiliser pour faire le bien. Les utiliser pour aider les gens et ne jamais, jamais les utiliser pour nuire ; quelque chose comme ça. Ton père l'aurait dit mieux. C'était un homme sage.

— C'est vrai, approuva Tom. Mais je pense que tu l'as très bien dit aussi. Merci, Maman.

— Et je vais te dire autre chose. Ton père pouvait flairer un mystère comme un limier. Il voudrait que tu découvres tout ce que tu peux sur la magie de sang.

— C'est l'autre problème, dit Tom. Je ne sais pas par où commencer. Lola dit que nous pouvons remonter dans le temps et trouver des réponses, mais il y a encore beaucoup d'obstacles avant que nous puissions y aller. En attendant, j'ai parlé avec mes professeurs, j'ai passé les tests à l'Académie Harding. J'ai feuilleté des livres. J'ai...

— As-tu vérifié dans le bureau de ton père ? demanda Arabella.

Les yeux de Tom s'illuminèrent. Bien sûr ! Il se maudit de ne pas y avoir pensé plus tôt. Dans son esprit, il s'était focalisé sur le passé, sur la découverte de son lignage en remontant des siècles en arrière. Il avait complètement oublié le classeur de son père. Son père était un preneur de notes méticuleux. Il était sûr d'y trouver des réponses !

— Maman, tu es géniale !

— J'essaie.

Tom se sentit véritablement plein d'espoir pour la première fois depuis sa confrontation avec la mort. Ou, sinon plein d'espoir, du moins prudemment optimiste. Il embrassa sa mère sur la joue et se précipita dans le couloir et dans le bureau de son père.

Son bureau, maintenant.

Il se mit immédiatement au travail, sortant le classeur en cuir du tiroir et le plaçant sur le bureau de son père. *Non.* Son bureau à lui. En regardant le cuir usé sur la chaise, il eut la gorge nouée. Dans son esprit, il pouvait imaginer son père assis là, sirotant un verre de whisky et écrivant dans ce même journal.

Tom ne lui avait jamais demandé ce qu'il écrivait là-dedans. Tom n'avait aucune idée de ce que son père faisait toute la journée dans son bureau. Aucun de ses parents ne travaillait en dehors de la maison. Il supposait que son père faisait des investissements pour que leur domaine continue de croître pour les générations futures, car cela faisait maintenant partie des responsabilités de Tom.

Sa mère entra et posa un petit verre de whisky devant lui comme sur un signal. Il regarda le verre avec confusion, puis leva les yeux vers sa mère d'un air interrogateur.

— Tu es l'homme de la maison, maintenant. Avec la journée que tu as eue et les défis à venir, j'ai pensé que tu aurais besoin de te fortifier, dit-elle avec un sourire.

Tom examina le verre. Il n'en avait jamais goûté qu'une fois, et il ne l'avait pas apprécié autant que son père. Il n'y avait pas grand-chose dans le verre. Réalisant qu'il n'aurait pas beaucoup d'occasions comme celle-ci, du moins pas avant d'atteindre l'âge légal, il décida de le boire d'un coup. Quand il eut avalé, ses yeux se remplirent de larmes, et il toussa. Arabella se contenta de rire.

— Comme grand-père dirait, « Ça va te mettre du poil au menton », dit-elle d'une voix grave en imitant son père.

Tom rit et lui rendit le verre.

— Merci, Maman.

Il s'assit dans le fauteuil et ouvrit le classeur quand elle fut partie. Il était divisé en différentes sections comme l'entretien de la maison, les documents juridiques, les informations financières, etc. Une section s'appelait « Journal » et contenait un cahier numéroté. Sur la première page figurait la date à laquelle son père avait commencé le journal et une table des matières pour les journaux précédents de cette année-là. Tom vérifia le tiroir, mais ils n'y étaient pas. Il se fit une note mentale pour les chercher.

Il ouvrit le journal actuel et feuilleta les pages. Il pouvait voir un net déclin dans l'écriture de son père entre janvier et avril de l'année précédente, à mesure qu'il s'affaiblissait. S'il avait eu plus de temps, il aurait lu chaque entrée juste pour se sentir plus proche de son père. Comme il ne disposait que de quelques heures pour trouver des réponses avant de retourner à l'école, il ne pouvait pas se le permettre.

Il se leva et commença à fouiller la pièce à la recherche des autres journaux. Tom chercha pendant au moins une heure, mais il ne put les trouver. Il essaya même de tirer sur des chandeliers et de pousser les lions sculptés sur le manteau de la cheminée, espérant qu'un passage secret s'ouvrirait pour révéler une pièce pleine d'indices. Il trouva de vieux documents, des photos de famille et un million de petites choses qui lui rappelaient son défunt père, mais les journaux restaient introuvables.

Finalement, il décida d'utiliser un peu de magie. Il se rappela l'invitation à trouver des choses perdues et tint sa clé tout en imaginant les journaux dans son esprit. Il y eut un grincement comme le bruit que font les planchers en bois quand on marche dessus. Il regarda vers la porte, mais il n'y avait personne. Non, le son venait de la cheminée.

Il écouta à nouveau. Cela ne venait pas du feu lui-même. Il s'approcha. Cela semblait venir du manteau. Il poussa et tira sur tout sans succès. Puis, alors qu'il entendait de nouveau le grincement, il passa ses doigts sous le bord du manteau.

Bingo !

Il y avait un léger renfoncement dans le bois. Quand il y enfonça ses doigts et tira, toute la façade du manteau se souleva pour révéler les journaux soigneusement empilés à l'intérieur. Pas seulement les journaux, cependant. Il y avait d'autres objets cachés à l'intérieur. Pendant un moment, il fut partagé. C'était un peu comme trouver un trésor perdu. Ses doigts le démangeaient pour fouiller pour voir ce qu'il y avait d'autre.

Plus tard. Ces choses sont pour plus tard. Souviens-toi, tu as besoin des journaux.

Il tendit la main et prit un journal. Il vérifia la table des matières et ne vit rien d'intéressant. Il répéta l'invitation, cette fois en cherchant toute mention de la magie de sang. Quand rien ne se produisit, il remit le journal et répéta sa question en regardant tous les journaux. L'un d'eux glissa de la pile docilement, et il le prit.

En parcourant la table des matières, il vit les mots « chevalière » et il ouvrit le journal à la page appropriée.

Les phrases décrivaient la chevalière de Tom, expliquant les symboles sur les bords et le mélange de métaux dans l'anneau. Au bas de la page se trouvait un court diagramme montrant comment ouvrir la bague et il y avait une image de la pointe cachée à l'intérieur, qui était simplement étiquetée « pointu ! ».

La page n'en disait pas beaucoup en surface, mais elle confirmait que le père de Tom était au courant du compartiment caché de la bague. Pourquoi ne l'avait-il pas dit à Tom dans sa lettre ? Savait-il que c'était un outil pour tirer du sang, pour activer la magie de sang de la famille ? Était-ce quelque chose qu'il avait voulu garder caché, ou voulait-il que Tom le découvre par lui-même ?

Tom tourna la page et trouva sa réponse. D'une écriture précipitée, son père avait écrit sept mots avec un stylo de couleur rouge : « Magie de sang. Dangereux !! Chercher Petunia Eva. »

Les trois pages suivantes étaient vierges, comme si son père avait eu l'intention de revenir y consigner ses découvertes ultérieurement. La quatrième page traitait de problèmes de plomberie dans leur appartement de Madrid. Il n'y avait plus aucune mention de la bague ou de la magie de sang dans ce journal ni dans aucun des autres journaux.

Il y avait évidemment plus dans cette histoire, beaucoup plus. Bien que son père n'ait pas trouvé les réponses qu'il cherchait, il avait orienté Tom dans la bonne direction. Son père savait quelque chose sur le potentiel magique de leur lignée. Cette réalisation fit que Tom se sentit encore plus proche de son père.

Il sourit parce que Lola avait eu raison depuis le début.

Les réponses qu'ils cherchaient se trouvaient dans le passé. Il devait remonter jusqu'aux années 1600.

CHAPITRE VINGT-DEUX

De retour à L'académie, Tom alla directement dans sa chambre, prit une douche et se mit au lit. Il fit semblant de dormir quand Keith entra, bien qu'il fût encore parfaitement éveillé. Il était épuisé. Il aurait dû s'endormir facilement, mais il était trop excité à l'idée de rencontrer Petunia Eva et de connaître son point de vue sur la situation.

La bonne nouvelle, c'était que Tabitha l'avait couvert la nuit précédente. Elle avait raconté à tout le monde que leur mère avait la grippe et qu'ils étaient rentrés chez eux pour s'occuper d'elle. Ainsi, quand il rejoignit ses amis au petit-déjeuner, il n'y eut pas de questions embarrassantes.

Lola et Devlin n'en avaient pas cru un mot, cependant. Ils lui lançaient des regards, mais leurs questions devraient attendre qu'ils aient plus d'intimité.

Après le dîner, il leur proposa de se retrouver à la bibliothèque. Le directeur l'intercepta en chemin.

— Je voulais simplement vous tenir informé. Il y a eu des nouvelles concernant le groupe de criminels. Cependant, votre mère a été relogée en toute sécurité. Lorsque je lui ai dit qu'elle pourrait apprécier de courtes vacances aux îles Summer, elle n'a pas refusé l'invitation, dit-il.

— Personne ne refuserait ! répondit Tom, envieux de sa mère.

— Si cela devient trop dangereux pour vous ici, nous vous y enverrons également, vous et votre sœur, répondit le directeur.

Tom sourit à cette perspective.

— J'ai discuté de votre situation avec le Haut Conseil des Elfes ainsi qu'avec le CEMT. Ils devaient être informés de vos capacités, au minimum. Le fait que vous soyez mineur les inquiète beaucoup. Non seulement pour votre sécurité, mais pour celle de tous, dit-il gravement.

— Veulent-ils m'enfermer ? Pour que je ne blesse personne. C'est ça ? demanda Tom, reculant loin du directeur au cas où il tenterait de le saisir.

— Ciel, non ! Ils veulent que vous soyez formé, et rapidement, répondit-il.

Tom exhala de soulagement.

— Comment ? Par qui ? demanda Tom.

Le directeur hésita avant de répondre.

— Ils suggèrent que vous retourniez à l'Académie Harding.

— Quoi, pour plus de tests ? s'exclama Tom, véritablement choqué.

— Pour y étudier, répondit-il.

Comme Tom allait objecter, il leva une main pour l'arrêter et continua.

— Pendant deux semaines, expliqua-t-il. Jusqu'aux vacances d'hiver.

Même deux semaines semblaient trop longues.

— Chaque fois que j'y vais, quelque chose de fou se produit.

— En effet, mais ils sont mieux équipés pour vous guider sur cette voie. Je sais que tous vos amis sont ici, mais notre école est strictement réservée aux voyageurs. Vos capacités...

— Mais Lola et Devlin sont aussi plus que de simples voyageurs.

— Oui, dit Lianon en hochant la tête. Et ils prévoient d'aller à l'Académie Harding pour un programme d'été. Plus important encore, ils ont déjà géré ce qui relève des capacités courantes de sorciers. Vous avez besoin d'un peu plus de conseils, le genre de conseils que nous ne pouvons simplement pas fournir. J'ai bien peur que cela ne puisse pas attendre l'été.

— Mais mes cours, dit Tom. Nous sommes en plein...

— Je sais, dit le directeur. Bien sûr que je sais. J'ai déjà discuté des détails avec Lady Mathilda. Heureusement, l'Académie Harding offre les mêmes programmes académiques que nous, en plus des cours dans divers domaines de la magie. Si, après deux semaines, vous sentez que l'Académie Harding vous convient mieux, vous pourrez faire la transition assez facilement. Si vous décidez que vous souhaitez revenir terminer l'année avec nous, alors je suis sûr que vos professeurs vous donneront plus de temps pour compléter les devoirs ou repasser les examens quand nous reviendrons des vacances.

— Vous voulez que je change d'école.

Peut-être que Tom était un peu trop direct, mais à ce moment-là, il s'en fichait. Il avait l'impression que Lianon essayait de le forcer à partir.

— Pas du tout, répondit le directeur. Tous les voyageurs sont les bienvenus à L'académie. En tant que Gardien, nous devons vous permettre d'y assister. C'est votre école, votre foyer loin de chez vous. Je vous permets simplement de recevoir une instruction spécialisée que nous ne pouvons pas vous offrir.

— Serai-je en sécurité là-bas ? demanda Tom, toujours un peu boudeur.

— Lady Mathilda m'a assuré que ce serait le cas, répondit le directeur Lianon. Diverses protections et charmes protègent l'école et les terrains. Le CEMT a inspecté les lieux après le retour des élèves expulsés. Et Lady Samsara elle-même s'y est rendue ce matin. Croyez-moi quand je dis que c'est tout aussi sûr que L'académie.

Tom regarda au-delà du directeur vers Lola et Devlin qui chuchotaient dans la bibliothèque. Comment se débrouillerait-il sans ses amis ?

— Pensez-vous vraiment que je devrais y aller ? demanda Tom au directeur.

— Il semble que vous n'ayez pas le choix, Tom. Bien que vous ne soyez en aucun cas sans défense, vous êtes toujours la cible d'un réseau de criminels magiques, dit-il. Je m'excuse d'être direct, mais vous devez être aussi prêt que possible. Cela viendra à un point critique à un moment donné.

— Bien sûr, dit Tom.

Il commençait à souhaiter que ce soit déjà le cas, juste pour en finir avec la confrontation.

Mais pas encore, se rappela-t-il. *Je dois d'abord être formé.*

Tom rejoignit ses amis dans la bibliothèque.

— Tom ! dit Lola, se levant instantanément pour l'accueillir. Où étais-tu ?

— Avec le directeur. Il veut que je retourne à l'Académie Harding.

Tom fit une grimace pour montrer ce qu'il pensait de cette idée.

— Quoi ? Pourquoi ?

Il leur raconta tout et attendit leur réponse. Au début, ils ne dirent rien, et Tom se demanda s'ils en discutaient en privé. En fait, ils étaient tous les deux simplement perdus dans leurs pensées.

— Je pense que tu devrais y aller, dit Devlin après y avoir réfléchi. Tu pourras nous donner des informations de l'intérieur. Nous assisterons à un programme d'été là-bas, bien que je suppose que ce ne sera pas la même chose que pendant l'année scolaire.

— Je pense aussi que tu devrais y aller. Je suis désolée d'être directe, mais il semble que les enfants là-bas pourraient se défendre si tu perdais ton sang-froid. Si tu restes ici, la plupart des élèves seraient comme des cibles faciles, dit-elle, son visage devenant rose d'embarras.

Face à mes attaquants ou face à moi ? Tom voulut poser la question, mais se retint de justesse.

C'était dans ces moments-là qu'il était plutôt content que Lola ne puisse pas lire dans ses pensées.

— Je suis désolée. Bien sûr, je préférerais que tu restes ici avec nous, avec moi, ajouta-t-elle rapidement.

Il lui sourit. Elle était adorable. C'était difficile de rester contrarié quand elle le regardait comme ça. Il lui donna un rapide baiser et lui dit qu'il comprenait ce qu'elle voulait dire et qu'il n'était pas offensé.

Elle lui prit la main et jeta un coup d'œil à Devlin. Elle sautillait presque sur son siège.

— Tom. Nous avons aussi des nouvelles à partager.

Elle tapa dans ses mains avec un applaudissement joyeux.

— Pendant que tu étais à Harding, j'ai planifié notre voyage dans le passé. J'ai fait la demande et supplié la professeure Ballantyne de l'approuver. Elle a refusé, disant que le comité ne l'accepterait pas. Mais ensuite, elle a dit qu'elle pourrait le faire. Comme projet parascolaire ! Et pour faire court...

— Nous allons remonter le temps ! finit Devlin excité.

— J'allais le lui dire, lança Lola à son frère, avec un rapide coup d'œil autour de la pièce. Et baisse la voix. Nous ne sommes pas censés le dire à qui que ce soit.

Tom regarda Devlin.

— Je pensais que tu voulais vraiment qu'on aille à Lantil ?

— C'était le cas. Je le veux toujours, dit-il. Mais Lola a été persistante et...

— Et, termina Lola pour lui, nous avons parlé à Alderan du Haut Conseil des Elfes. Il m'a montré ses recherches et expliqué que le meilleur moment pour rencontrer Petunia Eva et Rose Analise serait en 1667, avant qu'elles ne se marient.

— Continue, dit Devlin avec impatience.

— Elles vivaient ensemble dans une maison à la périphérie de la ville et étaient connues dans la communauté comme de grandes guérisseuses.

— Guérisseuses ? demanda Tom avec espoir.

Avaient-elles son don à l'époque ?

— C'est comme ça qu'on appelait les sorcières et les médecins à l'époque.

— D'accord. Sommes-nous vraiment prêts pour ça ? demanda Tom.

— Oui, dit-elle avec confiance. La professeure Ballantyne a accepté à condition qu'elle nous accompagne. Elle a sa propre montre temporelle et est considérée comme la principale experte en marche temporelle. Elle saura quoi faire, où aller et comment s'habiller. Ce genre de choses. Et personnellement, je me sentirai plus en sécurité en y allant avec une enseignante.

— Moi aussi, répondit Tom.

Devlin haussa simplement les épaules.

— Je pense que nous aurions pu nous débrouiller seuls.

Tom n'allait pas discuter de ce point avec lui. Pas quand tout était déjà organisé.

— Nous devons y aller bientôt. J'ai eu l'impression que le directeur ne suggérait pas que j'attende jusqu'à la semaine prochaine pour partir à l'Académie Harding, dit Tom.

— Allons au bureau de Ballantyne maintenant et demandons-lui ! dit Lola. Il n'est que sept heures et demie, et cela ne prend aucun temps d'y aller et de revenir. Quand on marche dans le temps, on revient toujours exactement soixante secondes après être parti.

— Tu veux dire y aller maintenant ? dit Tom presque en criant.

Il n'était pas prêt à aller dans les années 1600 maintenant. Est-ce qu'il ne fallait pas se préparer ou quelque chose comme ça ? Il aurait juré que Lola avait dit quelque chose à propos d'étudier l'histoire. D'apprendre les coutumes...

— Il n'y a pas de meilleur moment que le présent ! s'exclama Devlin.

CHAPITRE VINGT-TROIS

Tom espérait que la professeure refuserait et leur demanderait de revenir plus tard, mais Ballantyne regarda sa montre et dit : « Bien sûr, nous pouvons y aller tout de suite », comme s'ils lui avaient proposé d'aller au marché avec eux et non pas de se rendre plusieurs siècles dans le passé.

Devlin poussa un cri de joie, et Lola sautilla d'excitation. Tom envisagea de vomir.

Elle les conduisit à travers sa salle de classe jusqu'à ce que Lola avait toujours pris pour un placard à balais. C'était bien un placard, mais l'intérieur était immense. La pièce s'étendait, dévoilant des rangées et des rangées de costumes de différentes époques. Ils se dirigèrent vers la section des années 1600 et une sous-section pour les Amériques. La professeure évalua la taille des garçons et leur donna à chacun une tenue à enfiler. Elle choisit deux robes simples pour elle et Lola.

— Je serai une veuve, et vous serez mes enfants, dit-elle avant de leur exposer l'histoire inventée dont ils auraient besoin s'ils étaient interrogés.

Elle ouvrit une armoire profonde et en sortit une carte enroulée de la région qu'ils allaient visiter. Elle semblait contenir très peu d'informations et datait de 1625, quelques années après l'arrivée des premiers colons en Virginie.

Elle indiqua les différents bâtiments et plaça un x sur celui qu'elle pensait être la maison des Harding.

— Nous voyagerons directement là-bas. Mais si nous devions être séparés, nous nous retrouverons à l'Église, expliqua-t-elle en tapotant l'Église sur la carte.

Elle leur fit enlever leurs montres et bijoux. Elle tressa les cheveux de Lola et attacha ceux de Tom avec un ruban. Ils portaient tous des couvre-chefs : des bonnets pour les dames et des casquettes pour les garçons.

— Quand nous arriverons, laissez-moi parler, du moins au début. Le dialecte est un peu différent de ce à quoi vous êtes habitués, et nous ne voulons pas les effrayer ou leur faire penser que quelque chose est étrange. Vous vous y habituerez après l'avoir entendu quelques fois. Mais si vous avez l'impression qu'ils nous voient comme une menace, comme des sorcières ou des adorateurs du diable, tenez vos clés prêtes pour voyager jusqu'à l'Église. D'accord ? demanda-t-elle, et ils hochèrent tous la tête.

Elle prit la montre temporelle, ajusta les cadrans et fit apparaître sa porte.

— Nous arriverons en journée, juste avant le coucher du soleil. Cela devrait nous faciliter la recherche de la maison assez rapidement sans rencontrer beaucoup de gens. Prêts ? Posez une main sur mes épaules et suivez-moi, dit-elle en ouvrant la porte.

Ils sortirent entre deux bâtiments en bois. L'un était clairement une auberge car il était bruyant avec le son de nombreuses personnes parlant en même temps. Quelque part, une femme chantait, tandis qu'au loin un chien aboyait. Ils gagnèrent la rue et se dirigèrent vers la maison des Harding.

La marche fut courte et ils arrivèrent bientôt devant une maisonnette petite mais soignée. De la fumée s'élevait par la cheminée et une chaude lueur de bougie rayonnait par les fenêtres.

— C'est ici, proclama Lola. Nous allons rencontrer nos ancêtres.

Ballantyne frappa à la porte. Elle s'ouvrit en grinçant, et une jeune fille à peu près de leur âge sortit pour les accueillir. Elle était grande et mince, avec des yeux émeraude et de longs cheveux noirs de jais.

— Qu'est-ce qui vous afflige, madame ? demanda-t-elle à la professeure.

— Mon fils souffre terriblement de la dysenterie, répondit-elle en désignant Devlin qui, jusqu'à ce moment, souriait comme un idiot.

Il se plia immédiatement en deux, se tenant le ventre. La fille ne dit rien et leur fit signe d'entrer.

L'intérieur de la maisonnette était petit mais propre et ordonné. Un chaudron bouillonnait sur le feu de cheminée, devant laquelle une fille d'apparence identique reprisait des chaussettes.

— Avez-vous apporté un paiement ? demanda-t-elle.

— Surveille tes manières, ma sœur, lança l'autre fille, montrant un excès de colère.

Elle prit une profonde inspiration pour se calmer et dit :

— S'il vous plaît. Asseyez-vous. Expliquez ce qui vous afflige.

Tom, Lola et Devlin s'assirent sur un banc en bois unique contre le mur. Devlin fixait le chaudron bouillonnant tandis que Lola tapotait avec excitation sur ses genoux. Elle était visiblement ravie de rencontrer son ancêtre. Tom n'était pas sûr de ce qu'il ressentait.

Professeure Ballantyne sortit une pièce de la poche de sa robe et la plaça dans la main tendue de la fille qui avait répondu à la porte.

— Je m'appelle Madame Ballantyne. Voici mes pupilles Lola, Tom et Devlin. Nous sommes ici sous de faux prétextes. Aucun de nous n'est malade. Ce que nous cherchons, c'est des informations, dit-elle.

Les sœurs échangèrent un regard, et celle près du feu se leva pour se tenir à côté de sa sœur, l'expression méfiante.

— Quelle information recherchez-vous, Madame ? dit-elle.

— Ne soyez pas alarmées. Nous avons voyagé ici depuis le futur. Ces trois jeunes gens sont vos descendants. Tom vient de la lignée de Petunia Eva Harding, tandis que Lola et Devlin sont des descendants de Rose Analise Harding. Comme vous êtes identiques, je ne peux pas dire qui est qui pour le moment.

Les sœurs échangèrent un autre regard. Tom connaissait ce regard. Elles discutaient des visiteurs dans leur esprit. Après un moment, elles se présentèrent pour que les visiteurs sachent comment s'adresser à elles.

— Il y a eu un autre voyageur. Il est venu il y a une semaine. Il avait votre teint, dit l'une d'elles, désignant Tom.

— C'était mon père ! S'appelait-il John ? demanda-t-il avec espoir.

Petunia hocha la tête.

— Oui, c'était bien lui. Et il a dit de vous attendre, bien qu'il ne pouvait pas dire quand ou même si vous arriveriez.

De sa voix aiguë, Petunia leur raconta ce qu'elle avait dit au père de Tom. Elle expliqua combien il était difficile de s'adapter à la vie dans ce village. Son père, Christoff Harding, peinait à subvenir à leurs besoins. La plupart des villageois étaient anglais et bien acceptés. Mais leur père était un étranger venu d'une terre bien plus étrange. Voulant aider à soutenir la famille, les filles s'étaient proclamées guérisseuses et prenaient soin de ne jamais pratiquer la magie devant quiconque.

Elle décrivait les mêmes capacités que Lola et Devlin possédaient. C'étaient les mêmes capacités que n'importe quelle sorcière avait. Rien de tout cela n'expliquait la magie de sang de Tom.

— Donc, vous soignez les villageois avec des potions et des cata-plasmes, dit Tom pour confirmer ce qu'il soupçonnait déjà.

— Et la prière, bien sûr, dit Rose.

— Bien sûr, répondit Ballantyne.

Elle se leva, faisant signe aux autres de faire de même. Quand Tom voulut parler, elle secoua la tête.

— Nous vous remercions, mesdames, d'avoir pris le temps de nous raconter votre histoire et pour votre hospitalité, dit-elle. Mais je dois maintenant ramener ces jeunes gens à leurs parents, de peur qu'ils ne s'inquiètent.

— Bien sûr, bien sûr, dirent-elles.

Ils s'embrassèrent maladroitement et se dirent au revoir.

Le groupe partit et retourna à leur endroit entre les bâtiments pour prendre leur porte de retour. Personne ne parla jusqu'à ce qu'ils soient revenus dans la salle de classe.

— N'était-ce pas amusant ? demanda la professeure en retirant sa robe et en accrochant son costume sur le portant.

En silence, les autres firent de même. Tom fut le premier à parler.

— La magie de sang doit venir de plus bas dans la lignée, dit-il, la tête baissée en signe de défaite.

— Nous pouvons réessayer demain ? demanda Ballantyne avec beaucoup trop d'enthousiasme.

— Non, je pense que je dois faire face à ce qui m'attend et aller à l'Académie Harding, répondit-il.

La professeure haussa les épaules et leur fit signe de quitter le placard à costumes. Elle les accompagna jusqu'à la porte, clairement pour les congédier.

— Lola, j'attends un rapport de dix pages sur mon bureau avant la fin de la semaine, dit-elle avec un sourire avant de fermer la porte de sa salle de classe.

CHAPITRE
VINGT-QUATRE

Tôt le lendemain, Lola et Tom firent leurs adieux larmoyants dans le hall principal. Ils se promirent de s'envoyer des lettres voyageuses chaque jour et de se retrouver le week-end suivant. Leur séparation n'aurait pas dû sembler aussi terrible. Après tout, ils se verraient dans quelques jours à peine. Tom soupçonnait que leur déprime était directement liée à leur échec à obtenir de véritables informations de leurs ancêtres.

— Le temps passera vite, rappela-t-il à Lola tandis qu'ils s'étreignaient. En plus, tu as un rapport de dix pages à écrire.

Elle lui donna une tape sur le bras, mais au moins il avait réussi à la faire rire.

La transition vers une vie à plein temps à l'Académie Harding fut étonnamment facile. Deux membres du corps enseignant, un professeur de magie et l'assistant du département de mathématiques, l'accueillirent à l'entrée et lui firent visiter les salles de classe et les dortoirs.

Dès son arrivée, Tom rencontra ses professeurs et plusieurs de ses futurs camarades de classe. Les enseignants semblaient assez sympathiques, mais la plupart des élèves le regardaient avec une légère suspicion. Tom n'était pas certain de la quantité d'informations qu'ils avaient reçue concernant les raisons de son apparition soudaine en milieu de trimestre.

Pouvait-il leur en vouloir ? C'était plutôt inhabituel qu'un élève commence les cours en plein milieu d'un trimestre. Même s'il n'y avait pas de rumeurs sur la façon dont il avait détruit le donjon de l'école, ils auraient quand même été méfiants. Ses pouvoirs incontrôlables allaient bientôt faire de lui le sujet de conversation de toute l'école.

À moins, bien sûr, qu'il puisse tout garder sous contrôle.

Encore préoccupé par tout ce qui s'était passé la nuit précédente et se demandant combien de temps il lui faudrait pour apprendre ce qu'il devait savoir, Tom déposa ses affaires dans sa nouvelle chambre et enfila l'uniforme de l'école. Ensuite, il descendit rencontrer Lady Mathilda pour discuter de son emploi du temps. Elle lui expliqua que le personnel avait été informé qu'il était un voyageur avec des capacités télékinétiques récemment découvertes. Il pouvait en parler aux autres élèves, mais il devrait rester discret quant à l'utilisation du sang en leur présence lors des démonstrations de ses capacités.

Comme il était encore tôt, Tom retourna à la salle commune de l'aile du dortoir, où une douzaine d'autres élèves passaient déjà leur temps libre avant le début des cours à neuf heures.

Les étudiants se regroupaient autour de la cheminée, certains allongés par terre tandis que d'autres se blottissaient ensemble sur des canapés. Tom n'en reconnaissait aucun, mais il reconnaissait leurs types. Ils ressemblaient tellement à ses amis de L'académie et agissaient si semblablement qu'il eut immédiatement une sensation de déjà-vu. Il rencontra un garçon comme Keith, avec des lunettes et cette agaçante tendance à respirer par la bouche. Il y avait des couples comme Sara et Devlin. Quelques étudiants plus âgés étaient là aussi, un peu comme Tabitha et ses amis. En plissant les yeux, Tom voyait également des sosies de Colin, James et Clara.

Le seul élève qui n'avait pas d'équivalent à L'académie était Arturo. Arturo était assis au bord du groupe, légèrement à l'écart des autres. Il avait les yeux les plus sombres que Tom ait jamais vus. Ils étaient si foncés qu'ils paraissaient presque noirs. Ses yeux formaient une étrange combinaison avec ses cheveux teints d'un jaune et violet éclatants.

Arturo était également différent à d'autres égards. Il n'était ni enthousiaste ni timide. Il ne rentrait pas non plus dans les catégories de sportifs ou d'adolescents typiques. Il était silencieux, mais pas d'une manière intellectuelle. Plus précisément, il semblait perplexe, comme un observateur extérieur qui regardait les autres et était constamment surpris par les résultats. Tom ne savait pas trop quoi penser de lui.

— Alors, tu es nouveau dans la magie, c'est ça ? demanda une fille blonde.

Tom la fixa, ayant oublié son nom.

— Tu veux voir ce qu'on peut faire ?

Elle parlait avec excitation et un accent américain distinct.

— Euh, bien sûr, dit Tom.

Un par un, ses nouveaux camarades de classe firent étalage de leurs capacités magiques. Chacun avait des astuces spécifiques qu'ils considéraient comme leurs compétences personnelles. La fille américaine commença en transformant le thé de tout le monde en glace. Le gamin qui ressemblait à Keith passa ensuite. Il lança un biscuit en l'air et, d'un geste de la main, arrêta son ascension. Contrairement à la fille qui pouvait geler des objets, il pouvait figer le temps !

Après cela, un autre élève utilisa la télékinésie pour allumer la radio, et un autre utilisa le même pouvoir pour changer de chaîne et trouver de la musique avec un rythme plus rapide. Un garçon fit clignoter l'électricité dans toute la pièce, conjurant de minuscules éclairs qui les frappaient tous d'une manière agréable, un peu comme un massage. Quelques élèves de plus montrèrent leurs pouvoirs. Tout le monde, en fait, avait quelque chose à montrer, sauf Arturo et Tom.

Pendant tout ce temps, Tom resta en retrait et sourit en profitant du spectacle. Les enfants n'étaient pas en compétition. Ils se délectaient des talents magiques les uns des autres. C'était merveilleux.

Finalement, Arturo dit :

— Je suppose que c'est mon tour.

Il se leva, ce qu'aucun des autres élèves n'avait fait, et fit craquer ses jointures. Puis il lévita, utilisant ses pouvoirs télékinétiques sur lui-même pour s'élever et flotter autour de la pièce.

Tom n'avait jamais rien vu de tel. Sa mâchoire se décrocha.

Quand Arturo redescendit, tout le monde éclata en applaudissements.

— J'adore quand il fait ça, dit le garçon à l'électricité. J'aimerais pouvoir le faire.

— Tu es trop lourd, répondit grossièrement Arturo. Et, tu sais, c'est une compétence *spéciale*.

Il se rassit.

En un instant, Tom comprit ce qui le dérangeait chez Arturo. Arturo n'était pas du type silencieux et curieux. C'était plutôt une sorte de brute. Son expression suffisante montrait qu'il se croyait meilleur que tout le monde, et sa façon d'écouter intensément chacun était sa manière d'évaluer la concurrence pour s'assurer que lui et lui seul possédait le meilleur pouvoir du groupe. Tom avait déjà rencontré d'autres enfants comme ça, et il ne les aimait jamais.

Et juste comme ça, une légère pointe de colère bouillonna dans son sang.

Une fois assis à nouveau, Arturo se tourna vers Tom et dit :

— J'ai entendu dire que tu as aussi des compétences spéciales. Ils disent que ta magie est différente de la nôtre. C'est ton tour de nous montrer.

— Ouais ! Montre-nous !

— Allez !

— À ton tour !

Les autres élèves le harcelaient tous pour qu'il fasse un peu de magie, mais Tom n'en avait vraiment pas envie. Il eut des flashbacks de son expérience avec Jameson, et il ne voulait pas revivre les mêmes résultats.

Tom leur donna des réponses vagues comme « Peut-être plus tard » et « Laissez-moi y réfléchir », mais la cloche le sauva littéralement. Tout le monde se leva, prit son sac et sortit de la salle commune dans toutes les directions, pressé d'aller en cours.

Arturo traîna en arrière.

— Retrouve-moi dehors derrière la tour ouest après le dîner, dit-il.

— D'accord, dit Tom, sachant pertinemment qu'il n'y avait aucune chance qu'il y aille.

Mais il savait aussi qu'il était toujours plus sûr d'être d'accord avec une brute.

Arturo partit, et Tom vit la fille américaine qui attendait dans l'embrasure de la porte. Une fois qu'Arturo fut parti, elle s'approcha pour dire bonjour.

— Je suis Mandy. Viens, je vais t'accompagner à ton premier cours.

CHAPITRE VINGT-CINQ

Il s'avéra que Lady Mathilda avait demandé à Mandy de lui faire visiter l'école pour son premier jour. Ils avaient le même emploi du temps et, bien que Tom la trouvait un peu trop bavarde, il était heureux d'avoir une alliée. La plupart des professeurs l'accueillirent sans cérémonie et le présentèrent simplement comme Tom, le nouvel élève. Il se demandait ce qu'on leur avait dit à son sujet.

Les cours étaient intéressants, et rien d'extraordinaire ne s'était produit. Il n'avait pas recroisé Arturo.

Au déjeuner, il s'assit avec Mandy et ses amies enjouées. C'était un groupe sympathique, et la nourriture était correcte, bien que loin du niveau gastronomique de L'académie.

Avant qu'Arturo ne puisse le coincer à nouveau, Tom fut convoqué dans le bureau de Lady Mathilda.

— Merci d'être venu, l'accueillit Lady Mathilda à la porte. Je voulais voir comment vous vous entendiez avec les professeurs et les autres élèves.

— La plupart d'entre eux ont été aimables, la rassura Tom. Ne vous inquiétez pas. Je n'ai utilisé aucun de mes pouvoirs depuis que je suis ici.

— Oh, mais nous voulons que vous le fassiez ! s'exclama la Haute Elfe. Nous voulons que vous expérimentiez et exploriez.

Elle fit une pause.

— Je sais que vous avez vécu une expérience traumatisante avec nos... anciens élèves. Mais ceux qui sont actuellement inscrits sont tout à fait charmants.

— Ils sont impatients de voir ce que je peux faire. Je les ai tenus à distance jusqu'à présent parce que je n'étais pas sûr de ce que je devais faire, dit Tom, se sentant maintenant mal à l'aise et se demandant ce qu'il aurait dû leur montrer.

Quelque chose qui ne les ferait pas exploser, probablement.

— Oui, c'est parfait. Soyez juste discret quand vous vous piquez le doigt. D'une part, c'est peu hygiénique, et d'autre part, cela pourrait conduire à des rumeurs désagréables, dit Mathilda.

— Que suis-je censé faire alors ? demanda-t-il, plus que frustré.

— Jusqu'à ce que vous appreniez à maîtriser vos capacités sans faire couler de sang, vous pourriez simplement le faire après vous être lavé les mains aux toilettes et étaler la goutte sur vos paumes, suggéra-t-elle.

Tom hocha la tête. Ce n'était pas une mauvaise idée.

— Quoi qu'il en soit, je voulais m'excuser une fois de plus pour votre précédente altercation. Le donjon est désormais interdit à tous nos élèves, et nous faisons tout notre possible pour bannir... ce genre d'éléments de l'école.

Elle parlait, bien sûr, de Jameson.

— Ce n'est pas votre faute, offrit Tom.

Lady Mathilda secoua énergiquement la tête.

— Toutes les questions de sécurité dans cette école relèvent entièrement de ma responsabilité. Il n'y aura plus jamais d'effusion de sang sous ma surveillance.

— Je ne viendrais pas ici si je pensais que j'étais en danger, répondit Tom.

C'était presque la vérité.

— Bien.

Elle se frotta les mains, visiblement satisfaite.

— L'Académie Harding est une bonne école. Nous avons façonné les esprits les plus brillants depuis des siècles et nous prévoyons de continuer pendant des siècles encore. Vous êtes le bienvenu ici et je sais que vous développerez vraiment vos capacités avec un peu de nos conseils.

Cela semblait un peu hyperbolique à Tom, mais il aimait penser qu'elle était sincère dans ce qu'elle disait.

— Je ne suis ici que pour deux semaines, lui rappela-t-il.

— Oui, j'en suis consciente, dit-elle, bien que l'inflexion de sa voix impliquât qu'elle s'attendait à ce qu'il prolonge sa visite. Cela dit, continua-t-elle, d'un ton un peu plus sombre, vous devriez toujours être prudent. Nos élèves sont strictement surveillés, et ce sont des personnes vraiment gentilles, mais Jameson et ses acolytes avaient quelques amis ici à l'école. Il a peut-être divulgué certaines informations que nous préférerions ne pas voir circuler. N'hésitez pas à me prévenir si vous êtes à nouveau accosté par des individus malveillants, et nous nous occuperons d'eux rapidement, dit-elle.

Tom débattit intérieurement sur l'idée de lui parler d'Arturo. Il n'avait rien dit ou fait qui soit carrément menaçant. Arturo le considérait comme un égal pour autant que Tom sache et semblait vouloir lui faire visiter le domaine. Avait-il quelque chose à voir avec Jameson et les autres ? Cela semblait peu probable. Tom se rappela que s'il criait au loup dès le premier jour, il ne s'en remettrait jamais.

Lorsque la professeure Montague entra dans la pièce, elle regarda Tom directement et s'exclama haut et fort :

— Je suis si heureuse que vous soyez revenu.

— Content d'être ici, dit Tom, et cette fois au moins, il était sincère.

— Je vous ai en cinquième période, annonça la professeure.

— J'ai hâte.

Lady Mathilda le raccompagna à la porte.

— Nous sommes heureux que vous soyez là, et nous vous garderons en sécurité. Mais, ajouta-t-elle, soyez prudent. Prenez de bonnes décisions.

Elle sourit.

— Vous pouvez commencer par arriver en classe à l'heure.

— Bien sûr, dit Tom. Je pars tout de suite.

Il retourna à la cafétéria pour trouver Mandy, et ils se rendirent ensemble au cours suivant. Le cours d'histoire s'avéra beaucoup plus intéressant qu'il ne l'avait anticipé. L'heure passa rapidement, et Mandy le conduisit à la salle de classe de la professeure Montague après le cours. Lorsqu'elle s'apprêta à partir, Tom demanda :

— Tu ne viens pas ?

— Non, j'ai divination avancée maintenant, et toi, tu as un cours particulier avec Montague. Bonne chance ! dit-elle en gloussant tout au long de sa descente des escaliers.

Qu'est-ce que c'est censé vouloir dire ?

Tom frappa à la porte et attendit. Comme personne ne venait ouvrir, il entrebâilla la porte et passa la tête à l'intérieur.

— Il y a quelqu'un ? dit-il.

— Entrez, entrez, Tom ! s'exclama la professeure Montague.

Tom entra et se dirigea vers l'enseignante assise derrière son bureau, en train de regarder des papiers.

— Asseyez-vous, Tom. Nous allons commencer par quelques exercices de respiration pour vous assurer que vous êtes calme et prêt pour ce qui va suivre, dit-elle de façon plutôt énigmatique en mettant les papiers de côté.

Ce qui suivit fut une série de tests éprouvants où Tom devait se défendre contre toutes sortes d'attaques sans perdre son sang-froid. L'enseignante lui lançait des boules d'énergie et fit même tomber de la grêle sur sa tête. Elle semblait prendre plaisir à lui envoyer des éclairs à plusieurs reprises.

Bien que certaines épreuves fussent inconfortables, aucune n'était vraiment douloureuse, et même s'il s'était blessé, ils savaient tous deux qu'il pouvait se guérir lui-même si nécessaire.

L'heure passa rapidement, et il était heureux qu'elle ne l'ait pas ménagé. Il se sentait plus fort maintenant. Si Arturo voulait se battre, il était prêt à relever le défi.

Ce qui était probablement exagéré de sa part. Jusqu'ici, il n'avait aucune idée du genre de combattant qu'Arturo pouvait être. Pour ce qu'il en savait, le type ne savait peut-être faire que des tours de passe-passe et Tom s'inquiétait pour rien.

Cela dit, ça ne faisait pas de mal d'être préparé.

Avant le dîner, Tom retourna dans sa chambre. Elle ressemblait beaucoup à sa chambre de L'académie, bien que le second lit fût inoccupé. Pendant son séjour ici, il n'aurait pas de colocataire. Tom appréciait cela. Son colocataire était son ami le plus proche à L'académie, mais il savait combien partager une chambre avec un étranger pouvait être difficile jusqu'à ce que vous appreniez à vous connaître. Il n'allait pas rester assez longtemps pour faire tant d'efforts pour se faire des amis.

Il s'effondra sur son lit et pensa à Lola. Il se demandait ce qu'elle faisait à ce moment précis. Pensait-elle à lui autant qu'il pensait à elle ? Probablement pas. Elle était sûrement occupée avec tous leurs amis communs, ou, comme toujours, préoccupée par ses devoirs.

Tom sortit un stylo et du papier de son sac et commença à lui écrire un mot. Il décrivit sa nouvelle chambre, l'accueil chaleureux du personnel, et surtout ses sentiments pour elle. Il écrivit qu'elle lui manquait. Il ajouta qu'il voulait qu'elle lui réponde. Une fois qu'il eut griffonné sa signature, il commença à plier le papier en un triangle parfait.

Deux bords pliés, plus qu'un.

Il s'arrêta. Il ne voulait pas avoir l'air seul et pathétique. Il envisagea de réécrire complètement la lettre, peut-être en présentant les choses de manière plus positive pour qu'elle ne s'inquiète pas.

Finalement, il finit par envoyer la lettre originale telle qu'il l'avait écrite. Mieux valait passer pour un idiot amoureux que de mentir à la fille qu'on aimait.

CHAPITRE VINGT-SIX

Tom n'était pas sûr de se présenter à son combat contre Arturo, jusqu'à ce qu'il se retrouve à quitter la salle à manger et à s'y diriger. D'une certaine façon, il suivait simplement la passion qui coulait dans ses veines, et elle le mena directement à la cour extérieure de l'aile ouest. En chemin, il se piqua le doigt et frotta un peu de sang sur ses mains.

La cour était presque vide, avec seulement un petit groupe d'élèves rassemblés sur les bords, attendant avec impatience son arrivée. Quand Tom posa le pied sur la pelouse, quelques-uns lui firent signe. Il fut surpris de voir combien d'entre eux semblaient être venus juste pour l'encourager, jusqu'à ce qu'il réalise qu'ils étaient probablement là parce qu'ils détestaient simplement Arturo à ce point.

Les ennemis de mes ennemis sont mes amis ?

Arturo sortit de la foule et marcha vers lui.

— Tu es venu, dit-il.

Difficile de dire s'il était content de le voir ou déçu qu'il soit venu. Le visage d'Arturo était impassible, son ton soigneusement neutre.

Tom soutint son regard.

— En effet.

Les deux garçons firent face au centre de la cour. Les autres gardaient leurs distances, incertains de l'ampleur que prendrait ce combat.

— J'ai entendu dire que tu étais fort, dit Arturo.

— Qui te l'a dit ? demanda Tom, pensant immédiatement à Jameson.

Ce garçon pourrait-il être en contact avec l'élève disparu ?

— Peu importe, dit Arturo. Tu as déjà participé à un duel ?

— Non, jamais, répondit Tom, espérant qu'il n'utilisait pas la définition originale du mot. À l'origine, les duels étaient destinés à être menés jusqu'à la mort.

— Tu as la télékinésie, n'est-ce pas ?

Tom hocha la tête.

— Depuis le centre, on va faire quinze pas dans des directions opposées, se retourner et viser, expliqua-t-il.

— Viser quoi ? demanda Tom. Et comment définirais-tu un « pas » ? ajouta-t-il, provoquant quelques gloussements parmi les filles dans la foule.

Il décida de jouer le jeu et leur fit un clin d'œil. Elles gloussèrent encore plus.

— Benny, il appela le garçon rondelet de la salle commune. Pourrais-tu montrer quelques pas à notre nouvel ami ?

Benny fit trois grands pas, sans étendre complètement ses jambes, mais en faisant des enjambées plus longues qu'en marchant normalement. Tom le remercia, et Benny courut se mettre en sécurité dans la foule.

— La télékinésie est le pouvoir de déplacer des objets ou de l'énergie avec ton esprit. Quand je dis « viser », je veux dire que tu devrais m'envoyer tout ce que tu as. Que ce soit une boule d'énergie, un caillou, un arbre, ou même Benny ici présent, dit-il en désignant le garçon.

Benny blêmit et recula dans la foule pour se cacher derrière des élèves plus grands.

— Compris, dit Tom, espérant qu'il n'allait pas se retrouver avec un élève projeté dans sa direction.

Il savait comment lancer, mais attraper semblait être une tout autre affaire.

— Commençons, dit Arturo.

Ils se mirent dos à dos, et quand quelqu'un siffla, ils commencèrent à compter leurs quinze pas. Tom regarda autour de lui pour trouver quelque chose à lancer sur Arturo. Il ne voyait que des cailloux et des arbres. Il ne voulait vraiment pas déraciner un arbre.

Il hésita à créer un bouclier contre ce qu'Arturo lui lancerait, mais il savait qu'il serait traité de lâche. Non, c'était un test, un rite de passage. S'il voulait s'intégrer ici, il devait donner tout ce qu'il avait tout en évitant de tuer le garçon avec qui il allait se battre en duel.

Ou de blesser les spectateurs.

Il tendit les bras et commença à attirer des cailloux vers lui. Il en avait assez pour causer des dégâts sérieux lorsqu'il se retourna pour les projeter sur Arturo.

Ils manquèrent leur cible car Arturo flottait à trois mètres du sol, les bras largement écartés, poussant un grand nombre de bâtons dans sa direction. Tom leva les mains, et les bâtons furent déviés.

Tom riposta, et au lieu de tomber au sol, les bâtons retournèrent comme un boomerang vers Arturo. Le garçon ne s'attendait pas à une contre-attaque, et l'un des bâtons le frappa à l'estomac alors qu'il redescendait vers le sol. La force du bâton suffit à le repousser en arrière, et il atterrit sur le dos avec un bruit sourd.

Tom attendit la prochaine attaque, mais elle ne vint pas. Arturo restait allongé là, gémissant.

C'était tout ? Il s'était inquiété toute la journée pour un combat avec Arturo pour que ça se termine aussi rapidement ?

Tom s'approcha de son adversaire, plus inquiet qu'autre chose. Sa colère se dissipait et, s'il ressentait quoi que ce soit, c'était l'inquiétude d'avoir blessé l'autre élève.

Tom se pencha sur Arturo et demanda :

— Ça va ?

— Je suis blessé, gémit Arturo, se tenant l'estomac.

— Je vais appeler l'infirmière, proposa Tom, se rendant compte tardivement qu'il n'avait aucune idée de comment faire.

Il regarda les élèves rassemblés autour.

— L'un d'entre vous peut-il chercher l'infirmière ? Je ne sais pas où la trouver.

Personne ne bougea.

— S'il te plaît, dit Arturo, ayant l'air encore plus faible qu'avant. Tu peux... me guérir, n'est-ce pas ?

Tom ne savait pas quoi faire. Les adultes avaient insisté pour qu'il garde sa capacité de guérison secrète. Il était sûr qu'Arturo simulait la blessure pour tester la capacité de Tom. D'une manière ou d'une autre, l'information sur son talent caché avait dû fuiter. Mais si Arturo était vraiment blessé ? S'il ne l'aidait pas, quel genre de personne cela faisait-il de lui ?

Tom écarta les mains du garçon pour voir ce qui n'allait pas et eut un mouvement de recul en voyant le sang sur sa chemise. Tom plaça une main sur la blessure, et en quelques minutes, Arturo était assis, un sourire narquois sur le visage. Tom n'arrivait pas à imaginer qu'Arturo risquerait une blessure dans l'espoir de prouver que Tom pouvait le guérir. Pas à moins qu'il n'en soit très sûr.

Tom se leva et recula, dégoûté.

Arturo se leva et souleva son t-shirt ensanglanté pour que tout le monde voie qu'il n'était plus blessé.

— Il l'a fait ! cria un autre élève sur le côté. Le nouveau l'a guéri !

La colère de Tom gonflait dans sa poitrine. Il n'appréciait pas d'avoir été piégé. Il força son esprit à se calmer et chassa autant de colère qu'il pouvait. Ça ne marcha pas.

Il commença à s'éloigner, mais Arturo le saisit par le bras.

— Lâche-moi, grogna-t-il, contrôlant à peine ses émotions.

Arturo se contenta de rie. Tom allait pousser le garçon pour le faire lâcher prise, mais au lieu de cela, il retira violemment son bras et poussa de l'énergie vers le garçon avec son autre main. Arturo vola en arrière dans la foule.

Arturo se releva avec difficulté, le visage triomphant.

— Bien joué, Tom, dit-il. Bien qu'il soit d'usage de se serrer la main après un duel.

Le garçon tendit sa main. La foule attendait de voir comment Tom réagirait. Tom regarda leurs visages. La plupart hochaient la tête pour qu'il serre la main d'Arturo. Tom soupira et serra la main du garçon.

— Bien joué, tu es le premier élève à me battre depuis que je suis dans cette école, dit Arturo avant de retourner aux dortoirs.

Tom le regarda partir tandis que la foule se dispersait, secouant la tête devant l'absurdité de ce qui venait de se passer.

Une fille avec le crâne à moitié rasé s'approcha de lui. Elle tendit son poing en passant à côté de lui.

— Bien joué, dit-elle.

Comme elle n'avait pas l'air menaçante, il supposa qu'elle attendait un check. Il lui rendit son geste et répondit :

— Merci.

Ils rentrèrent ensemble, et Tom demanda si c'était un événement régulier.

— Oh, oui. Quelques fois par semaine, quelqu'un défie Arturo. C'est ce qui sert de divertissement par ici. Ce qui est inhabituel, c'est qu'Arturo lance le défi.

— Pourquoi cela à ton avis ? demanda Tom, plus pour faire la conversation qu'autre chose.

La fille s'arrêta, considérant sérieusement la question.

— Je suppose que c'est parce qu'il n'a jamais rencontré quelqu'un digne du défi. Jusqu'à aujourd'hui, il n'avait jamais perdu.

CHAPITRE VINGT-SEPT

Dès le début, Tom commença à apprécier ses cours à l'Académie Harding. Tous les professeurs semblaient sympathiques et abordables. Ils étaient tous au courant de sa situation particulière et semblaient lui accorder un peu d'aide supplémentaire pour lui permettre de rattraper les autres élèves. Il n'avait pas encore établi de liens forts avec eux, pas comme ceux qu'il avait avec ses professeurs à l'Académie, mais il supposait que cela viendrait avec le temps.

Le fait que ses camarades de classe soient plutôt amicaux aidait beaucoup. Aucun d'entre eux ne semblait aussi psychotique que Jameson ou même aussi manipulateur qu'Arturo. En tête-à-tête, ils avaient tous l'air de sorcières et sorciers sympas, mais Tom évitait de traîner avec le groupe entier. Il en avait eu assez la veille.

Même Arturo semblait moins antagoniste. Après leur duel, il ne parlait pas à Tom, mais il avait aussi arrêté de le provoquer dans les couloirs.

Dans l'ensemble, les choses se passaient aussi bien que possible pour un nouveau dans une nouvelle école.

Le jeudi, Tom eut son premier cours d'éducation physique, ce qui était une nouvelle expérience pour lui. Il ne savait pas à quoi s'attendre ni même où aller. Il suivit quelques camarades jusqu'au hall des sports. Ça ressemblait beaucoup au gymnase de son école humaine.

La première chose qu'il remarqua, c'étaient les tapis bleus étalés sur le sol. Un tas de planches en bois était posé exactement au centre de la salle. Aucun autre équipement sportif n'était visible.

Le coach Hanover l'accueillit à l'entrée. C'était une fée, bien que sa moustache touffue et son ventre à bière le rendaient très différent des fées minces et jolies de L'académie.

— Tom, c'est bien ça ? dit le coach d'une voix grave.

— C'est moi.

— Le sport du jour est la Planche d'Équilibre, expliqua-t-il. J'espère que tu es prêt. Ne t'inquiète pas d'éventuelles blessures. Nous avons utilisé de la mousse enchantée pour éviter les blessures à la colonne vertébrale.

— Les blessures à la colonne vertébrale ? s'écria Tom.

Puis il baissa la voix pour ajouter :

— C'est quoi la Planche d'Équilibre ?

Le coach hocha la tête.

— Tu n'y as jamais joué ? C'est un jeu populaire ici. Tu vas adorer. C'est rapide, et plutôt dur à suivre. Si à un moment tu sens que c'est trop, tu peux abandonner et rejoindre les autres là où Coach Okena dirige les exercices de gymnastique.

Il bougea une de ses ailes pour montrer une petite porte en bois dans le coin.

— Mais crois-moi. Tu préféreras ça. Et, ajouta-t-il à voix basse, c'est excellent pour gérer la colère.

Tom regarda autour de la salle. Les autres élèves s'étaient rassemblés en cercle autour des planches en bois. Certains s'étiraient, échauffant leurs muscles pour l'exercice à venir, mais la plupart plaisantaient simplement. Il reconnaissait beaucoup d'élèves de ses autres cours. Certains semblaient en forme, bien que Tom pensait avoir une meilleure condition physique que la plupart. Normalement, il aimait faire de l'exercice et était assez fier de se maintenir en bonne forme grâce au jogging et à d'autres exercices solitaires, même si les sports d'équipe n'avaient jamais été son truc.

Ce jeu ne pouvait sûrement pas être si difficile ?

— Quelles sont les règles ? demanda Tom.

— C'est simple, dit le coach.

Il pointa vers le plafond, où une cloche et une chaîne pendaient du toit.

— Le premier élève à sonner la cloche gagne.

Le toit était incroyablement haut. Tom ne voyait pas comment l'un d'entre eux pourrait l'atteindre. Avant qu'il ne puisse demander plus d'informations, le coach souffla dans son sifflet, et le jeu commença.

Tous les autres élèves commencèrent à agiter leurs bras comme des chefs d'orchestre, et les planches au centre de la pièce s'élevèrent. En regardant, Tom réalisa que c'était ainsi qu'on jouait à la Planche d'Équilibre. Il fallait sauter sur l'une de ces surfaces flottantes et s'élever jusqu'au plafond aussi vite que possible.

Pas étonnant qu'il n'ait jamais entendu parler de ce jeu auparavant.

Un par un, les élèves montèrent sur les planches tout en maintenant la concentration nécessaire pour les faire flotter.

Tom devait faire de même. Il se concentra sur la planche à ses pieds. Au début, elle ne bougea pas, alors il tendit la main et utilisa l'énergie pour la tirer du sol. C'était une expérience nouvelle pour Tom, qui était habitué à pousser l'énergie et non à la tirer. Une fois que la planche fut à quelques mètres du sol, il monta dessus.

Tom n'avait jamais fait de surf, mais il supposait que c'était un peu comme ça. Il utilisa la force du haut de son corps pour se hisser sur ses genoux depuis sa position allongée sur le ventre. Il tomba immédiatement. La planche flottait à environ un mètre vingt du sol, et il tomba lourdement sur la couche de matelas.

Cela lui coupa le souffle mais était autrement indolore. Sans personne pour maintenir la planche en l'air, celle-ci tomba également au sol, manquant de peu de le frapper à la tête.

Il se rappela que la mousse était censée prévenir les blessures à la colonne vertébrale. Personne n'avait rien dit à propos de blessures à la tête.

Il ramassa la planche et essaya à nouveau. Il monta un peu plus haut au deuxième essai.

Pendant ce temps, les autres élèves étaient déjà bien en route vers le plafond. Quelques-uns étaient tombés comme lui, mais la plupart s'étaient soit positionnés sur une planche, soit, plus fréquemment, avaient élevé plusieurs planches en forme d'escalier et commençaient à sauter de surface en surface.

La deuxième méthode semblait plus rapide, alors Tom décida de suivre cette voie. Il monta sur la première planche et se hissa en position debout. La planche oscilla d'abord violemment, mais Tom força son cerveau à se calmer, ce qui stabilisa la planche à son tour.

Tout en gardant l'équilibre sur cette première planche, il utilisa ses pouvoirs pour élever trois planches supplémentaires, chacune à une hauteur un peu plus élevée que la précédente. Il sauta sur la planche suivante. Elle bougea quand il atterrit, mais il ne tomba pas. Il attendit une seconde pour reprendre son souffle, puis sauta sur la troisième planche, puis sur la quatrième.

Il avait déjà dépassé beaucoup d'autres élèves dans le processus. Quelques-uns étaient encore plus hauts que lui, mais il les rattrapa rapidement. La plus proche de la cloche, l'élève en tête, était cette fille aux cheveux à moitié rasés qu'il avait rencontrée plus tôt. Elle s'appelait Zaina. Il pouvait entendre certains élèves scander son nom. Elle était clairement une favorite.

Tom était juste derrière elle.

— Bien joué, mon garçon ! lui cria le coach en volant autour du périmètre.

Tom réalisa qu'il se débrouillait bien, mieux qu'il ne l'aurait cru. Il pourrait même aller jusqu'à dire qu'il était vraiment bon. Il n'avait jamais excellé dans aucun sport, mais celui-ci semblait lui venir naturellement. C'était peut-être le courant sous-jacent de colère qui coulait dans son sang. Peut-être que cela rendait la partie magique plus facile.

Bientôt, il atteignit le plafond et se dirigea vers la cloche. Zaina était plus près, mais il gagnait du terrain. Plus il s'approchait, plus il sentait son sang bouillir. La planche sous lui tanguait sauvagement, mais contre toute attente, il avançait de plus en plus vite.

La chaîne de la cloche était presque à sa portée, à seulement trente centimètres. Il tendit le bras, mais sa planche bascula un peu trop, et il tomba. Il plongea dans les airs, sa tête heurtant deux planches égarées au passage. Boum. Boum. Bam ! Son corps heurta le tapis assez fort pour faire trembler les luminaires.

Malgré l'enchantement, Tom souffrait de la douleur causée par sa tête heurtant les planches de bois. Allongé sur le dos, il regarda Zaina attraper la corde et sonner la cloche en triomphe.

Au son de la cloche, toutes les planches flottantes commencèrent à redescendre lentement vers le sol. Quand Zaina atteignit le sol, les autres élèves se mirent à applaudir avec enthousiasme. Tom, déjà assis, applaudit aussi, essayant d'ignorer son crâne blessé et douloureux. Il le guérirait dans une minute quand personne ne le regarderait. À cet instant cependant, il appréciait de célébrer l'accomplissement de quel-qu'un qui l'avait battu à la loyale.

Après avoir salué ses fans, Zaina s'approcha de Tom et lui tendit la main pour l'aider à se relever.

— Bien joué, le nouveau, dit-elle.

Elle était, faute de meilleur mot, cool.

Il avait perdu sa première partie de Planche d'Équilibre, mais cela n'avait pas d'importance. Il s'amusait enfin, contre toute attente, dans sa nouvelle école.

Les jours suivants, Tom commença à s'ouvrir davantage. Il se porta volontaire pour répondre aux questions en classe, s'assit à côté d'autres élèves au déjeuner et passa un peu plus de temps dans la salle commune. Il n'avait toujours pas d'ami à proprement dit, mais il faisait des progrès. Zaina et certains autres élèves cool lui demandèrent même s'il voulait les rejoindre en dehors des portes de l'école, ce qui était apparemment autorisé. L'offre était tentante, mais finalement, il refusa. Il ne mettrait pas un pied hors des limites de l'école à moins d'être avec des amis qui veilleraient sur lui.

Quand le premier vendredi arriva, il ne savait pas quoi faire. Avec sa mère qui séjournait aux îles Summer, Tom devrait rester à l'école. Lola lui écrivit pour dire que les jumeaux de sa tante étaient nés et qu'elle devait passer le week-end à aider à la maison, ce qu'il compre-nait. Elle dit également qu'elle et Devlin viendraient le samedi suivant, quand les choses se seraient un peu calmées.

Toute la semaine, ils s'étaient écrit, de courtes lettres, gardant le ton léger. Malgré son emploi du temps chargé, Lola manquait à Tom. Ça lui manquait de la serrer dans ses bras, de l'embrasser, et simplement de respirer son parfum. La semaine suivante semblait ne jamais venir. Au moins, il pouvait se réjouir de voir sa petite amie bientôt. Il devait juste tenir jusqu'à ce qu'elle arrive.

CHAPITRE VINGT-HUIT

Une autre semaine passa, et Tom était stupéfait de tout ce qu'il avait accompli. Il n'avait pas de nouvelles au sujet de l'enquête en cours, mais il avait fait d'incroyables progrès dans le contrôle de ses capacités. Il travaillait surtout à maîtriser ses émotions, ce qui était essentiel pour ne pas en faire trop lorsqu'il se défendait ou lançait une contre-attaque.

En même temps, il ne pouvait pas faire grand-chose pour se préparer à soigner les autres. Il le faisait simplement. Malgré les prédictions alarmantes de Montague concernant le feu, personne à Harding n'avait abusé du pouvoir de guérison de Tom. Après le combat avec Arturo, la plupart des élèves le gardaient à distance et le regardaient comme une sorte de star de rock inaccessible. Ou peut-être était-ce parce qu'il traînait avec les élèves populaires. Quoi qu'il en soit, il appréciait secrètement sa nouvelle notoriété.

Il avait enfin battu Zaina à la Planche d'Équilibre, un exploit dont il était particulièrement fier. Même le coach lui avait fait un high-five. Zaina l'avait félicité à contrecœur, et la compétition était féroce depuis.

Quand le samedi arriva, Tom était excité à l'idée de revoir Lola, et Devlin aussi.

Tom se rendit à l'entrée quinze minutes en avance et attendit sur les marches. Quelques élèves passèrent lui dire bonjour et lui demander comment il s'en sortait dans cette nouvelle école, mais il resta distant. Il ne serait plus là très longtemps, et il voulait être seul quand ses amis arriveraient.

Ils arrivèrent pile à l'heure.

Lola voyagea en premier, marchant directement sur les marches et tout droit dans ses bras. Devlin n'était pas loin derrière. Les deux garçons se saluèrent en se cognant le poing.

Tom les fit entrer pour une visite de l'école, car aucun des deux n'y avait jamais mis les pieds. Il n'avait pas demandé la permission, mais il se disait que la barrière magique leur bloquerait le passage s'ils n'avaient pas le droit d'entrer.

Il leur montra toutes ses salles de classe, le gymnase, et ils jetèrent un coup d'œil dans la salle de la professeure Montague à travers la fenêtre. Ils allèrent à la cafétéria et à la bibliothèque, mais il découvrit rapidement qu'il ne pouvait pas leur montrer les dortoirs. Ils lui posèrent des questions sur ses cours, le programme scolaire, et s'il s'était fait des amis.

Il leur parla de Zaina et du jeu de la Planche d'Équilibre.

— Ça a l'air dangereux ! dit Lola, mais il pouvait voir que Devlin était intéressé et promit de leur faire une démonstration plus tard.

Il ne mentionna pas sa bagarre avec Arturo parce qu'il se sentait minable d'avoir cédé à la pression de groupe juste pour s'intégrer. Il n'osait pas imaginer la tête que ferait Lola si elle l'apprenait. Il ne supporterait pas de voir cette déception dans ses yeux, surtout dirigée contre lui.

Ensuite, ils sortirent et se promenèrent dans la cour, et ses amis le mirent au courant de la vie à L'académie. S'ils avaient des nouvelles à partager, ils n'en dirent rien.

Quand Tom n'eut finalement plus rien à leur montrer, il suggéra qu'ils se promènent sur la lande et aillent voir les falaises. Il voulait voir l'océan.

— Tu veux dire, quitter l'école ? demanda Lola, choquée.

— Oui, dit Tom. Beaucoup d'élèves le font. Nous sommes simplement en Écosse, pas dans une dimension parallèle, alors tout ce que nous avons à faire est de traverser les grilles d'entrée, et nous serons dehors, sur la lande. Je n'y suis pas encore allé. Il paraît que c'est magnifique, et je n'ai pas osé y aller avec des élèves de l'école.

Lola fronçait les sourcils.

— Tu es sûr que c'est sans danger ?

Tom haussa les épaules. Au cours des deux dernières semaines, il avait perdu un peu de sa paranoïa. Bien sûr, il était toujours en danger, mais il était plus fort maintenant, plus puissant. Et être avec ses amis lui donnait confiance.

— Tout ira bien, finit-il par dire. Tout le monde sort de temps en temps. C'est ce que les gens font le week-end par ici.

Il ne mentionna pas qu'il avait entendu parler de cette permission par d'autres élèves, et non directement par les professeurs.

— D'accord, dit Lola. Si tu dis que c'est sans danger...

— Nous avons tellement de choses à te dire, ajouta Devlin avec un regard méfiant autour de lui.

Il était clair qu'il n'avait pas eu l'impression de pouvoir partager leurs véritables nouvelles tant qu'ils étaient sur le campus.

S'il y avait eu des doutes dans l'esprit de Tom, ce fait à lui seul suffisait à les effacer. Ils devaient parler, mais comment le pouvaient-ils avec tant de personnes autour ?

Ainsi, c'était décidé. Les trois amis traversèrent les grilles d'entrée et sortirent dans le monde ordinaire. Finalement, toute cette expérience fut plutôt banale. Rien ne se passa quand ils franchirent la barrière. Il n'y eut aucune sensation de picotement, et aucune alarme ne retentit. Jusqu'ici, tout allait bien. La seule différence était que, lorsqu'ils regardaient en arrière, tout ce qu'ils pouvaient voir était la ruine d'un ancien château.

Ils se tenaient au sommet de collines infinies. Un léger vent bruissait contre l'herbe, ce qui donnait l'impression que tout le paysage s'animait. Au loin, les ruines de vieilles tours s'accrochaient aux crêtes de chaque colline comme des doigts brisés se frayant un chemin hors d'antiques tombeaux. L'endroit avait une atmosphère de secrets et d'histoires non racontées, d'anciennes batailles et de royaumes déchus.

Tom essaya de trouver un moyen de décrire le cadre mais ne put trouver les mots justes.

Devlin fut beaucoup plus concis.

— Flippant, dit-il, résumant tout en un seul mot.

— J'aime bien, dit Lola, tournant lentement sur elle-même pour tout absorber.

Tom sourit à ses amis. Il était heureux qu'ils soient là. Il était content d'avoir appris à canaliser ses émotions et son pouvoir.

— Vous m'avez manqué, leur dit-il, surtout Lola.

— Pareil, acquiesça Devlin.

Il n'y avait personne aux alentours. Il se sentit enfin en sécurité pour poser la question qu'il voulait poser depuis l'arrivée du frère et de la sœur.

— Alors, qu'est-ce que vous deviez me dire que vous ne pouviez pas me dire à Harding ? demanda Tom.

Devlin était sur le point de dire quelque chose, mais le vent se leva et commença à rugir autour d'eux si fort qu'ils pouvaient à peine rester debout, et encore moins tenir une conversation. À travers le rugissement du vent, Tom crut entendre un écho de rire. Son cœur se serra à ce son. Ils n'étaient plus seuls.

Tandis que le vent soufflait, un brouillard s'éleva tout autour d'eux. Devlin regarda le ciel bleu au-dessus d'eux et dit que ça devait être un sort. Tom plissa les yeux, repérant immédiatement la source de la magie. Trois silhouettes se tenaient au loin sur une colline voisine, l'une avec les bras levés, contrôlant clairement le vent. Le groupe marchait lentement vers eux, comme s'ils ne faisaient rien d'autre que profiter d'une promenade d'après-midi.

En s'approchant, Tom reconnut l'une des silhouettes comme étant Jameson. Non qu'il fût surpris. Il était pourtant presque méconnaissable, son apparence ayant changé radicalement. Sa peau était couverte de taches rouges, parsemée de brûlures magiques qui semblaient très douloureuses. Des touffes de cheveux manquaient sur sa tête. Si l'un de ses yeux couleur ambre était le même, l'autre était devenu blanc laiteux.

C'est moi qui lui ai fait ça.

Tom le fixa du regard, voyant pour la première fois les consé-quences d'une perte de contrôle. Il ravala la bile qui lui montait dans la gorge, sachant qu'il était coupable d'un crime grave. Personne ne devrait faire une chose pareille à un autre être vivant.

En même temps, l'apparence extérieure de Jameson correspondait beaucoup mieux à sa personnalité maintenant. C'était un monstre, non qu'il le méritait, mais cela donnait à Tom un sentiment momentané qu'il y avait une sorte de justice dans le monde. Tom ne pouvait pas être tenu responsable des actes du garçon, seulement des siens. Jameson avait choisi cette voie. C'était l'une des conséquences de venir jouer avec une chose qu'il ne comprenait pas, et sur laquelle il n'avait aucun droit.

Alors, suis-je coupable ou non ?

Ce serait une question pour un autre jour.

Le brouillard se dissipa, et Tom put voir la haine dans les yeux de Jameson. Les deux autres silhouettes sortirent de la brume, mais ce n'étaient pas les amis de Jameson. C'étaient des adultes, et Tom sut immédiatement que c'étaient les deux hommes qui avaient enlevé sa sœur. Le plus grand des deux fit un signe de la main provocateur à Tom et ses amis.

— Tiens, tiens, tiens, dit Jameson, sonnant plus comme un méchant de James Bond que comme une personne réelle.

Tom regarda Lola et Devlin. Tous les trois pouvaient combattre ces types et probablement gagner, mais Tom ne voulait pas se battre. Les blessures de Jameson l'avaient ébranlé. Même si Jameson avait planifié ce piège particulier, est-ce que cela signifiait que Tom était obligé d'y tomber ? De plus, Lola pourrait être blessée. Bien sûr, elle pouvait se défendre. Elle avait eu des pouvoirs bien plus longtemps que lui et était très douée à la fois comme utilisatrice de magie et comme combattante si nécessaire. Mais elle n'était pas une guerrière. Aucun d'entre eux ne l'était. S'entraîner avec des amis était une chose. Affronter des adultes à part entière, bien plus expérimentés qu'eux tous, en était une autre.

— Filons d'ici, leur murmura Tom.

C'était son combat. S'il arrivait quelque chose à ses amis, il ne se le pardonnerait jamais.

Jameson et les autres s'approchaient lentement. Tom n'attendit pas de voir ce qu'ils feraient ensuite. À lieu de ça, il s'élança et courut vers l'entrée de l'Académie Harding. Lola et Devlin étaient juste derrière.

Tom ouvrit la grille et poussa Lola et Devlin à l'intérieur, mais il ne les suivit pas.

— Tu ne viens pas ? cria Lola de l'autre côté.

— Je ne peux pas laisser ces tarés faire du mal à quelqu'un d'autre. Je dois en finir une fois pour toutes. Allez au château, cherchez de l'aide, dit-il, et il s'assura qu'ils étaient en route avant de se retourner pour attendre Jameson et les deux autres.

Lola refusa presque d'y aller. Il fallut que Devlin la convainque de courir, criant que Tom avait plus besoin qu'ils aillent chercher de l'aide que de la voir rester pour lui apporter un soutien moral.

Ses paroles l'avaient mise en colère, mais au moins elle avait écouté.

Pendant ce temps, Tom devait trouver un champ de bataille de son choix. À ce stade, il connaissait bien les lieux. Il se dirigea vers la tour ouest où lui et Arturo s'étaient battus en duel. La structure ressemblait à une masse en ruines depuis l'extérieur des grilles, mais Tom savait par expérience que la structure était solide. Il s'assura que ses trois adversaires le suivaient toujours. Son plan ne fonctionnerait pas si l'un d'entre eux poursuivait Lola et Devlin ou d'autres élèves.

Heureusement, ils étaient très obstinés, et concentrés uniquement sur Tom. Il aurait presque été flatté si tout cela n'était pas si terrifiant.

Tom monta les marches jusqu'au premier palier et regarda par la fenêtre. Les brutes entraient juste dans la tour. Son plan était de les attirer au sommet de la tour et de sauter en utilisant son pouvoir pour descendre lentement jusqu'au sol. Il les piégerait ensuite à l'intérieur pendant qu'il courrait chercher de l'aide.

Il attendit sur le dernier palier. En quelques instants, Jameson était là. Tom pensa qu'il pourrait d'abord raisonner le garçon. Peut-être que s'il offrait de le guérir, cela apaiserait l'animosité entre eux. Jameson n'était certainement pas le chef. Il devait être sous une sorte de pression de sa famille.

— Je suis désolé pour ce qui t'est arrivé. C'était un horrible accident, commença Tom.

Jameson cracha par terre.

— Nous savons tous les deux que ce n'était pas un accident. C'est toi qui m'as fait ça !

— Tu m'as pris au piège, et j'ai essayé de me défendre. Je suis désolé !

Tom écarta les mains pour montrer qu'il n'avait pas d'armes. Il garda sa voix conciliante. Aimable.

— Je pourrais essayer de te guérir si tu promets de ne pas me faire de mal.

— Oh, tu vas me guérir, ça c'est sûr. Viens par ici ! aboya-t-il, se jetant sur Tom comme pour essayer de lui saisir le bras.

Tom essayait de garder ses émotions sous contrôle. S'il était trop calme, il ne pourrait pas réagir assez vite. S'il était trop agité, il pourrait faire sauter tout le château.

Au lieu de s'écarter, il marcha vers Jameson. Le garçon l'arrêta quand il fut à moins d'un mètre.

— C'est assez près, dit-il.

Tom fronça les sourcils.

— Mais je dois te toucher pour te guérir, dit-il.

Le garçon regarda nerveusement les hommes qui les avaient rejoints sur le palier. Ils gardaient leurs distances. En y regardant de plus près, Tom vit que l'un d'eux tenait un pistolet.

Tom leva la main et s'approcha lentement de Jameson jusqu'à ce que ses doigts reposent sur le front du garçon. Il ferma les yeux et laissa aller la tension qu'il retenait. Quand il ouvrit les yeux, Jameson avait l'air exactement comme lors de leur première rencontre.

En voyant l'expression sur le visage de Tom, Jameson se détourna pour faire face aux hommes.

— Est-ce que ça a marché ? Est-ce qu'il m'a guéri ?

Les hommes acquiescèrent furieusement, et Jameson se retourna vers Tom, un sourire maléfique sur son visage intact, plus effrayant que son visage de monstre ne l'avait jamais été. Il plongea la main dans sa poche et sortit ce qui ressemblait à un large bracelet d'or. Avant que Tom ne puisse réfléchir, Jameson l'avait claqué sur le bras encore tendu de Tom.

Tom sentit son énergie commencer à se vider de la même façon que lorsqu'il avait été dans le cercle. Il essaya d'enlever le bracelet, mais il ne bougeait pas. Quand il vit les runes gravées dans le métal, il sut qu'il était tombé droit dans le piège de Jameson.

— Tu me crois vraiment si bête ? demanda ce rejeton de Satan. Je suis venu préparé !

Il fit un signe de tête vers les hommes.

— Prenez-le ! Il est sans pouvoir maintenant.

Tom n'arrivait pas à croire à quel point il avait été stupide. Il tira frénétiquement sur le bracelet à son poignet, cherchant un fermoir ou un moyen de le défaire avant que sa force ne le quitte complètement.

— Où m'emmenez-vous ? demanda Tom tandis que les hommes lui prenaient chacun un bras et le soulevaient de terre.

Il était déjà trop faible pour se battre.

— Je t'emmène chez le Maître, bien sûr. Tu aurais dû nous rejoindre quand tu en avais l'occasion. Tu aurais été traité comme la royauté que tu es. Mais dans l'état actuel des choses, tu seras placé dans un donjon, branché à une machine, et on te donnera juste assez de nourriture et d'eau pour que ce sang continue à couler dans nos fioles.

— Mon sang n'est pas magique, dit-il.

Ils descendaient les escaliers, et il se sentait de plus en plus étourdi.

— Bien sûr qu'il l'est. C'est pour ça qu'on l'appelle la magie de sang, il entendit Jameson répondre de quelque part derrière lui.

— Mais c'est là le problème. Ça ne fonctionne pas sans magie, dit Tom, à présent désespéré de leur faire comprendre pour qu'ils le laissent partir.

— Oh, tu verras que le Maître est un puissant sorcier.

Il n'y avait aucun espoir. *Lola. Devlin. Où êtes-vous ?*

Jameson dit à l'un des hommes d'aller chercher le camion et de l'amener près des grilles lorsqu'ils atteignirent le palier du bas.

Quinze minutes passèrent, et l'homme n'était jamais revenu.

— Va voir ce qui ne va pas. Utilise le pistolet si nécessaire, grogna finalement Jameson à mesure que les minutes passaient.

— Je resterai avec celui-ci.

Avec les hommes partis, Tom se demanda s'il pouvait s'enfuir en courant. On l'avait posé par terre près des marches. Il essaya de se lever, mais il était trop faible. Sans magie, que pouvait-il faire contre un sorcier habile comme Jameson ?

Il appuya sa tête contre le mur. Il avait juste besoin de fermer les yeux une minute. Juste une minute...

Il y eut un bruit dehors. Ça ressemblait à de la grêle. Tom ouvrit les yeux et regarda dehors mais ne vit rien d'extraordinaire. Jameson sortit la tête pour regarder. Soudain, le reste de son corps suivit comme si quelque chose d'invisible l'avait tiré hors de vue.

Tom entendit une bagarre, puis des cris. La cavalerie était arrivée !

Mais quand ils vinrent le chercher, Tom leva les yeux avec confusion, voyant non pas la personne qu'il attendait, une personne complètement différente.

— Oh, c'est toi, dit-il avant de s'évanouir.

CHAPITRE VINGT-NEUF

Lola et Devlin coururent jusqu'au château et tentèrent d'ouvrir la porte, mais elle ne bougea pas. Ils actionnèrent le heurtoir, et lorsque la porte s'ouvrit, un majordome d'un autre âge leur répondit.

— Puis-je vous aider ? demanda-t-il.

— Oui, nous devons trouver la professeure Montague et Lady Mathilda immédiatement, dit Devlin aussi rapidement que possible.

— Un instant, je vais voir si elles reçoivent des visiteurs aujourd'-hui. Qui dois-je annoncer ?

— Lola et Devlin Evers, répondit Lola en parlant frénétiquement, essayant de faire passer son message. C'est une question de vie ou de mort. Dites-leur que c'est à propos de Tom, et qu'il est en danger.

— Un instant, dit-il avant de leur fermer la porte au nez.

Quand Devlin tenta de mettre son pied pour empêcher la porte de se fermer, il heurta un mur invisible. Le château ne les laissait pas entrer.

Ils attendirent que l'homme revienne, sachant qu'il lui faudrait une éternité pour parcourir tout le chemin jusqu'au bureau de Lady Mathilda et revenir.

— Tu crois qu'on devrait aller aider Tom ? demanda Lola, passant d'un pied sur l'autre, prête à courir si son frère le lui disait.

— Non, on ne ferait que gêner. Nos pouvoirs sont défensifs au mieux. Je suis sûr que Tom a la situation sous contrôle, répondit Devlin, mais il fronça les sourcils en parlant, et que son ton était plus qu'incertain.

Après ce qui sembla être des heures plus tard, la porte s'ouvrit, et le majordome les laissa entrer. Il leur demanda de le suivre. Lola avait envie de hurler tandis qu'elle le suivait lentement dans le couloir. Elle se demandait pourquoi Lady Mathilda n'était pas venue elle-même. Elle se demandait aussi ce qui se passerait si elle renversait le majordome et courait jusqu'au bureau de Lady Mathilda.

Ça attirerait au moins plus l'attention que ce qu'on fait maintenant.

Quand ils arrivèrent à son bureau, le majordome frappa et attendit. Lady Mathilda ouvrit la porte et les accueillit avec un sourire.

— Lola, Devlin, quel plaisir de vous revoir. Entrez, entrez, dit-elle en les faisant entrer.

Elle remercia le majordome et ferma la porte.

— Qu'est-ce qui vous amène à L'Académie Harding aujourd'hui ? Êtes-vous venus rendre visite au jeune Tom ?

— Le majordome ne vous a pas dit pourquoi nous sommes là ? demanda Lola, jetant un regard vers la porte, se disant qu'elle aurait peut-être dû essayer d'aller défendre Tom après tout.

Devlin tendit une main pour la retenir, devinant déjà ses pensées.

— Il m'a seulement dit que j'avais des visiteurs. Y a-t-il un problème ? demanda Lady Mathilda, son sourire faiblissant.

Ils la mirent rapidement au courant. Avant qu'ils n'aient terminé, elle avait saisi le téléphone et appelé d'abord la professeure Montague, puis Miss Clementine.

— Qui est Miss Clementine ? demanda Devlin.

— Notre directrice, répondit Lady Mathilda.

Quelques minutes plus tard, les deux dames les avaient rejoints.

— Où les avez-vous vus pour la dernière fois ? demanda Miss Clementine.

— Il se dirigeait vers cette grande tour à gauche de l'école, dit Lola.

— La tour ouest. Elle se trouve à la limite de la propriété, et l'entrée est en dehors du périmètre. C'est ainsi qu'ils ont pu y accéder. Restez ici avec Mathilda. la professeure Montague et moi allons nous occuper des criminels, dit-elle.

Elle ouvrit la porte et s'arrêta net.

Un garçon se trouvait là, le poing en l'air comme s'il était sur le point de frapper.

— Bonjour, madame la directrice.

— Bonjour, Arturo. Qui portez-vous sur votre épaule ? demanda-t-elle, ses sourcils grimpant jusqu'à la racine de ses cheveux sous la surprise.

— C'est le nouveau, il a eu quelques ennuis du côté de la tour ouest. Mais nous avons réglé ça, dit-il en entrant et en déposant un Tom inconscient sur le canapé.

— Qu'est-ce qu'il a ? cria Lola, se précipitant à ses côtés.

— Il s'est juste évanoui. Je pense qu'il a eu peur, dit-il d'un ton amusé.

La professeure Montague le remercia et lui dit qu'elle obtiendrait les détails plus tard alors qu'elle le poussait sans ménagement vers la porte.

— Que voulez-vous que nous fassions des trois autres ? demanda-t-il.

— Pardon ? demanda Lady Mathilda.

— Je vais m'en occuper, dit Miss Clementine en sortant avec Arturo, ses talons claquant en un rapide crépitement sur le plancher en bois.

La professeure Montague se fraya un chemin devant Lola et s'age-nouilla près de Tom. Il ne semblait pas blessé. Il était vivant, et son pouls était fort. Ils l'appelèrent, lui donnèrent même des tapes sur le visage et le secouèrent, mais il ne se réveillait pas.

Elle se leva et regarda Tom, perplexe. Lola se pencha et entoura Tom de ses bras, embrassant son visage, ses lèvres, tout en murmurant son nom. C'est alors que la professeure Montague aperçut le bracelet au poignet droit de Tom.

Elle se pencha et souleva le bras de Tom pour l'examiner de plus près.

— Mathilda, venez voir ça, dit-elle.

Lola s'écarta pour leur permettre d'examiner le bracelet.

— Ce sont des runes, dit-elle. Nous devons le lui enlever. Il aspire à la fois sa magie et sa force vitale.

Elles tentèrent de l'arracher sans succès. Lola commença à pleurer. Puis elle se mit en colère. Ces runes... n'avait-elle pas pris des notes sur des runes comme celles-ci ?

— Appelez le maître des potions, il pourrait avoir quelque chose pour le dissoudre. Et appelez le professeur Higgens, il connaît peut-être ce type de magie.

Pendant ce temps, Miss Clementine avait suivi Arturo dans la cour, où deux hommes et un garçon au visage familier étaient attachés aux grilles d'entrée avec des cordes dorées. Elle se retourna pour chercher Zaina, la seule élève de l'Académie Harding à maîtriser le sort de Lien Doré, et la trouva nonchalamment adossée à un arbre près des grilles, surveillant ses proies.

Quelques autres élèves s'étaient rassemblés dans la cour, se félicitant d'avoir appréhendé les criminels.

Miss Clementine ne put s'empêcher d'être amusée. Il semblait que les criminels ne faisaient pas le poids face aux élèves de Harding. Elle félicita les élèves pour leur héroïsme tout en les réprimandant d'avoir risqué leur vie. Elle les envoya chercher quelques professeurs pour prendre le relais pendant qu'elle passait un appel au CEMT pour faire évacuer les coupables de sa propriété.

Les parents seraient furieux en apprenant qu'il y avait eu encore une autre faille dans la sécurité. Soupirant à l'idée de toute la paperasse que cela impliquerait, elle souriait néanmoins en se rendant à son bureau et en passant un appel à Lianon. Elle le laisserait s'occuper de la mère de Tom.

CHAPITRE TRENTE

Le maître des potions, le professeur Filigree, arriva peu après avec une grande mallette. Il demanda à ce que Tom soit repositionné pour avoir un meilleur accès au bracelet. La mallette s'ouvrit pour révéler quatre rangées de fioles remplies de liquide de chaque côté avec un assortiment de flacons d'herbes au centre.

D'abord, il examina le bras de Tom. La peau autour du bracelet était immaculée.

— Je ne pense pas qu'il ait été empoisonné. Il y aurait eu une réaction cutanée. Bien que je crois que plusieurs personnes ont essayé de le retirer. Y a-t-il eu une réaction ? demanda-t-il.

Tout le monde examina ses mains. Elles semblaient en parfait état.

Il prit une fiole transparente et plaça une seule goutte sur le bracelet. Comme rien ne se produisait, il confirma qu'il n'était pas empoisonné. Touchant le bracelet pour voir s'il était chaud ou froid, il glissa un doigt sous le bord comme s'il cherchait des rainures ou des marques invisibles.

Il versa plusieurs autres liquides dessus dans les minutes qui suivirent sans effet visible.

Puis, il demanda à ce que le bras et la main de Tom soient enveloppés pour les protéger tandis qu'il essayait un corrosif sur le métal. Toujours rien.

Avec un soupir de frustration, il referma sa mallette et annonça :

— Il a été enchanté avec une magie que mes potions ne peuvent pas inverser. Je suis désolé de ne pas avoir été plus utile.

Sur ces mots, il fit un signe de tête aux personnes présentes et quitta la pièce juste au moment où le professeur Higgens arrivait.

Il portait une pile de livres. Lui aussi examina le bracelet ainsi que le bras de Tom, et demanda qu'on soulève la chemise de Tom pour voir s'il y avait des marques ou des ecchymoses sur son torse. Il n'y en avait aucune.

Il feuilleta ses livres et identifia chaque marque et sa signification. Il essaya plusieurs contre-sorts, mais eux aussi n'eurent pas l'effet désiré.

— C'est une magie très ancienne et très sombre. Seule la personne qui a enchanté le bracelet peut l'enlever, dit-il doucement, avec une expression de défaite gravée sur son visage.

Il rassembla ses livres et partit.

Le directeur arriva peu après le départ du professeur Higgens. Il examina le bracelet et se demanda s'il devait emmener Tom aux îles Summer.

— J'ai déjà consulté le Haut Conseil des Elfes. Le bracelet ne passera pas à travers le portail. Comme il est actuellement attaché au bras du garçon, je suppose que l'amputation n'est pas une option que nous envisageons pour le moment, répondit Lady Mathilda.

— L'amputation ! cria Lola qui sembla un instant sur le point de s'évanouir. Bien sûr que nous n'envisageons pas l'amputation ! ajouta-t-elle, en se plaçant devant Tom.

— S'il peut se guérir lui-même, répondit Devlin.

Lola fusilla son frère du regard et secoua la tête avec dégoût.

— Je suis sûr que nous n'en arriverons pas là, dit Lianon. Cependant, je crois que Devlin vient de nous fournir la réponse.

Lola lança une expression meurtrière d'abord à son frère, puis au directeur.

— Bien sûr, dit la professeure Montague, qui avait chanté doucement dans le coin de la pièce pour soutenir l'énergie de Tom. Tom peut se guérir lui-même. Sa magie est suffisamment puissante pour l'enlever, j'en suis certaine.

— Mais il est inconscient, dit Lady Mathilda.

— Alors nous le réveillerons d'une manière qui activera certainement ses pouvoirs, répondit Montague, en tirant un poignard de sa manche.

— Pas question, dit Lola.

— Je ne vais pas lui couper le bras, ma chère, répondit l'enseignante.

Lianon hochait la tête.

— Oui, une petite coupure devrait suffire. Si ça ne le réveille pas, nous pourrons étaler le sang sur le bracelet et voir ce qui se passe.

Quand Lola voulut protester à nouveau, Devlin la saisit par les bras et la força à se déplacer de l'autre côté de la pièce.

— Nous devons les laisser faire ça, dit-il. Le bracelet est en train de le tuer. Il pourrait ne jamais se réveiller.

Lola se mordit la lèvre et acquiesça.

— Tu n'es pas obligée de rester, Lola. Toi et Devlin devriez rentrer chez vous, dit le directeur.

— Non !

Elle baissa la voix, montrant à tous à quel point elle se maîtrisait.

— Je promets de ne pas interférer. Laissez-moi juste rester.

— Très bien. Vous pouvez procéder, Professeure Montague, dit-il.

La professeure plaça une serviette sous le bras de Tom et entailla la peau au-dessus du bracelet. C'était une coupure superficielle, mais le sang coulait lentement de la plaie. Elle attendit un peu, et comme Tom ne se réveillait pas, elle fit une autre petite coupure sur sa main gauche. Elle était sur le point de placer la main ensanglantée de Tom sur le bracelet quand Tom se redressa avec un rugissement si puissant que les fenêtres tremblèrent.

Tout le monde recula. Il avait un regard sauvage, et ses yeux brillèrent d'une lueur rouge pendant un moment avant de retrouver leur bleu foncé habituel.

187

— Où est Jameson ? aboya-t-il, regardant autour de lui comme s'il était encore dans la tour.

Ses yeux posèrent d'abord sur sa main ensanglantée, et il rugit à nouveau. Ses narines dilatèrent, et sa mâchoire se serra. Puis il leva le bras qui portait le bracelet et, avec un grognement furieux, l'arracha et le jeta à travers la pièce.

Instantanément, il se sentit mieux et s'affala contre les coussins. Les coupures se guérirent alors qu'il prenait quelques respirations profondes et se redressait.

Lady Mathilda s'approcha prudemment et lui tendit un verre d'eau. Il la regarda d'un air vide pendant un long moment avant de la remercier et de prendre le verre. Au moment où il finit de boire l'eau et lui rendit le verre, il souriait.

Il regarda autour de la pièce et vit que tout le monde le regardait étrangement.

— Que s'est-il passé ? demanda-t-il.

CHAPITRE
TRENTE ET UN

Une fois qu'ils lui eurent raconté ce qu'il avait manqué, Tom se leva et entoura Lola de ses bras. Puis il serra Devlin contre lui.

— Je suis désolé de vous avoir entraînés dans ce pétrin, dit-il, en retenant ses larmes. Je suis tellement heureux que vous soyez sains et saufs.

— On a cru que tu allais mourir, Tom.

Lola se mit à pleurer, et Tom la tint contre lui jusqu'à ce qu'elle ait relâché toute la tension qu'elle avait accumulée.

— Je connais un excellent moyen de vous remonter le moral, dit Tom quand elle eut repris le contrôle d'elle-même.

— Quoi ? demanda Devlin, intrigué.

— Vous devriez rester déjeuner, et ensuite on pourrait faire une partie de Planche d'Équilibre, dit-il.

— Quelle excellente idée ! s'exclama Montague, encore étonnée de voir Tom redevenir lui-même si rapidement.

Le directeur Lianon prit cela comme un signal pour partir.

— Je suis content que vous alliez bien, Tom. Je vais informer votre mère qu'elle peut rentrer chez elle et qu'elle doit vous attendre plus tard aujourd'hui, dit-il en ouvrant un portail.

Tom acquiesça et le remercia pour son aide.

Lady Mathilda prit la main de Tom dans la sienne.

— Tom, il semble que je ne puisse cesser de vous présenter mes excuses. J'espère que ce malheureux incident n'influencera pas votre décision quant à poursuivre ou non vos études à l'Académie Harding. Nous serions honorés de vous accueillir si vous décidez de revenir après les vacances.

— Non, je suis content d'être venu. J'ai beaucoup appris et je me suis fait de nouveaux amis. Je vous promets d'y réfléchir sérieusement et de vous donner ma décision d'ici vendredi, dit-il, s'efforçant de faire comprendre en ces quelques mots qu'il n'avait vraiment aucune rancune.

Elle sourit et appela la cuisine pour les prévenir qu'il y aurait quelques retardataires pour le déjeuner.

Tom emmena Lola et Devlin rencontrer ses nouveaux amis. Pendant le déjeuner, Zaina leur raconta comment ils avaient appréhendé les méchants et son propre rôle dans la capture.

— Nous avons vu ces brutes vous suivre jusqu'à la tour ouest, dit-elle. Nous avons entendu le cri d'alerte de celle-ci, dit-elle en faisant un signe de tête vers Lola qui rougit. J'ai commencé à rassembler les troupes et à formuler un plan quand l'un d'eux est revenu seul. Benny l'a figé sur place, Arturo l'a fait léviter jusqu'à la porte, et je l'ai ligoté, dit-elle.

— Quand le deuxième est venu le chercher, nous avons vu qu'il avait un pistolet. Mandy a gelé l'arme dans sa main, et comme ça a aussi gelé sa main, il s'est plié en deux de douleur. On s'est occupés de lui de la même façon que du premier, ajouta Benny.

Tom avait du mal à croire qu'ils avaient réussi tout cela si facilement.

— Et Jameson ? C'est un sorcier puissant !

— Il n'a jamais gagné un duel contre moi, répondit Arturo en les rejoignant à table.

Il observait ses alentours comme à son habitude.

— J'ai lancé quelques cailloux sur la tour pour le faire sortir. Quand il a sorti la tête, j'étais en lévitation près de l'entrée et je l'ai simplement tiré dehors avant de le jeter vers Zaina. Le reste, comme on dit, appartient à l'histoire, conclut-il.

— Ou au travail d'équipe, marmonna Zaina, et tout le monde l'acclama.

— Wow. Merci les gars, dit Tom, secouant encore la tête.

— On prend soin des nôtres, dit Zaina, en lui donnant une claque sur l'épaule.

Tom était touché. Ces personnes avaient risqué leur vie pour le sauver, et il ne les connaissait que depuis quelques semaines.

— Ne t'étouffe pas d'émotion, dit Arturo, en donnant un coup de poing dans le bras de Tom avant de tourner son attention vers les invités de Tom. Vous pensez vous inscrire ? demanda-t-il à Lola et Devlin.

— Je ne sais pas, dit Lola.

— Nous allons suivre des cours d'été ici, dit Devlin.

Arturo hocha la tête.

— La professeure Montague me dit que vous allez vous joindre à nous pour une partie amicale de Planche d'Équilibre avant de partir, dit-il en se levant.

Les autres élèves semblaient enthousiastes à cette idée et tout le monde se dirigea bientôt vers le hall des sports.

— Je ne sais pas si c'est une bonne idée, dit Lola d'un air dubitatif en regardant les planches de bois éparpillées sur les tapis. Je n'ai aucune compétence athlétique.

— C'est ce que je pensais aussi quand j'ai joué pour la première fois, mais c'est plus une question de capacités mentales, et là, tu as tout ce qu'il faut, ma belle, dit Tom en l'embrassant sur la joue.

Lola articula silencieusement le mot « ma belle » et lança un regard interrogateur à son frère. Devlin haussa simplement les épaules et courut après Tom.

Tom expliqua les règles du jeu et donna à ses amis quelques conseils pour rester sur la planche.

Le coach siffla, et la partie commença.

Lola comprit les règles du jeu tout de suite, bien qu'elle ait vraiment du mal à monter sur sa planche. Devlin perdit un peu de temps à comprendre ce qui se passait, mais quand il y parvint enfin, il fut capable de s'élever assez facilement à plusieurs mètres dans les airs. Pour les autres, plus expérimentés, ce fut une frénésie de mouvements alors que les pièces de bois se balançaient dans les airs, et que les élèves s'accrochaient à leurs côtés et plongeaient de l'une à l'autre.

Tom était le plus rapide du groupe, mais Arturo n'était pas loin derrière. Bien sûr, par moments, Arturo n'avait même pas besoin des planches. Il utilisait sa télékinésie pour faire léviter son propre corps, ce qui était probablement contre les règles. S'ils avaient été en classe, le coach l'aurait probablement mis sur la touche. Mais comme c'était une partie amicale, il ne dit rien.

Tom et Arturo étaient à mi-chemin de la cloche. Ils firent tous deux une pause d'une seconde pour échanger des regards. Leurs regards disaient deux choses très importantes. Un : Je vais te battre. Et deux : C'est amusant.

Les autres élèves étaient loin derrière. Arturo atteignit la cloche en premier, mais Benny le heurta avec sa planche et cela brisa sa concentration. Cela donna à Tom assez de temps pour foncer en avant et saisir la chaîne. Avant qu'il ne puisse tirer dessus, cependant, Zaina vola vers lui et saisit également la chaîne.

Aucun des deux ne voulant lâcher, ils tirèrent la chaîne ensemble.

— C'est une égalité, dit Zaina, criant joyeusement depuis son perchoir élevé. On n'a jamais d'égalités !

Arturo, souriant, flotta vers Tom et Zaina. Avec tous les trois suspendus dans les airs, Arturo tendit la main d'abord à Tom puis à Zaina.

— Bien joué, les gars, dit Arturo. Demandez au coach combien de secondes ça vous a pris. Peut-être que vous avez battu mon propre record. Peut-être.

— Quel record ? demanda Zaina. Je l'ai battu la semaine dernière !

Ensemble, les trois redescendirent vers le sol. Lorsqu'ils furent à environ deux mètres cinquante du sol, Arturo chuchota :

— Arrêtez-vous maintenant. C'est la distance parfaite du sol.

— Pour quoi faire ? demanda Tom.

— Pour la chute libre, dit Arturo comme si c'était la question la plus stupide du monde. Ils se laissèrent tomber à l'unisson sur les tapis en dessous.

Devlin et Lola les attendaient au sol, arborant des expressions choquées identiques.

— Ça fait mal ? demanda Lola.

— Non ! Quelle sensation ! dit-il, souriant à Arturo et Zaina.

— Alors, ce sont tes nouveaux amis ? demanda Lola.

Tom regarda ses deux camarades de classe. Arturo, un ami ?

— Je suppose que oui, répondit Tom, et il vit qu'Arturo était content.

— Je suis content que tu sois venu dans notre école, dit Arturo. J'espère que tu reviendras. J'ai besoin de concurrence.

— La ferme, Arturo, dit Zaina. Le nouveau, tu vas nous manquer.

Le coach s'approcha d'eux, tendant la main pour aider Tom et les autres à se relever.

— La partie est terminée, les enfants. Il est temps de partir.

Mais la partie était-elle vraiment terminée ? Peut-être qu'Arturo avait raison. Il pourrait vraiment revenir après les vacances. L'Académie Harding avait ses problèmes, mais après tout, il semblait que Tom apportait ses problèmes avec lui partout où il allait. Ils le suivraient probablement à L'académie s'il y retournait. Plus que tout, il avait besoin d'affiner ses pouvoirs et d'apprendre à se concentrer. L'Académie Harding était peut-être le seul endroit où il pourrait faire cela.

— Il est temps de rentrer à la maison, dit Tom. J'ai besoin de discuter de certaines choses avec ma famille.

Personne ne pouvait objecter à ce commentaire. Ils avaient tous des parents et savaient que la décision finale sur ce qui allait suivre pourrait ne pas être celle de Tom.

Il dit au revoir à ses nouveaux amis et raccompagna Lola et Devlin jusqu'à la porte d'entrée. Il devait encore faire ses bagages.

— Je t'appellerai quand je serai rentré, dit-il à Lola, en lui donnant un rapide baiser avant qu'elle ne parte.

— Planifions quelque chose d'amusant pour les vacances d'hiver, dit-il à Devlin.

Le visage de Devlin s'illumina, et il suggéra immédiatement de faire du ski dans les Alpes.

Tom rit.

— Je pensais plutôt à une fête, mais j'y réfléchirai.

Tom alla dans sa chambre pour faire ses bagages quand Lola et Devlin furent partis. Il jeta un coup d'œil à la chambre du dortoir, se demandant s'il y reviendrait. Il ne savait vraiment pas.

Il passa voir Miss Clementine pour lui dire au revoir avant de partir.

— J'espère vous revoir après les vacances. Mais si vous décidez de terminer l'année à L'académie, c'est très bien. Professeure Montague a accepté de poursuivre vos cours particuliers après l'école ou pendant le week-end. Ou vous pourriez revenir pour les cours d'été. C'est entièrement à vous de décider, dit-elle, en lui tendant la main.

Tom la serra et s'en alla, se demandant où la vie allait l'emmener ensuite.

CHAPITRE
TRENTE-DEUX

Cette nuit-là, Tom était allongé dans son propre lit. Il n'arrivait pas à dormir. Il ne cessait de penser à la décision qu'il devait prendre. Depuis le début du trimestre, son opinion sur l'Académie Harding avait changé des dizaines de fois. L'idée d'y retourner l'intriguait. En même temps, il avait peur. Il ne s'était jamais senti particulièrement en sécurité à Harding. Ses sentiments avaient-ils changé après aujourd'hui ? Il n'en était pas sûr. Il restait méfiant face à tant de choses qui s'y passaient. En même temps, toute l'école s'était mobilisée pour le sauver aujourd'hui. Cela devait bien compter pour quelque chose, non ?

Le problème, c'était que l'école avait suscité en lui des dizaines d'émotions contradictoires et il avait besoin de temps pour les assimiler correctement avant de pouvoir commencer à décider quoi faire ensuite.

La réponse aurait dû être simple. L'académie était l'endroit où il se sentait le plus à l'aise. Cependant, y était-il vraiment mis au défi ? Pourrait-il apprendre davantage et aller plus loin en étudiant ailleurs ? De plus, à Harding, il se sentait plus libre. Plus lui-même qu'il ne l'avait jamais été. Où cela s'inscrivait-il dans l'équation ?

Tom gémit dans son oreiller. Il n'y avait vraiment pas de réponse simple à tout cela.

Bien que la menace immédiate ait été neutralisée, Tom n'était pas stupide. Il savait que d'autres dangers surgiraient. Il devait être préparé. Cela signifiait retourner à l'Académie Harding. Mais il pourrait aussi rester dans sa zone de confort, avec Lola et ses amis, et fréquenter Harding à temps partiel comme l'avait suggéré Miss Clementine. Serait-ce suffisant ? Ses nouveaux amis lui en voudraient-ils pour ce choix ?

Il avait une semaine pour prendre une décision impossible.

En attendant, il avait besoin de dormir. Bien qu'il puisse se guérir lui-même et se sentir physiquement bien, mentalement, il était épuisé. Trop épuisé, semblait-il, pour sombrer dans l'oubli.

Une heure passa. Puis deux. Finalement, quand il fut clair que le sommeil ne viendrait pas, il décida de descendre dans le bureau de son père.

Quand son père était encore en vie, il avait toujours été là pour offrir les meilleurs conseils. Il pouvait s'adresser à lui pour n'importe quoi, et les réponses qu'il recevait avaient toujours rendu ses problèmes si petits et gérables. Dans cet esprit, peut-être pourrait-il trouver un peu de clarté dans le bureau, parmi les affaires de son père.

Il se fit une tasse de thé et s'assit dans le fauteuil près du feu avec le plus récent des journaux de son père. Il lut jusqu'à ce que ses yeux se sentent lourds de sommeil et, tant bien que mal, il se traîna jusqu'à sa chambre. Mais quand il y arriva, sa porte était entrouverte. Il était sûr de l'avoir fermée en partant.

Complètement réveillé à nouveau, tous ses sens en alerte, il hésita avant d'entrer. Quelque chose n'allait pas. Quelqu'un était là. Il attendit dans l'obscurité. La peur lui picotait la nuque alors même que son sang commençait à bouillir d'anticipation.

Un combat de plus. Il y avait toujours un combat de plus.

Sa chambre était plus sombre que le couloir, donc il ne voyait rien, mais il entendit un bruissement. Tom aperçut une silhouette sombre dans sa chambre. L'horreur prit le pas sur la colère. La créature était grande et massive. Tom n'avait aucune idée de qui cela pouvait être. Tom regarda la silhouette se pencher sur son lit.

Ses instincts prirent le dessus. Il y avait un intrus dans la maison. Il devait protéger sa famille et neutraliser la menace.

Restant près du mur, Tom tendit le bras et alluma la lumière.

Là, debout juste au-dessus de son lit, se tenait le professeur Thunderbolt.

— Quoi ? demanda Tom. Que faites-vous ici ? dit-il en entrant dans la pièce et fermant la porte pour ne pas réveiller les autres.

Il resta près de la porte, son expression méfiante.

Le Lantilien se tourna vers lui. Son expression était celle du soulagement, pas de la culpabilité.

— Tom, murmura-t-il. Ce n'est pas ce que tu crois.

— Pourquoi êtes-vous dans ma maison ? Dans ma chambre ? Je croyais qu'il y avait des barrières contre ce genre d'intrusion, dit-il froidement, les bras croisés.

— Je m'excuse, dit le professeur. Il n'y avait pas le temps d'envoyer un message. Tu dois partir immédiatement si tu veux garder ta famille en sécurité.

— Que se passe-t-il ?

— Je n'ai pas le temps d'expliquer, dit Thunderbolt.

Il regarda par-dessus son épaule comme s'il s'attendait à ce que quelque chose sorte en rampant des ombres à tout moment.

Tom croisa les bras. Il ne faisait pas confiance à Thunderbolt.

— Où est le directeur ? Pourquoi n'est-il pas venu me chercher lui-même si j'étais en danger ?

— Il est à la Détention. Les prisonniers se sont échappés, et je pense qu'il est raisonnable de supposer qu'ils viendront ici ensuite.

— Mais qu'en est-il de ma mère et de Tabitha ?

— C'est trop tard pour elles, dit Thunderbolt. Tout ce qui compte, c'est que nous te gardions en sécurité.

Thunderbolt prépara sa clé, mais Tom secoua énergiquement la tête.

— Non. Je suis le Gardien. Je suis l'homme de la maison. Je suis le mage de sang. Je ne peux pas fuir. Je dois protéger ma famille.

Thunderbolt acquiesça, ne semblant pas surpris par cette réaction.

Il y eut un fracas à l'extérieur. Thunderbolt regarda par la fenêtre.

— Ils sont là, dit-il, la voix rauque en s'éloignant de la fenêtre. Et ils ont amené des renforts.

Tom regarda et vit des centaines de sorciers vêtus de robes noires qui avançaient doucement, se dirigeant vers la maison. Vers LUI. Un sorcier solitaire dans des robes rouges flottantes se tenait à l'avant de la charge, clairement aux commandes.

Le Maître.

La peur s'empara de Tom. C'était le sorcier dont Jameson avait parlé. Celui qui était responsable de la magie runique qui avait affaibli Tom jusqu'au seuil de la mort.

Arabella et Tabitha sortirent en courant de leurs chambres. En bas, des fenêtres se brisèrent. Des portes s'ouvrirent violemment.

— Que se passe-t-il ? dit sa mère en tenant sa robe de chambre et poussant un cri à la vue du Lantilien. Que devons-nous faire ?

— Mettez-les en sécurité et revenez avec de l'aide. J'en aurai besoin ! dit Tom, poussant sa mère vers Thunderbolt, et faisant confiance à Tabitha pour suivre.

Le Lantilien ne répondit pas, mais il saisit Arabella et Tabitha et les poussa à travers la porte avant de la refermer. En quelques instants, Tom se retrouva seul.

Il *pouvait* ouvrir une porte et s'échapper. Mais ils le suivraient. Au-delà de L'académie, il n'y avait nulle part où il pourrait aller sans que le Maître ne le trouve. Et il ne pouvait pas se cacher à L'académie pendant que ses amis et sa famille étaient en danger. Lentement, il descendit le couloir vers l'escalier. En chemin, il rassembla son énergie et, utilisant l'anneau, se coupa le doigt. Il n'arrêta pas le saignement. Au lieu de cela, il étendit le sang sur ses mains et fit des traînées sur ses joues et son front. Il pouvait le sentir, écœurant et doux sur sa peau.

Il était temps de se battre pour sa famille.

FIN

Si vous avez aimé ce livre, merci de laisser un avis sur Goodreads ou votre plateforme préférée. Les avis m'aident à atteindre de nouveaux lecteurs.

CHAPITRE TRENTE-DEUX

Lisez **Magie de sang**, le prochain tome de la **Trilogie Magie de sang** !

Rejoignez mon infolettre pour recevoir des mises à jour d'écriture, les dates des prochaines parutions, les soldes et les événements.

À PROPOS DE L'AUTEURE

Des histoires positives et inspirantes.

Marie-Hélène vit à Sherbrooke, au Québec. Enseignante à la retraite, elle consacre désormais ses journées à l'écriture et à la promotion de ses oeuvres. Elle aime lire, voyager et aller à la plage. Chaque année, elle part un mois en solo vers une nouvelle partie du monde.
www.mhlebeault.com

Suivez-la sur les réseaux sociaux !

facebook.com/mhlebeaultauthor

x.com/mhlebeault

instagram.com/mhlebeault

amazon.com/author/mhlebeault

bookbub.com/authors/marie-helene-lebeault

goodreads.com/mhlebeault

linkedin.com/in/mhlebeault

tiktok.com/@mhlebeaultauthor

Autres livres de l'auteure

La série Evers - Littérature jeunesse fantastique

La clé des ancêtres

L'académie

La marcheuse du temps

Le voyageur des mondes

La clé perdue

Magie de sang - Littérature jeunesse fantastique

Mage de sang

Magie de sang

Héritage de sang

Il était une malédiction - Romance fantastique

Une malédiction de neige et de cendres

Une malédiction d'épines et de torpeur

Une malédiction de verre et d'ombres

Une malédiction d'argent et de blessures

Université du Pôle Nord - Romance paranormale

Métamorphes de Noël

Le gardien du serment (Gratuit)

Givre de Noël

Solstice de Noël

Malédiction de Noël

Étincelle de Noël

Félicité Conjugale

Inadaptés du gui

Hors série

Les douze vies de Clare - Réalisme magique

Utopie - Science fiction

Chroniques des cadets interstellaires - Science fiction

Frissons Nocturnes - Suspense/Horreur

Défenseurs du Royaume

Le combat de la flamme sacrée (Gratuit)

L'éveil du pouvoir

La quête du crotale d'émeraude

Un été de révélations

La quête de l'arbre primordial

Un été des contraires

La quête de la plume spectrale

Un été d'épreuves

La quête de l'encre du Kraken

Un été de prophétie

La quête des miroirs ensorcelés

Un été d'alliance

Fée grand-mère - Albums jeunesse pour les 3 à 7 ans

Mimi visite l'Antarctique

Mimi visite le Pôle Nord

Mimi visite la Chine

Mimi visite l'Afrique

www.ingramcontent.com/pod-product-compliance
Lightning Source LLC
Chambersburg PA
CBHW020827260626
47169CB00003B/865